LIEBE JENSEITS DES BEGEHRENS

EIN-SCHOTTISCHER ZEITREISE-ROMANZE

BETHANY CLAIRE

Deutsche Übersetzerin: Anja Möst

Deutsche Lektorin: Nicole Wszalek

Cover entworfen von Damonza

E-Book ISBN: 978-1-970110-66-1

Taschenbuch ISBN: 978-1-970110-67-8

http://www.bethanyclaire.com

ABONNIEREN SIE BETHANYS NEWSLETTER

Wenn Sie sich heute für meine Mailingliste anmelden, sende ich Ihnen einen Link, über den Sie eine herunterladen können Liebe Jenseits der Zeit Bonus Epilog.

Ich möchte Ihren Posteingang nicht überschwemmen, deshalb werden Sie nach dieser Einführungssequenz nur gelegentlich von mir hören – wenn ein neues Buch herauskommt, wenn ich Ihnen einen Vorgeschmack auf ein Buch gebe, an dem ich gerade arbeite, oder wenn es ein Sonderangebot gibt.

Klicken Sie einfach auf einen der Links in den obigen Absätzen oder gehen Sie zu http://eepurl.com/hW4gkr heute anzumelden. Ich kann es kaum erwarten, dort mit Ihnen in Kontakt zu treten.

PROLOG

Viele Jahre vor Beginn unserer Geschichte – Isle of Whispers,
Schottland

Machara konnte man nicht trauen. Sie war die schlimmste Art
von Fee, aber was hatte Athdara noch zu verlieren? So wie ihr
Sohn jetzt war, hatte er überhaupt kein Leben. Mit dem Körper
eines alten Mannes und dem Verstand eines Kindes würde der
Junge verdorren und sterben, lange bevor sie es tun würde und
die Zeit, die ihr Sohn noch hatte, würde er im Elend verbringen.
Er konnte nicht sprechen, konnte sich kaum selbst ernähren
und anstatt in den Schlaf gewiegt zu werden, wie es sich für ein
Kind seines Alters gehörte, war Willy gezwungen, sich in den
Schlaf zu weinen, denn er war zu groß, um im Arm gehalten zu
werden.

Als sie ihn verloren hatte, war er noch ein kleiner Junge
gewesen, kaum auf den Beinen und gerade dabei, seine ersten
Worte zu sprechen. Als er verschwunden war, hatte sie sofort
gewusst, wer ihn entführt hatte. Eine Woche zuvor war der

3

Bäckersohn von einer Fee in die für sterbliche Augen unsichtbare Welt gelockt worden. Athdara hatte ihre junge Nichte zwar gewarnt und sie angefleht, ihren Sohn von der Stelle fernzuhalten, an der der erste Junge verschwunden war, aber die Neugier des Mädchens war zu stark gewesen. Genau wie der Junge zuvor war sie mit Athdaras kleinem Sohn im Schlepptau in das Land der Feen gelockt worden.

Die Kinder waren nur zwei Wochen weg gewesen, bevor der wohlwollende Laird der Insel einen teuflischen Pakt mit der Fee Machara geschlossen hatte. Aber wie es Feen immer taten, hatte sie einen Weg gefunden, ihr Wort zu verdrehen. Sie hatte die Kinder zurückgebracht, aber nicht so, wie sie vorher gewesen waren. Ihre Körper waren in wenigen Tagen um Jahrzehnte gealtert, aber ihr Geist war der eines Kindes geblieben.

»Ich weiß, dass du mich hasst.«

Athdara bäumte sich auf und spuckte neben den Füßen der Fee auf den Boden. »Hass ist ein zu freundliches Wort für das, was ich für dich empfinde, Machara. Mein Sohn war unschuldig. Er war noch nicht alt genug, um auf deinen Charme hereinzufallen. Was mit ihm geschehen ist, hat er sich nicht selbst zuzuschreiben. Du hättest ihn genauso gut umbringen können. Der Tod wäre besser für ihn gewesen.«

Der Gesichtsausdruck der Fee änderte sich nicht. Athdara wusste, dass Machara nicht in der Lage war, Reue zu empfinden. Sie wusste, dass auch etwas für Machara dabei herausspringen musste, wenn sie ihr einen Handel anbieten wollte. Um das zu bekommen, was sie so verzweifelt wollte, musste Athdara jemanden überlisten, der viel älter und mächtiger war als sie.

»Aye, ich weiß. Deshalb biete ich dir das an und nur dir. Ich muss meinen Sohn vor seinem Vater verstecken und er kann nicht unter den Feen leben. Mein eigener Vater würde den Jungen töten, wenn ich ihn in unser Reich brächte.«

Das Kind war nicht mehr als vier Jahre alt – ein Knirps mit lockigem, honigfarbenem Haar und schimmernden grünen Augen, die sein Feen-Blut mehr verrieten als alle anderen Merkmale. Er sah verängstigt aus, als er neben seiner Mutter stand und in der Kälte zitterte. Athdara beobachtete, wie der Junge nach der Hand seiner Mutter griff, doch Macharas spindeldürre Finger schlugen die Hand weg. Die Augen des Jungen begannen sich mit Tränen zu füllen und Athdaras Herz zog sich zusammen.

»Warum kann der Junge nicht bei Nicol bleiben? Nicol würde ihm nichts tun.«

Ein Kloß stieg in Athdaras Hals auf, als Machara lachte. Ihr Gackern triefte vor Gift.

»Denkst du, ich würde mich um das Wohl des Kindes sorgen? Ich wollte ein Halbfeen-Kind, damit ich es später benutzen kann, wenn es mir passt. Diese Kinder haben Fähigkeiten, die andere nie erfahren werden. Ich könnte ihn brauchen, wenn der Fluch meines Vaters wahr wird. Wenn ich ihn Nicol gäbe, würde das Kind gegen mich aufgehetzt werden und das würde meinen Zwecken nicht dienen.«

Athdara wünschte sich nichts sehnlicher, als nach dem Jungen zu greifen und ihn in ihre Arme zu schließen. Machara war eine Närrin. Der Junge war alt genug, um sich an all das zu erinnern. Sie konnte sehen, wie das Herz des Kindes direkt vor ihren Augen brach. Es würde nicht lange dauern, bis der Junge seine Mutter hassen würde. Machara hatte bereits alles getan, was nötig war, um die Saat des Hasses in sein Herz zu pflanzen.

»Und was ist mit deinen anderen Kindern?«

»Ich bin in Nicols Bett zurückgekehrt, weil es mir Spaß

gemacht hat, nicht weil ich mehr von seinen Kindern wollte. Diese elenden Wesen werden nicht lange auf dieser Welt bleiben.«

Athdara musste den Brechreiz hinunterschlucken, der bei Macharas Geständnis in ihr brodelte. »Tu ihnen kein Leid an, Machara. Gib sie mir, so wie du es mit diesem Jungen tust und ich werde mich auch um sie kümmern.«

Machara zog die Augenbrauen in die Höhe. »Ich werde jedes meiner Kinder für einen Zweck benutzen, der mir passt. Brachan muss leben. Die anderen müssen sterben. Wenn du noch einmal von ihnen sprichst, werde ich meinen Handel mit jemand anderem abschließen. Es ist an der Zeit, dass du dich entscheidest, Athdara. Bist du bereit, mein Angebot anzunehmen oder nicht?«

Vorsichtig und schweren Herzens wählte Athdara ihre Worte. Ihr war klar, dass sie Macharas andere Kinder nicht retten konnte. Wenn die Fee sie töten wollte, war sie machtlos dagegen, aber vielleicht konnte sie eines von ihnen retten und so ihren Sohn zurückgewinnen.

»Wenn du meinen Willy vollständig gesund machst und ihn wieder zu seinem ursprünglichen Alter zurückverwandelst, ohne Erinnerung an das, was ihm passiert ist und wenn du mir versprichst, dass du dich nie wieder in mein Leben einmischen oder nach mir, meinen Verwandten oder meinen Nachkommen suchen wirst und dass du dich nicht einmischen wirst, wie ich dein Kind erziehen will, dann aye. Ich werde den Jungen als meinen eigenen annehmen und diese Insel mit ihm verlassen.«

Machara lächelte und Athdara sprach ein stilles Gebet, dass sie Machara keinen Spielraum gelassen hatte, um sie auszutricksen.

»Dann sind wir uns ja einig.«

Bevor Athdara sich bewegen konnte, griff Machara nach Willys faltiger und verdrehter Hand. Als sie ihn umklammerte, veränderte sich sein Aussehen vor Athdaras Augen. Nachdem ihr Sohn wieder zu dem niedlichen Kleinkind geworden war, das er gewesen war, brach sie auf dem Boden zusammen, zog ihn in ihre Arme und weinte.

Während sie ihren Sohn festhielt, stieß Machara Brachan zu ihr und Athdara schloss auch ihn in ihre Arme.

»Geh jetzt weg von hier, Machara. Du brauchst mich nicht mehr.«

Machara nickte, verschwand aber nicht. »Aye, so ist es. Ich werde meinen Sohn holen, wenn es an der Zeit ist – wenn er erwachsen ist und nicht vorher, wie wir es vereinbart haben.«

»Wie willst du ihn holen?«

»Er wird es wissen. Es wird ein Erwachen in ihm geben, das er nicht leugnen kann. Wenn das geschieht, musst du ihm sagen, wer er ist und zu wem er gehört und ihn wieder zu mir zurückbringen. Wenn du das nicht tust, werde ich deinen Sohn töten.«

Zitternd ergriff Athdara die Hand eines jeden Kindes und erhob sich vom Boden. »Wie kommst du darauf, dass ich Brachan nicht gegen dich aufbringen werde, wie Nicol es getan hätte? Du hast bereits geschworen, dass du dich nicht einmischen wirst, wenn ich den Jungen aufziehe.«

Machara lachte, aber Athdara erkannte den fatalen Fehler der Fee.

»Du bist nicht seine Mutter. Deine Worte werden keine Wirkung auf ihn haben. Wenn er heranwächst, wird er in dir nicht mehr sehen als die Frau, die ihn ernährt und gekleidet hat. Seine Loyalität wird bei denen liegen, deren Blut durch seine Adern fließt.«

Athdara wartete, bis Machara weg war, aber als die Fee außer Sichtweite war, lachte sie. Wie wenig Machara doch von Menschen und Liebe wusste. Blut bedeutete wenig. Familie entstand aus dem Herzen. Und dieser Junge, diese Halbfeen-Rarität, würde zu einem freundlichen, guten und tapferen Menschen heranwachsen – ganz anders als Machara.

Er würde ihr Sohn sein und sie würde ihn von ganzem Herzen lieben.

KAPITEL 1

Boston, Massachusetts
Gegenwart

Mein Wecker weckte mich nicht – ich hatte ihn schon vor Stunden ausgeschaltet, nachdem mir bewusst geworden war, dass das einzig Gute daran, dass Laurel in Schottland war, darin bestand, dass sie nicht da war, um mich zu einer Therapie zu zwingen. Nach so vielen Monaten hielt ich es für akzeptabel, einmal zu schwänzen. Meiner Meinung nach war es sowieso die größte Verschwendung einer Stunde pro Woche. Aber anstatt einen faulen Morgen im Bett mit meiner Katze zu genießen, vibrierte mein Handy um Punkt sieben Uhr dreißig mit einer Nachricht von meiner Reha-Therapeutin Sue.

Laurel hat angerufen, bevor sie nach Schottland abgereist ist. Ich weiß, dass sie nicht da ist, um dich auf die Beine zu bringen. Wenn Dr. Ackard mich nicht um 10.00 Uhr anruft, um mir zu sagen, dass du bei deiner Sitzung warst, werde ich um 11.30 Uhr nicht bei unserer sein. Wir sehen uns in ein paar Stunden! :)

Stöhnend streckte ich mich und streichelte Mr. Crinkles, meinen schwarzen, einäugigen, unerbittlich störrischen Kater, der zusammengerollt in der hintersten Ecke meines Bettes lag. Er begann zu schnurren.

Seit dem Brand, bei dem mein rechter Arm und das linke Auge meiner Katze verbrannt waren, hatten Laurel und Sue mir einiges an liebevoller Strenge entgegengebracht. Selbst unmittelbar nach dem Unfall, als ich immer noch unerträgliche Schmerzen gehabt und um den Verlust meines Arms getrauert hatte, wollte Laurel nichts für mich tun. Sie wollte, dass ich alles alleine schaffte. Selbst wenn ich mich in Selbstmitleid suhlte – was in den ersten Monaten öfter vorgekommen war, als ich zugeben wollte –, hatte sie nie nachgegeben.

Bei Sue war das nicht anders. Sie trieb mich jede Woche bis an meine Belastungsgrenze. Das Ergebnis war, dass ich jede Woche stärker wurde. Ich verdankte den beiden so viel, aber das bedeutete nicht, dass ich nicht immer noch unglaublich sauer war, wenn ich ihre unerwünschten Nachrichten bekam – vor allem, wenn es in aller Herrgottsfrühe war.

Das war der einzige Teil ihrer Arbeit mit mir, der mich in den Wahnsinn trieb. Sue war die beste Rehabilitationstherapeutin in Boston, aber sie nahm nur Kunden an, die sich bereit erklärten, ihre Beraterin jede Woche zu sehen, während sie sie betreute. Theoretisch verstand ich ihre Argumentation. Die meisten ihrer Kunden erholten sich von schrecklichen Unfällen oder Krankheiten und mussten lernen, mit dem Körper, den sie jetzt hatten, zurechtzukommen.

Natürlich gab es psychologische Probleme, die nach einer solchen Tragödie aufgearbeitet werden mussten.

Aber Sue schien nicht zu verstehen oder zu glauben, dass ich alle meine Gefühle bezüglich des Unfalls bereits verarbeitet hatte, egal wie oft ich versuchte, es ihr zu erklären. Es war passiert. Er war furchtbar. Es war an der Zeit, dass ich nach vorne blickte.

»Klopf, klopf.« In ihrer typischen Art, die nicht wirklich ein Klopfen war, klopfte meine Mutter an die Tür, indem sie die Worte laut aussprach, bevor sie die Tür unerlaubt aufstieß. »Ich habe Kaffee mitgebracht.«

Ich lächelte und stemmte mich im Bett hoch. Obwohl ich darauf bestanden hatte, dass ich ihre Hilfe nicht brauchte, war Mom am Tag nach Laurels Abreise nach Schottland von Florida nach Boston geflogen. Sie hatte mich mit Aufmerksamkeit überschüttet, und ich würde lügen, wenn ich behaupten würde, dass ich das nicht ein wenig ausgenutzt hätte. Viele Dinge, die Laurel nie für mich tun würde, waren für Mom eine Selbstverständlichkeit und da es ihr so gut gefiel, wenn sie das Gefühl hatte, mir zu helfen, ließ ich es zu. Zumindest war das die Ausrede, die ich mir einfallen ließ, wenn ich mich schuldig fühlte, weil ich sie Dinge tun ließ, die ich auch allein hätte schaffen können.

»Woher wusstest du, dass ich wach bin?«

»Das wusste ich nicht. Wenn du nicht wach gewesen wärst, hätte ich dich geweckt. Während du gestern geduscht hast, hat die Praxis von Dr. Ackard angerufen und deinen Termin für heute bestätigt. Ich habe ihnen gesagt, dass du da sein wirst.«

Schweigend nahm ich die Tasse Kaffee entgegen, während ich beobachtete, wie Mr. Crinkles sich an meine Mom lehnte und zu schnurren begann. Er war ein echter Verräter.

»Was wäre, wenn ich nicht hingehen würde?«

Mit zusammengezogenen Augenbrauen sah sie aus, als hätte sie die Frage nicht verstanden. »Natürlich wirst du hingehen. Sue wird dich sonst nicht empfangen wollen und du kannst es dir nicht leisten, eine deiner Sitzungen mit ihr zu verpassen.«

»Klar kann ich das. Im Moment arbeiten wir nur an der Kraft und dem Bewegungsumfang meiner Schulter. Daran kann ich auch von zu Hause aus arbeiten.«

Mom fuhr fort, als hätte sie mich nicht gehört. »Ich habe wieder Eier Benedict zum Frühstück gemacht – dein Lieblingsessen.«

Sie hatte es jeden Morgen gemacht, seit sie hier angekommen war. Es war zwar mein Lieblingsessen, aber ich brachte es nicht übers Herz, ihr zu sagen, dass ich die Nase schon seit Tagen voll hatte.

»Danke. Du musst wirklich nicht jeden Morgen für mich kochen. Manchmal reicht auch eine Schüssel Müsli.«

Sie lächelte und winkte mit einer abweisenden Hand, als sie aufstand und sich zur Tür drehte.

»Das ist kein Problem. Ich mache es gerne.«

Als sie die Tür erreichte, hielt sie inne und blickte auf das Durcheinander von aufgeschlagenen Büchern hinunter, das ich auf meinem Schreibtisch ausgebreitet hatte. »Was ist das alles?«

Ich konnte ihr unmöglich sagen, was ich alles recherchierte, was Laurel vorhatte oder dass meine Schwester wahrscheinlich im siebzehnten Jahrhundert festsaß. »Es ist nichts. Ich recherchiere nur ein bisschen. Ich versuche, Ideen für Laurels nächstes Buch zu sammeln.«

Sie drehte ihren Kopf zur Seite und schaute mich skeptisch an. »Laurels nächstes Buch?«

Ich nickte und sie schüttelte den Kopf, während sie traurig

ausatmete. »Du solltest deine Beratungsgespräche nicht verpassen, Kate. Nicht ein einziges Mal. Warum hüpfst du nicht unter die Dusche? Wir können essen, bevor du zu deinem Termin gehst.«

Sie ging ohne ein weiteres Wort und ließ mich verwirrt zurück. Ich fragte mich, warum meine Erklärung zu den Büchern auf meinem Schreibtisch sie dazu veranlasst hatte, mir zu sagen, dass ich die Beratung nicht versäumen sollte.

Wenigstens hatte ich jetzt etwas, worüber ich in der heutigen Sitzung reden konnte.

»Was denkst du, was deine Mutter mit dieser Aussage gemeint hat, Kate?«

Ich seufzte und lehnte mich ziemlich dramatisch in meinem Stuhl zurück. »Bitte tu das nicht. Sag nicht das Therapeutischste, was du sagen kannst, wenn ich deine echte Meinung hören will. Wenn ich wüsste, was sie damit gemeint hat, hätte ich nicht den ganzen Morgen damit verbracht, mich zu fragen, was sie damit gemeint hat.«

Sie presste die Lippen aufeinander, als würde sie darüber nachdenken, ob sie mir sagen sollte, was sie wirklich dachte. »Warum hast du sie nicht einfach gefragt, was sie damit gemeint hat?«

»Ich wusste wohl, dass sie mir dann irgendeine nichtssagende Antwort geben würde, was mich verärgert und einen Streit ausgelöst hätte.«

»Oder hattest du Angst, dass sie dir genau gesagt hätte, was sie damit gemeint hat und dich damit noch mehr verärgert hätte?«

»Siehst du?« Ich zeigte auf sie. »Deshalb mag ich keine Therapeuten. Du glaubst offensichtlich, dass du weißt, was sie damit gemeint hat, aber du willst es mir nicht sagen. Du quälst mich lieber, indem du versuchst, mich dazu zu bringen, es selbst herauszufinden.«

Dr. Ackard sah aus, als müsste sie alle Muskeln in ihrem Gesicht zusammennehmen, um ein Augenrollen zu unterdrücken. »Ich versuche nicht, dich zu quälen, Kate. Ich möchte die Frage nur nicht beantworten, weil ich deine Mutter nicht kenne. Ich weiß nicht, was sie mit dieser Aussage gemeint hat. Du kennst sie.«

»Okay, gut.« Ich hielt inne und überlegte, wie ich das Thema anders angehen konnte. »Du bist auch der Meinung, dass ich die Therapie nicht jede Woche schwänzen sollte. Warum sagst du mir also nicht, warum du das so siehst? Warum muss ich so dringend hier sein? Ich habe nicht mehr das Gefühl, dass es mir schlecht geht. Ich fühle mich ziemlich stabil und geistig gesund.«

Sie rutschte auf ihrem Sessel hin und her, aber ihr Gesichtsausdruck blieb ruhig und gefasst. »Erstens bist du natürlich stabil und bei klarem Verstand. Die meisten Menschen, die sich beraten lassen, sind das und es ist beleidigend, wenn du etwas anderes behauptest. *Jeder* braucht ab und zu Hilfe, um die Dinge in seinem Leben zu verarbeiten.«

Ich lächelte und fühlte mich bestätigt. »Genau das meine ich ja. Ich habe das Gefühl, dass ich diese schwierige Sache hinter mir gelassen habe. Ich habe das Gefühl, dass ich es überwunden habe.«

Dr. Ackard zuckte mit den Schultern und verschränkte die Arme. »Vielleicht ist das so. Ich weiß es nicht.«

»Was soll das heißen? Ich bin jede Woche mit dir hier drin. Du solltest es besser wissen als alle anderen.«

Sie nickte und hob eine Hand als Zugeständnis. »Du hast recht. Das sollte ich, aber ich weiß nicht wirklich etwas über dich, Kate. Ich weiß eine ganze Menge über das Liebesleben deiner Schwester und deine Bemühungen, sie über eine ganze Reihe von Online-Partnerbörsen zu verkuppeln und über die Katastrophen, die damit verbunden sind. Ich weiß eine Menge über deine Mutter. Ich weiß, dass du deinen Job vor dem Brand geliebt hast, aber ich habe keine Ahnung, wie du jetzt darüber denkst. Und jetzt weiß ich eine Menge über die Reise deiner Schwester nach Schottland und deinen Wunsch, ihren Aufenthaltsort zu erforschen, was ich nicht ganz verstehe, aber ich weiß nichts über dich.«

Ich verstand sie nicht. Trotz meines wöchentlichen Widerwillens, meine Beratungsgespräche mit ihr wahrzunehmen, hatte ich jedes Mal die ganze Stunde mit ihr gesprochen. In den vergangenen Wochen und Monaten hatte ich mit ihr über alles Mögliche geredet.

»Aber bei all diesen Dingen geht es um mich.«

»Nein, Kate. Es geht um die Menschen, die dir nahestehen. Du sprichst nie über dich selbst. Und immer, wenn ich dich nach etwas frage, das direkt mit dir zu tun hat, wirst du unruhig.«

Meine Kleidung fühlte sich plötzlich zu eng an, als meine Verteidigungshaltung zunahm.

»Das tue ich nicht.«

»Wie war dein letztes Date mit Dillon? Was hältst du von seinem Vorschlag, dass du aus Kates Wohnung aus- und bei ihm einziehst?«

Dillon hatte damit nichts zu tun. Ich warf einen Blick auf die Uhr.

»Ich glaube, ich habe meine Stunde schon überschritten.«

»Mein nächster Termin ist abgesagt. Es ist in Ordnung, wenn wir überziehen.«

Ich stand auf und ging auf die Tür zu. »Ich muss zu Sue. Von hier aus dauert es eine Weile, bis ich da bin. Wir sehen uns nächste Woche, Dr. Ackard.«

Sie rief mir nach, als ich die Tür erreichte. »Kate.«

Ich hielt inne und legte meine Hand auf die Türklinke.

»Du siehst doch sicher, dass du mir gerade recht gegeben hast. Ich bin so lange für dich da, wie du mich brauchst, aber du wirst keine Fortschritte machen, wenn du nicht aufhörst, dich mit allem abzulenken, was nichts mit dir zu tun hat. Zuerst war es Dillons Zahnarztpraxis, dann war es Laurels Liebesleben und jetzt ist es Laurels Reise nach Schottland. Eines Tages wirst du dich mit dir selbst beschäftigen müssen.«

Ich ging ohne ein weiteres Wort. Sue würde mich heute überhaupt nicht bedrängen müssen. Ich war zu frustriert und aufgebracht. Ich hatte mehr als genug Energie, um alles zu tun, was sie von mir verlangte.

KAPITEL 2

Schottisches Festland – 1651

»Was glaubst du, was sie vorhaben?« Harry gluckste, bevor er fortfuhr: »Ich weiß, was ich tun würde, wenn ich die Burg für mich allein hätte und ein so hübsches Mädchen wie Laurel meine einzige Begleitung wäre. Ich würde mein Schlafgemach nicht verlassen. Nicht, bis ihr alle zurückkehrt und mich da raus zwingt.«

Drei Tage auf dem Festland und immer noch keine Spur von Calder. Maddock wusste, dass Harry nur so sprach, um sich von dem abzulenken, was ihm durch den Kopf ging – niemand machte sich mehr Sorgen um Calders Abreise als Harry.

»Wenn Raudrich hört, dass du so über Laurel sprichst, wird er dir die Nase blutig schlagen.«

Nicol, ihr Meister und die Nachteule der Burg, schnaubte leise, sagte aber, wie immer, nichts.

Harrys Gesicht errötete, als er verlegen nach unten schaute, um sich zu entschuldigen. »Ach, du weißt doch, dass ich nicht respektlos gegenüber dem Mädchen sein wollte.«

»Aye, ich weiß und ich weiß auch, was ich an seiner Stelle tun würde, aber Raudrich ist dumm. Es würde mich nicht wundern, wenn wir nach Hause kommen und feststellen würden, dass sie sich weder körperlich noch geistig näher gekommen sind. Er hat Laurel immer noch nicht gesagt, dass er sie liebt, obwohl es jedem klar ist.«

Harry schaute überrascht zu ihm hinüber. »Raudrich mag wissen, was er empfindet, aber es ist kein Wunder, dass er es ihr noch nicht gesagt hat. Sie kennen sich ja kaum. Das Mädchen ist noch nicht besonders lange auf der Burg.«

Maddock schüttelte abweisend den Kopf. Laurel war leicht zu lieben. Er vermutete, dass jeder Mann auf der Burg, außer Calder, halbwegs in sie verliebt war, aber keiner von ihnen hatte ihr Herz so fest im Griff wie Raudrich.

»Denkst du, dass die Zeit bei einem Mädchen wie ihr eine Rolle spielt? Wir alle sind schon so lange von der Welt außerhalb unserer Burg abgeschnitten. Wenn ich die Chance bekäme, einer so hübschen Frau wie Laurel meine Liebe zu schenken, würde ich keinen Augenblick zögern.«

Sie ritten einen Moment schweigend, während Nicol in kurzem Abstand hinter ihnen herlief. Schließlich ergriff Harry wieder das Wort.

»Würdest du das wirklich nicht, Maddock? Auch wenn unser Schicksal bereits besiegelt ist? Würdest du auf der Burg eine Familie gründen, wenn du wüsstest, dass du die Insel nie wieder verlassen kannst? Würdest du das tun, wenn Machara dort ist?«

»Machara wird nicht für immer dort sein. Mit der Zeit

werden wir sie besiegen. Sie wird sterben und eines Tages werden wir alle frei sein.«

Maddock hatte keinen wirklichen Grund für seine Überzeugung, aber er stellte sie nie in Frage. Er wusste, dass seine Hoffnung sonst zerbröckeln würde wie nasses Pergament und er hatte zu viele Menschen zu beschützen, um das zuzulassen.

Harry grummelte und schüttelte den Kopf. »Ich wünschte, ich würde so denken wie du, Maddock. Es wäre schön, mir diesen Traum ab und zu zu erlauben.« Sein Freund hielt inne, dann fuhr er verlegen fort: »Aber vielleicht werden Träume ja doch wahr. Einer davon gilt für Raudrich in Laurel. Das Mädchen könnte gar nicht besser zu ihm passen.«

Maddock stimmte ihm zu, aber Gott, wie sehr er ihn beneidete. »Aye. Ich gönne Raudrich diese Liebe. Laurel ist uns eine gute Freundin und wir könnten nie mehr sein, aber ich beneide ihn um die Verbindung, die er zu ihr gefunden hat. Vielleicht sollten wir Laurel fragen, ob sie Schwestern oder Freunde hat, die sie auf die Insel einladen kann.«

Er lachte bei dem Gedanken. Wie anders würde es für sie alle sein, wenn plötzlich mehr Frauen in ihr Leben treten würden?

»Aye, ich weiß nichts von Freunden, aber sie hat eine Schwester.«

»Was?« Maddock konnte nicht glauben, dass er das nicht gewusst hatte. Raudrich war die einzige Person auf der Burg, die mehr Zeit mit Laurel verbracht hatte als er. Die beiden hatten sich schnell angefreundet, obwohl sie sich offensichtlich noch nicht so gut kannten, wie er glaubte.

»Hat sie das wirklich? Hat sie dir das erzählt?«

»Nein, hat sie nicht. Marcus hat sie erwähnt. Er sagte, dass er und Laurel ihre letzte Reise nach Schottland vorzeitig beenden mussten, nachdem Laurels Schwester in ein Feuer geraten war.«

»Ist sie …« Maddock zögerte. »Hat das Mädchen überlebt?«

»Aye, aber sie war schwer verletzt. Ich glaube, er hat erwähnt, dass das Mädchen ihren Arm verloren hat.«

Maddock erschauderte, als ihm alte, gefürchtete Erinnerungen durch den Kopf schossen. »Als ich fünf Jahre alt war, sah ich, wie ein Mann bei lebendigem Leib verbrannte. Sein Anblick, der Klang seiner Schreie und dieser grässliche Geruch …« Er erschauderte. »So ein Schicksal würde ich niemandem wünschen.«

»Nicht einmal Machara?«

Selbst die böse Fee, die sie alle an die Insel gefesselt hatte, hatte so ein Schicksal nicht verdient.

»Nicht einmal Machara. Wo ist ihre Schwester jetzt?«

Harry zuckte mit den Schultern und trieb sein Pferd an, damit es schneller lief. »Ich weiß es nicht, aber ich denke, es wird nicht lange dauern, bis wir sie zu Gesicht bekommen. Ich glaube nicht, dass Laurel und Marcus irgendwohin gehen und Laurel scheint nicht die Art Mädchen zu sein, die gerne von ihrer Familie getrennt ist.«

Die Vorstellung, Laurels Schwester zu treffen, begeisterte Maddock mehr, als er zugeben wollte – vor allem jetzt, wo Calder immer noch vermisst wurde und die Bedrohung durch Machara größer als je zuvor war.

»Aye und wenn sie nur halb so hübsch ist wie Laurel …«, sagte er leise, als Harry lachte.

»Aye, ich glaube, das ist sie. Marcus sagte, sie sei sehr auffällig.«

»Natürlich ist sie das.«

Er hatte sie noch nicht kennengelernt und ahnte schon, dass er in Schwierigkeiten geraten würde.

KAPITEL 3

Gegenwart

Es war genau halb sechs, als ich die letzten Zweifel daran, dass das alles echt war, endlich beiseiteschob. Nachdem ich den Großteil des Tages über die Abschiedsworte meiner Therapeutin nachgegrübelt hatte, kehrte ich in Laurels Wohnung zurück, entschlossener denn je, mich wieder in die Nachforschungen zu stürzen, von denen ich besessen war, seit Laurel nach Schottland abgereist war. Mr. Crinkles lag zusammengerollt in der hintersten Ecke meines Bettes, umgeben von den leeren Verpackungen der Schokoladenstücke, die ich leichtsinnigerweise auf meiner Matratze verstreut hatte. In den mehr als sechs Stunden, die ich recherchiert hatte, hatte ich fast mein ganzes Gewicht an Schokolade gegessen. Zusammen mit der extragroßen Thermoskanne Kaffee, die ich getrunken hatte, war ich fast bei einer Überdosis Koffein angekommen. Meine Füße schienen von selbst zu wippen, als ich noch einmal meine Quellen durchging. Das Buch über die

Isle of Eight Lairds, das auf mysteriöse Weise auf dem Fußweg meiner Schwester aufgetaucht war, war nun stark abgenutzt und fast überall markiert. Die vier glaubwürdigen Websites, die ich zu diesem Thema gefunden hatte, waren alle auf verschiedenen Tabs meines Webbrowsers geöffnet, damit ich leicht nachschlagen konnte und der aufgezeichnete Dokumentarfilm war in seinem faszinierendsten Teil auf meinem Schlafzimmerfernseher pausiert.

Die Bewegung meiner Füße erschütterte das Bett. Mr. Crinkles regte sich, öffnete sein einziges grünes Auge und starrte mich an, als wollte er sagen: ›*Hör auf, Mensch, sonst kratze ich dich.*‹ Das würde er auch tun. Er konnte schneller springen, als ich ausweichen konnte und seine Krallen waren wie kleine Rasierklingen. In dem Moment, in dem ich aufhörte herumzuzappeln, schloss er sein Auge und schlief wieder ein. Um ihn nicht noch einmal zu stören, kroch ich langsam aus dem Bett, um das überschüssige Koffein zu verbrennen, indem ich im Zimmer herumlief.

Ich hatte jede Seite des Buches dreimal durchgeblättert, den Dokumentarfilm zum Thema zweimal gesehen und kannte jedes Wort auf jeder dieser Webseiten auswendig. Jede einzelne Quelle enthielt eine Information, die es mir unmöglich machte, das zu leugnen, was mein Herz bereits wusste. Meine Schwester und ihr bester Freund, Marcus, waren wirklich in der Vergangenheit. Sie waren beide dazu bestimmt, dort zu sein. Und – wenn man der Fußnote in dem Buch Glauben schenken konnte, dann würden auch Mr. Crinkles und ich dort sein. In dieser wurde nämlich auch eine verbrannte Frau und eine einäugige schwarze Katze erwähnt.

Das alles war absurd, aber ich wusste ganz genau, dass es der Wahrheit entsprach.

Ich lief fast eine Stunde lang hin und her, bis ich die leisen Bewegungen meiner Mutter in der Küche hörte. Da ich wusste, dass ich keinen weiteren Tag mit Eiern Benedict überstehen würde, warf ich einen kurzen Blick in den Spiegel und krempelte die Ärmel meines Schlafanzugs unordentlich hoch, damit es so aussah, als wäre ich gerade aus dem Bett gestiegen, bevor ich in die Küche ging, um sie aufzuhalten. Sie hätte nicht überraschter sein können, mich auf den Beinen zu sehen.

»Kate. Habe ich dich geweckt? Ich dachte, ich könnte vielleicht zum Fitnessstudio die Straße runter laufen und ein kurzes Training absolvieren, aber wenn du schon wach bist, kann ich dir ja schon mal Frühstück machen.«

Ich ging an ihr vorbei zum Schrank und griff hinein, um eine Müslipackung zu holen.

»Nicht nötig. Ehrlich, etwas Einfaches wäre heute Morgen perfekt. Viel Spaß beim Training.«

Als sie ging, hatte sie so etwas wie ein schlechtes Gewissen und auch ich fühlte mich schuldig.

Alles, was ich über Nacht erfahren hatte, betraf auch sie und ich hatte bemerkenswerte Arbeit geleistet, um es vor ihr zu verbergen. Wenn Laurel und ich dazu bestimmt waren, in der Vergangenheit zu leben, dann war sie es sicher auch. Wir waren ihre Welt. Sie konnte es nicht ertragen, für immer von uns getrennt zu sein. Und wenn meine Mutter mit mir kommen musste, dann musste David es auch. Marcus' Vater hing genauso sehr an seinem Sohn wie unsere Mutter an uns.

Überwältigt und leicht benommen von all dem Koffein und Zucker, stellte ich die Müslipackung auf den Tresen und ging ins Bad, um die Dusche einzuschalten. Es gab so viel zu tun und ich hatte keine Ahnung, wo ich anfangen sollte. Eine schöne, lange, heiße Dusche war angesagt, um mich auf den bevorstehenden Tag vorzubereiten.

Ich musste mich so schnell wie möglich um alles kümmern.

Ich wusste, dass ich es mir sonst ausreden würde.

Die Dusche war eine Katastrophe. Das heiße Wasser half mir, einen klaren Kopf zu bekommen, aber das machte nur Platz für all die Zweifel und Fragen, die meine Nachforschungen hervorgebracht hatten. Nichts von all dem ergab einen Sinn. Selbst wenn das alles irgendwie wahr sein sollte, was sollte ich dann tun? Als ich aus der Dusche kam und mir ein Handtuch um den Körper wickelte, zitterte ich vor Angst. In dem Moment, als ich zurück in mein Schlafzimmer ging, klopfte es an der Tür.

Als ich durch den Türspion schaute, sah ich eine ältere Frau, die mich anlächelte.

»Ähm … warten Sie einen Moment, Ma'am. Ich ziehe mir nur schnell etwas an.«

Ihr Blick huschte zum Guckloch. Ich hätte schwören können, dass sie mich tatsächlich sehen konnte.

»Ach, nicht nötig, Mädchen. Ich weiß, wie eine nackte Frau aussieht. Ich habe selbst die gleichen Teile. Allerdings sind sie heutzutage etwas weicher und schlaffer als bei dir, schätze ich. Öffne die Tür. Ich muss sofort mit dir reden, bevor deine Mutter zurückkommt.«

Ich wurde misstrauisch und hoffte, dass sie diejenige war, die ich so verzweifelt brauchte.

»Wer … wer bist du?«

»Mädchen, du weißt, wer ich bin. Morna. Mach die Tür auf, bitte.«

Ich drückte das Handtuch mit dem, was von meinem rechten Arm noch übrig war, an meinen Körper, warf einen Blick nach unten, um sicherzugehen, dass ich bedeckt war und öffnete die Tür. Sie trat ohne zu zögern ein und hatte keine Skrupel, es sich gemütlich zu machen.

»Das ist eine schöne Wohnung. Du hast sie eingerichtet, aye? Du hast einen guten Geschmack.«

»Ja, das habe ich.« Ich starrte ihr erstaunt hinterher. Ich hatte tagelang versucht, mir einen Reim auf die Dinge zu machen, die diese Frau zustande gebracht hatte. Ich konnte nicht glauben, dass sie hier war.

»Du fragst dich sicher, warum ich hier bin.«

Ich lachte unbehaglich, als ich befürchtete, dass sie meine Gedanken lesen konnte. »Ja, obwohl ich mich wirklich freue, dich zu sehen. Ich habe eine Menge Fragen an dich.«

Sie nickte und setzte sich auf die Couch. »Aye und ich werde dir beantworten, was ich kann. Aber zuerst möchte ich wissen, ob du einen Tee für mich hättest?«

Ich nickte und ging los, um den Wasserkocher aufzusetzen und uns zwei Tassen zu machen. Als ich ins Wohnzimmer zurückkam, saß Mr. Crinkles zusammengerollt auf Mornas Schoß und schnurrte wie verrückt.

»Kate, wer ist dieser hübsche junge Mann auf dem Foto mit dir und Laurel?«

Mr. Crinkles beobachtete mich mit seinem einen grünen Auge, als ich mich gegenüber von Morna hinsetzte.

»Das ist mein Freund, Dillon.«

Sie warf mir einen misstrauischen Blick zu und sagte einen langen Moment lang nichts. Als sie dann sprach, war ihr Tonfall mahnend. »Ich habe ihn nicht gesehen, als ich dich beobachtet habe. Kein einziges Mal.«

»Du hast mich beobachtet?«

»Aye.«

»Na ja, ich habe ihn schon seit ein paar Tagen nicht mehr gesehen. Wir wollten heute Abend ausgehen.«

»Ich meine nicht, dass ich ihn nicht körperlich gesehen habe, Mädchen. Ich meine in deinem Herzen und deinen Gedanken. Du denkst nur dann an ihn, wenn ihn jemand anderes erwähnt. Es gibt nur zwei Gründe, warum eine Frau nicht an ihren Mann denkt: Entweder sie liebt ihn zu wenig oder zu sehr und sie will die zusammenhängenden Gefühle dieser Realitäten nicht spüren. Welche von beiden ist es bei dir?«

Auch wenn ich es nicht zugeben wollte, wusste ich, dass meine Therapeutin genau davon gesprochen hatte. Wenn ich an Dillon dachte, fühlte ich mich unwohl. Also dachte ich die meiste Zeit nicht an ihn. Ich genoss die Zeit mit ihm, wenn wir zusammen waren, aber ich hatte nie das Gefühl, dass meinem Leben etwas fehlte, wenn er nicht da war. Wenn Morna recht hatte und es nur zwei Gründe gab, warum ich mich so mühelos von ihm ablenken konnte, wusste ich, dass es nicht daran lag, dass ich ihn zu sehr liebte.

Ich hatte wohl zu lange gebraucht, um zu antworten, denn nach einem kurzen Moment beugte Morna sich sanft vor und legte eine Hand auf mein Knie.

»Du solltest ihn loslassen, Mädchen. Dein Leben wird bald noch viel komplizierter werden. Wenn du ihn nicht liebst, ist auf diesem neuen Weg kein Platz für ihn.«

Zum ersten Mal seit Monaten spürte ich, wie mir die Tränen in die Augen zu steigen drohten. Ich schüttelte schnell den Kopf, um sie zu vertreiben.

»Wie geht es Laurel? Ist sie wirklich in der Vergangenheit?«

Morna richtete sich auf, nickte und begann, Mr. Crinkles sanft den Rücken zu streicheln. Ich konnte nicht glauben, dass er so zufrieden dalag.

»Aye. Sie wird dich heute Abend anrufen. Deshalb musste ich heute Morgen mit dir sprechen.«

»Sie ruft mich an? Aus dem siebzehnten Jahrhundert?«

»Aye. Ich habe ihr einen Weg geschickt, um mit dir zu sprechen, denn ich kann nicht selbst mit ihr sprechen.«

»Warum?«

»Weil sie mich um Hilfe bitten würde und ich zu sehr in Versuchung wäre, sie ihr zu geben. Das wäre nicht nur zu ihrem Verhängnis, sondern auch zu dem jedes Mannes, der mit ihr auf der Burg lebt.«

Ich wiederholte die gleiche Frage. »Warum?«

Morna seufzte und ich spürte, dass das, was sie mir sagen wollte, ihr schon länger auf der Seele lag. »Du hast dir die Dinge gut zusammengereimt, aber in einem Punkt hast du dich geirrt.«

»Nur in einem? Wenn das alles ist, dann bin ich angenehm überrascht. Welcher Teil war falsch?«

»Die Prophezeiung, die Machara von ihrem Vater gegeben wurde, war keine Prophezeiung. Es war ein Fluch. Er hat ihr nicht gesagt, was sein *wird*, sondern nur, was sein *kann*. Er hat einen Weg geschaffen, wie sie besiegt werden kann – eine Möglichkeit, ihre Unsterblichkeit zu beenden.«

Ich dachte an all das, was ich in den letzten Tagen über Feen gelesen hatte und Mornas Erklärung leuchtete mir ein. Feen sterben nicht so leicht und alles, was ich gelesen hatte, deutete darauf hin, dass Machara irgendwann besiegt werden würde – oder vielleicht war ›*könnte*‹ das richtige Wort.

»Warum sollte ihr eigener Vater einen Weg finden, damit sie stirbt?«

»Das kann ich dir nicht sagen, Mädchen. Alles, was ich weiß, habe ich vor langer Zeit von einem Freund erfahren. Er ist nicht mehr da, um uns noch mehr Antworten zu geben, als wir bereits haben.«

Bei der Erwähnung ihres Freundes blitzte etwas Trauriges in Mornas Augen auf, aber sie überspielte es schnell mit einem Lächeln, als sie meinen Blick bemerkte.

»Dieser Freund ... ist er der Grund, warum du dich in diese Sache einmischst?«

»Aye. Ich mische mich oft in das Leben meiner Verwandten ein, aber nicht sehr oft in das Leben von Fremden. Ich bin mit niemandem auf der Isle of Eight Lairds verwandt, aber ich habe demjenigen, der es ist, versprochen, dass ich ihm helfen werde, sofern es der Fluch von Macharas Vater zulässt.«

Sie hielt inne und ich ließ das Schweigen zwischen uns andauern. Ich spürte, dass sie sich auf eine längere Geschichte vorbereitete.

»Raudrich, der Verehrer deiner Schwester, ist der Enkel eines Mannes, der mich einst sehr liebte. Lange nachdem ich die Zeit verlassen hatte, in der ich geboren wurde, spürte ich, wie Hamish im Schlaf nach mir rief. Er war dem Tod nahe und wollte mich ein letztes Mal sehen, also ging ich zu ihm. Auf seinem Sterbebett erfuhr ich von Machara und der Verwüstung, die sie auf der Isle of Whispers angerichtet hatte.

»Hamish war am Boden zerstört, dass sein junger Enkel zu einem so eingeschränkten Leben verurteilt worden war. Raudrichs Kräfte machten es notwendig, dass er einer der Acht wurde, aber Hamish wollte nicht, dass der Junge in einem Leben ohne Entscheidungsfreiheit gefangen war. Er konnte den

Fluch nicht dem Zufall überlassen, also bat er mich, meine Fähigkeiten zu nutzen, um eine Gruppe von Frauen zu versammeln, die stark genug sind, sie zu besiegen.«

Die Details des Fluches gingen mir durch den Kopf und plötzlich verstand ich.

»Aber du kannst uns nicht sagen, wie, oder? Denn du bist nicht ganz sterblich und Machara kann nur von sterblichen Frauen besiegt werden.«

Mornas Haltung entspannte sich, als sie sich in den Sessel zurücklehnte und einen großen Seufzer ausstieß.

»Ganz genau, Mädchen. Es ist nicht so, als würde ich Laurel nicht helfen wollen, es ist nur so, dass ich das nicht tun kann, wenn es noch Hoffnung für euch geben soll.«

»Alles, was du tun kannst, ist, uns alle dorthin zu bringen und uns den Rest der Geschichte zu überlassen.«

Mornas Augenbrauen zogen sich zusammen, was ich nur als einen besorgten Blick beschreiben konnte.

»Aye, Mädchen. Aber das stimmt auch nicht ganz. Wenn du es so formulierst, dass wir den Rest einfach dem Schicksal überlassen können, dann impliziert das, dass es keine reale Gefahr gibt, vor der wir uns sorgen müssen. Du lässt es klingen, als wäre das Ergebnis vorherbestimmt. Das suggeriert, dass ihr euch keine Sorgen machen müsst.«

Das war ehrlich gesagt auch meine Sicht der Dinge. Die Geschichten über die Insel waren bereits eine Legende – die Geschichte wusste bereits, wie das Ganze ausgehen würde.

»Ist es nicht so? Wenn nicht, wie erklärst du dir dann die Bücher und den Dokumentarfilm?«

Morna lachte und schüttelte den Kopf, was mich sofort beunruhigte. »Das wäre schön, aye? Aber leider ist die Zeit viel fließender, als du es verstehen kannst. Es ist sehr gut möglich, ja sogar sehr wahrscheinlich, dass Machara einen oder mehrere von euch besiegen wird. Wenn sie es tut, wenn ihr sie nicht besiegt, dann werden sich die Geschichten und Dokumentationen, die ihr in eurer Zeit gesehen habt, einfach ändern, um dem zu entsprechen, was geschieht. Nichts ist festgelegt, Kate. Wie es ausgeht, hängt von jedem von euch ab. Und ihr werdet alle gegen sie antreten. Ich kann nichts weiter tun, als würdige Gegner für sie auszuwählen und die Daumen zu drücken, dass ihr alle so mutig und klug seid, wie ihr zu sein scheint.«

»Ich glaube langsam, es wäre mir lieber gewesen, wenn ich das alles nicht gewusst hätte, bevor ich in die Zeit zurückreise.«

Sie stand auf und ging auf die Tür zu.

»Du musstest es wissen. Dein Glaube daran, wie sich die Dinge entwickeln würden, hätte dich leichtsinnig gemacht. Angst ist in diesem Fall gut. Aber zweifle nie an deiner Tapferkeit, Kate. Denn du hast sie in Hülle und Fülle. Jetzt muss ich mich auf den Weg machen, aber ich muss dir noch ein paar Dinge sagen. Erstens weiß ich, dass deine Mutter und David mitkommen müssen und das ist auch gut so, aber es liegt an dir, wie du sie dorthin bringst. Zweitens würde ich euch in meinem Gasthaus willkommen heißen und euch gerne durch meinen Zauber zurückschicken, aber wenn deine Schwester dich heute Abend anruft, wird sie dir einen besseren Weg anbieten. Eine solche Reise ist nicht nur einfacher, sondern ermöglicht euch auch, von Menschen umgeben zu sein, die eurer Mutter und David helfen können, sich an den Schock zu gewöhnen, den sie erleben werden, wenn sie dort ankommen. So oder so werden wir uns zweifellos wiedersehen.«

Sie beugte sich vor, um mir zum Abschied einen Kuss auf die

Wange zu geben und hielt dann inne, als sie sich von mir entfernen wollte.

»Eine letzte Sache noch: Sag Laurel nicht, dass ich hier war. Tu so, als wüsstest du nichts von dem, was sie dir erzählt. Vor allem nicht, wenn es mit dem übereinstimmt, was wir besprochen haben. Sie hat immer noch ihre eigenen Herausforderungen zu meistern. Es wäre nicht gut, wenn sie wüsste, dass ich hier war.«

Ich stimmte zu und blickte ihr aus dem Fenster nach, bis sie verschwunden war.

Es schien mir eine sehr lange Reise für ein Gespräch zu sein, das man leicht am Handy hätte führen können, aber andererseits war die Reise von Schottland nach Boston für eine zeitreisende Hexe wohl kein Problem.

KAPITEL 4

Mom kam erst gegen elf Uhr vom Fitnessstudio nach Hause, was mich zwar überraschte, aber eigentlich ganz gut so war. So hatte ich die Möglichkeit gehabt, mir einen Plan zurechtzulegen, um mich um ein paar der vielen Dinge zu kümmern, die in den nächsten Wochen geklärt werden mussten.

Nachdem Morna gegangen war und ich mich für den Tag fertig gemacht hatte, beschloss ich, mich zuerst um die offensichtlichste Angelegenheit zu kümmern. Ich ging zum ersten Mal seit dem Brand in mein Büro in der Innenstadt und begann, die Teile meines Lebens in Boston so schnell wie möglich auseinanderzunehmen. Ich wusste, dass ich sonst in einer riesigen Tränenpfütze zusammenbrechen würde.

Während viele meiner Kunden nach meinem Unfall zu anderen Innenarchitekten gewechselt waren, gab es eine Handvoll gütiger Seelen, die darauf bestanden hatten, dass ich ihre Anzahlungen behielt, mir alle Zeit nahm, die ich brauchte, um gesund zu werden, und dann die Arbeit an ihren Projekten wieder aufnahm, wenn ich bereit war. Als ich in mein Büro kam, rief ich sie als Erstes an, zog mich von den Aufträgen zurück und schickte ihnen alle ihre Anzahlungen.

Sobald das erledigt war, ging ich den Rest meiner Liste so schnell wie möglich durch:

1. Den Mietvertrag für mein Büro kündigen und sehen, ob ich meine Kaution zurückbekommen würde. (Da ich vier Monate früher ausziehen wollte, wurde die Kaution abgelehnt).

2. Die Kosten für Flüge nach Edinburgh recherchieren und herausfinden, wie ich das Geld aufbringen konnte. (Heilige Scheiße! Flüge waren teuer. Ich würde meine Kreditkarte auslasten müssen).

3. Sue anrufen und ihr sagen, dass sie die Bestellung für die Prothese stornieren sollte. (Sie war unheimlich enttäuscht. Sie hatte die letzten sechs Wochen damit verbracht, mich davon zu überzeugen, mit einer Prothese loszulegen, aber als ich ihr erklärte, dass es daran lag, dass ich nach Schottland fuhr, um Laurel zu besuchen, wirkte sie ein wenig zuversichtlicher. Es war zwar bedauerlich, dass sie den Eindruck hatte, dass ich in ein paar Wochen nach Boston zurückkehren würde, aber ich sah keine andere Möglichkeit, als sie in die Irre zu führen).

4. Mir eine Geschichte ausdenken, die Mom und David dazu bringen würde, einer Reise nach Schottland zuzustimmen. (Ich brauchte viel länger, um mir diese Geschichte auszudenken, als gedacht und wusste nicht, ob sie glaubwürdig war oder nicht).

5. Mein Büro zusammenpacken und ein paar Möbelpacker anheuern, die mir beim Auszug helfen würden. (Ich würde auch Umzugshelfer anrufen müssen, die mir beim Packen der Kisten halfen. Ich verbrachte fast zwei Stunden damit und weinte am Ende vor Frustration. Es gab viele Dinge, die ich noch nicht mit

einem Arm tun konnte, wie z. B. das Zusammenfalten eines Kartons).

Nachdem ich den Großteil meiner Liste in ein paar Stunden abgearbeitet hatte, kam ich eine halbe Stunde vor Mom zurück in Laurels Wohnung. Als sie ankam, war ich schon etwas besorgt.

»Bist du gerade vom Fitnessstudio zurückgekommen?«

Sie hielt in der Tür inne und zögerte ein wenig zu lange. »Äh, ja. Ich habe mich gerade so gut amüsiert, dass ich wohl die Zeit vergessen habe.«

Ich starrte sie an, als sie mir den Rücken zukehrte, um die Tür abzuschließen. In unserer Familie gab es keine Frauen, die so viel Spaß am Sport hatten, dass sie sich damit amüsieren würden. Es war unmöglich, dass sie die ganze Zeit im Fitnessstudio gewesen war, aber ich sah keinen Grund, nachzufragen. Sie war erwachsen und ich auch. Wir durften beide unsere Geheimnisse haben.

»Hm. Okay, hey, ich wollte dich noch etwas fragen. Hast du heute Abend schon etwas vor?«

Sie nahm sich einen Moment Zeit, um ihre Schlüssel an einen der Haken neben der Haustür zu hängen, dann ging sie zur Couch und setzte sich neben mich.

»Nein, ganz und gar nicht. Willst du aus dem Haus gehen?«

Ich wusste, dass die Frage eigentlich eher ein Vorschlag war. Sie und Laurel waren beide der Meinung, dass ich mich seit dem Brand viel zu sehr abgekapselt hatte, was ziemlich widersinnig war, wenn man bedachte, dass die beiden erstklassige Einsiedler waren.

»Ich habe mich gefragt, ob wir uns zum Abendessen bei diesem tollen Italiener in der Nähe meines Büros treffen könnten? Ich werde David auch einladen. Ich muss mit euch beiden sprechen.«

Sie machte eine erschrockene, ruckartige Bewegung mit dem Kopf, als wäre sie von etwas erschrocken, das ich gesagt hatte. »David, der Vater von Marcus? Warum muss er kommen? Ist alles in Ordnung? Stecken Laurel und Marcus in Schwierigkeiten?«

Ich hätte wissen müssen, dass sie sofort an irgendeine Tragödie denken würde.

»Nein, nein, mach dir keine Sorgen. Alles ist völlig in Ordnung. Laurel hat angerufen, als du weg warst. Sie möchte, dass ich euch beide mit etwas überrasche.«

Sie blickte immer noch skeptisch drein. »Und ist dieses Etwas gut?«

Ich nickte. »Ja. Ich denke, du wirst es sehr gut finden.«

»Okay, na dann.« Sie lächelte und ich merkte, dass ich mich ein wenig entspannen konnte, obwohl meine schwierigste Aufgabe sicher nicht darin bestand, sie zu einem Abendessen zu überreden. Wenn sie schon skeptisch war, dass ich mit ihr essen gehen wollte, dann würde sie das mit den Zeitreisen wohl kaum glauben.

Ich holte tief Luft und erinnerte mich daran, dass ich einfach einen Schritt nach dem anderen machen musste.

»Perfekt.«

Mein Handy surrte auf dem Couchtisch und ich schaute nach unten, um Dillons Namen und sein Foto auf dem Bildschirm auftauchen zu sehen.

»Verdammt.« Ich fluchte leise vor mich hin, als ich das Handy in die Hand nahm. Ich hatte unsere Verabredung für heute Abend ganz vergessen.

Mom stand auf, als sie merkte, dass ich meine Ruhe brauchte und entfernte sich von der Couch.

»Geh du ruhig ran. Ich gehe in Laurels Zimmer und rufe David an, um zu fragen, ob er uns heute Abend treffen kann.«

Ich war schon fast rangegangen, bis mir klarwurde, was Mom vorhatte. »Du rufst David an? Kennst du David überhaupt?«

Sie neigte den Kopf zur Seite und verschränkte verärgert die Arme. »Natürlich kenne ich David. Es ist kein Problem für mich, ihn anzurufen.«

»Okay, dann danke.«

Ich wartete, bis sie in Laurels Zimmer war, bevor ich ranging. Dillon klang so aufgeregt, dass mir ganz elend zumute war.

»Hey, Baby. Ich wollte mich nur vergewissern, dass unser Date heute Abend noch steht. Ich kann es kaum erwarten, dich zu sehen. Ich habe noch eine Zahnextraktion und drei Füllungen vor mir, bevor ich über das Wochenende nach Hause fahren kann. Ist sieben Uhr eine gute Zeit?«

Ich holte tief Luft und versuchte, den Schleim aus meinem Hals zu räuspern. »O Dillon«, sagte ich und hustete zur Verstärkung. »Ich hätte dich heute Morgen anrufen sollen. Ich bin krank. Richtig krank.« Ich machte eine Pause, um weiter zu husten. »Ich muss absagen.«

»Das ist wirklich schade, Kate. Das tut mir leid. Ich würde ja gerne rüberkommen, aber ich kann es mir im Moment nicht leisten, krank zu werden.«

Ich runzelte die Stirn und war überrascht, dass seine Reaktion mich verärgerte. Ich war nicht einmal wirklich krank, aber wenn ich es gewesen wäre, hätte ich mir mehr Mitgefühl gewünscht.

»Oh, natürlich nicht. Das kannst du sicher nicht gebrauchen. Ich rufe dich morgen an.«

Er seufzte. »Okay, Baby. Ruh dich etwas aus. Ich liebe dich.«

»Ich liebe dich auch.« Es war keine Lüge, aber es war auch nicht die Wahrheit.

KAPITEL 5

Als ich im Restaurant saß und auf meine Mutter und David wartete, wurde ich immer nervöser. Ich war an diesem Morgen nicht in der Lage gewesen, meine Arbeit im Büro vollständig zu erledigen, also hatte ich den Rest des Tages in der Stadt verbracht, um mit Umzugsfirmen zu packen.

Sie waren beide fünfzehn Minuten zu spät. Ich kannte David zwar nicht besonders gut, aber Mom war noch nie zu spät.

Gerade als ich nach meinem Handy griff, betraten sie das Restaurant gemeinsam.

Ich schluckte meine Panik herunter, lächelte und stand auf, um sie zu begrüßen.

Mom machte sich nicht die Mühe, mich zu umarmen – das tat sie zu Hause schon oft genug. Stattdessen lächelte sie mich nur kurz an und setzte sich, während David mich so fest umarmte, wie ich es schon lange nicht mehr erlebt hatte. Genau wie sein Sohn konnte David bemerkenswert warme und wunderbare Umarmungen geben.

»Du siehst gut aus, Kate. Wie fühlst du dich?«

»Besser. An den meisten Tagen geht es mir sehr gut. Oft

habe ich das Gefühl, dass der rechte Arm noch da ist, aber das ist wohl normal.«

Er lächelte, als er mich losließ. Sein Blick konnte sein Mitleid nicht verbergen, aber das war etwas, an das ich mich gewöhnt hatte. Mit Fremden war es leichter als mit Menschen, die ich schon kannte. Diejenigen, die mich vor dem Feuer gekannt hatten, sahen mich mit Blicken an, die nach Mitleid schrien. Das war einer der Gründe, warum der Umzug in die Vergangenheit für mich nicht ganz so beängstigend war. Wenigstens würde dort niemand sagen können, dass er mich vorher gekannt hatte. Sie würden mich nur so kennen, wie ich jetzt war.

Wir setzten uns an den Tisch, als der Kellner kam, um unsere Getränkebestellungen aufzunehmen.

»Seid ihr in denselben Stau geraten? Ich kann nicht glauben, dass ihr genau zur selben Zeit aufgetaucht seid.«

»Wir …« Mom zögerte und warf einen kurzen Blick in Davids Richtung. »Wir sind zusammen gefahren. David hat mich abgeholt.«

»Oh. Das ist …« Ich war so schockiert, dass ich nicht wusste, was ich sagen sollte. »Das ist sehr sparsam von euch.«

Der Tonfall meiner Mutter war abwehrend, als sie antwortete. »Laurel und Marcus sind schon fast ihr ganzes Leben lang befreundet, Kate. David und ich kennen uns schon sehr lange.«

Ihre Reaktion verwirrte mich, aber Davids leises Räuspern verwirrte mich noch mehr. Es war, als würde er sie beruhigen wollen. Ich konnte spüren, wie sie unruhig wurde und das war die letzte Stimmung, in der sie jetzt sein sollte. Ich würde später darüber nachdenken, was mit ihr los sein könnte. Fürs Erste musste ich die Stimmung auflockern.

»Okay, das ist kein Problem. Ich finde es sehr nett, dass er angeboten hat, dich abzuholen.« Ich lächelte, um die Anspannung etwas zu lindern. »Ihr fragt euch bestimmt, warum ich euch beide zum Essen eingeladen habe.«

Meine Mutter seufzte und richtete sich in ihrem Stuhl auf, während sie sich mit einer Hand durch ihre langen, dunklen Locken fuhr.

Sie war nervös und ich konnte beim besten Willen nicht verstehen, warum.

David lehnte sich vor und lächelte. »Eigentlich haben wir schon eine Vorstellung.«

In meinem Kopf ging ich sofort alles durch, was ich heute getan hatte. Woher sollten sie das wissen? »Ihr wisst es? Woher?«

Der besorgte Blick meiner Mutter veränderte sich und bevor David antworten konnte, streckte sie ihren Arm aus, um meine Hand zu drücken.

»Wir haben auf dem Weg hierher darüber gesprochen. Wir haben einen Verdacht. Warum sagst du uns nicht, was los ist? Dann werden wir dir sagen, ob wir recht hatten.«

Ich konnte heute nicht wieder die ganze Nacht aufbleiben. Mein schlaftrunkenes Gehirn machte es mir schwer, etwas von dem zu verstehen, was sie sagte.

»Okay ...« Ich fing langsam an und achtete darauf, alles genau nach Plan zu sagen. »Na ja, es ist nichts, worüber ihr euch Sorgen machen müsst. Es ist eine gute Sache.«

David lächelte. »Das wissen wir.«

Ich spürte, wie mein Gesicht einen Ausdruck völliger Verwirrung annahm, aber bevor ich etwas fragen konnte, schaltete Mom sich ein.

»Ignoriere ihn, Kate. Mach weiter mit dem, was du sagen wolltest.«

Ich nickte und griff nach meinem Wasserglas, um einen kurzen Schluck zu nehmen, bevor ich fortfuhr. »Kurz nachdem ich heute Morgen in mein Büro gegangen bin, habe ich einen Anruf von Laurel bekommen. Sie haben beschlossen, den Rest des Sommers in Schottland zu bleiben.«

»Ach ja?«

Ich hatte erwartet, dass meine Mutter von dieser Neuigkeit gestresst sein würde. Ich wusste, dass sie in Boston bleiben musste, bis Laurel zurückkam und eine so lange Reise würde ihr Leben in Florida zweifellos stark beeinträchtigen, aber so wie ihre Stimme sich am Ende ihrer Frage erhob, schien sie sich über die Neuigkeit zu freuen.

Ich starrte sie an, bis sie meinen Gesichtsausdruck bemerkte. »Geht es dir gut, Mom?«

Sie antwortete – meiner Meinung nach – etwas zu schnell. »Natürlich geht es mir gut. Warum sollte es mir nicht gut gehen?«

Ich zuckte mit den Schultern. »Ich hätte nur nicht erwartet, dass du dich so über die Nachricht freust. Du scheinst heute Nachmittag nicht ganz du selbst zu sein.«

»Natürlich freue ich mich. Wenn Laurel und Marcus den Sommer über bleiben wollen, dann bedeutet das, dass sie sich prächtig amüsieren. Das ist alles, was sich eine Mutter für ihre Kinder wünscht – dass sie glücklich sind.«

Ich hatte den starken Drang, vor mich hin zu murmeln: ›Vielleicht andere Mütter‹, aber ich hielt mich zurück. Ich wusste natürlich, dass Mom das für uns beide wollte. Sie war nur oft zu anstrengend, um das zu zeigen.

Stattdessen lächelte ich, wartete auf den Kellner, der unsere

Essensbestellungen aufnahm und fuhr dann mit dem Rest meines Plans fort, als er weg war.

»Okay, gut. Wenn dich das glücklich macht, wird die folgende Nachricht dich sicher auch freuen. Da Laurel und Marcus beschlossen haben, den Sommer über zu bleiben und Marcus' dreißigster Geburtstag Ende Juli ist, haben sie uns drei eingeladen, sie zu besuchen. Laurel bezahlt die Reise.«

Davids Augen weiteten sich und er ließ die Brotstange fallen, die er sich gerade in den Mund stecken wollte. »Du meinst doch nicht etwa, dass sie bereit ist, die Kosten dafür zu übernehmen?«

Ich nickte aufgeregt. »Das ist genau das, was ich meine. Sie war wirklich hartnäckig. Sie sagte, ich solle euch überreden, damit wir so schnell wie möglich einen Termin finden können, der uns allen passt.«

Mom kamen die Tränen. »Lass uns jetzt sofort aufbrechen. Gleich morgen früh. Ich kann heute Abend packen.«

David lachte und drückte Mom sanft die Schulter. »Ich würde auch gerne morgen abreisen, Myla, aber ich bin mitten in der ersten Sommersession. Ich könnte frühestens in drei Wochen abreisen und das auch nur, wenn ich einen anderen Professor finde, der meinen zweiten Sommerkurs übernimmt.«

Ich konnte nicht leugnen, dass ich ein wenig enttäuscht war. Ich wollte fast genauso schnell weg wie Mom, aber drei Wochen schienen mir angemessen. Es gab noch viele Dinge, um die ich mich kümmern musste.

»Aber du glaubst schon, dass du jemanden finden kannst, der den Kurs übernimmt?«

»Kate, wenn du den Flug buchst und Laurel mein Ticket bezahlt, werde ich so oder so mit euch gehen. Wenn ich niemanden finde, der den Kurs übernimmt, werde ich kündigen.«

Ich konnte ihm nichts entgegnen, aber wenn ich mit all dem recht hatte, würde David genau das tun, ob er es nun wusste oder nicht.

Ein Aufblitzen vertrauten dunklen Haars und breiter Schultern erregte meine Aufmerksamkeit. Das Blut floss aus meinem Gesicht, als ich sah, wie Dillon das Restaurant betrat. Ich befand mich direkt in seinem Blickfeld. Es war unmöglich, dass er mich nicht sehen würde.

Ich überlegte kurz, ob ich unter den Tisch tauchen sollte, aber sein Kopf drehte sich in meine Richtung, bevor ich es tun konnte. Seine Augenlider flatterten seltsam, als würde er versuchen, das Gesehene zu verarbeiten, aber dann wechselte sein Blick zu Wut. Ich wusste, dass ich keine andere Wahl hatte, als zu ihm zu gehen und mich dieser Situation zu stellen.

»Entschuldigt mich einen Moment. Dillon ist hier und ich muss mit ihm sprechen.«

»Dillon!« Mom sprang vor Aufregung fast von ihrem Platz auf. Sie liebte Dillon – wahrscheinlich mehr als ich. »Lade ihn ein.«

Zittrig legte ich meine Serviette auf den Tisch und stand auf.

»Ich glaube nicht, dass er in der Stimmung ist, zu reden, Mom. Ich habe ihm gesagt, ich sei krank. Er wusste nicht, dass wir hier sein würden.«

Sie blickte entsetzt drein.

»Warum solltest du so etwas tun?«

»Das spielt keine Rolle. Esst ihr zwei ruhig ohne mich. Ich begleite Dillon zurück zu seiner Wohnung. Wir sehen uns später.«

Ich hatte Dillon noch nie mit so einem Gesichtsausdruck

gesehen, aber er verhielt sich im Restaurant sehr ruhig und gelassen, als ich auf ihn zuging.

»Du hast gelogen.«

»Ich weiß. Warum gehen wir nicht zurück in deine Wohnung? Wir müssen reden.«

KAPITEL 6

»Nein.«

Das war das erste und einzige Wort, das er zu mir gesagt hatte, seit wir bei ihm angekommen waren. In dem Moment, als wir durch die Tür seiner Wohnung traten, schüttete ich ihm mein Herz aus und versuchte, die Sache so schnell wie möglich zu beenden, damit ich mich zurückziehen und am besten nie wieder über die ganze Situation nachdenken konnte.

Ich starrte ihn entgeistert an. Ich weinte. Mein Gesicht war rot. Meine Stimme zitterte. Mir wurde bei jedem Wort schlecht. Er saß mit verschränkten Armen und angespanntem Kiefer auf der Couch und sah mich nicht an.

»Was meinst du mit ›Nein‹?«

»Ich meine Nein. Ich akzeptiere deine Trennung nicht.« Er stand auf und warf die Hände hoch. »Das ist verrückt, Kate. Noch vor ein paar Tagen war alles in Ordnung.«

Dem konnte ich nicht widersprechen. Ich war so gut darin gewesen, meine Gefühle zu ignorieren, dass ich nicht einmal beurteilen konnte, ob alles gut gewesen war oder nicht. Schlecht war es sicher nicht gewesen, aber hieß das zwangsläufig, dass es gut war?

»War es das?«

Er starrte mich an, als wäre mir gerade ein neuer Kopf gewachsen.

»Ja, Kate. Die Dinge waren gut. Du hast darüber nachgedacht, bei mir einzuziehen. Wir haben uns fast jeden Tag gesehen. Deine Mutter liebt mich.«

»Meine Mutter kennt dich nicht.«

Er hörte auf, durch den Raum zu stürmen, verschränkte die Arme und starrte mich an.

»Was zum Teufel soll das heißen, Kate? Dass sie mich nicht mögen würde, wenn sie mich kennen würde? So wie du mich plötzlich nicht mehr magst?«

»Nein, das habe ich überhaupt nicht gemeint. Ich meine nur, dass ihr beide sehr wenig Zeit miteinander verbracht habt, das ist alles. Und ich mag dich sehr wohl. Ich will dich einfach ...« Ich zögerte, weil ich nicht sicher war, ob ich mit dem ersten Satz, der mir in den Sinn kam, fortfahren sollte. Er war unbedacht und verletzend, aber tief im Inneren wusste ich, dass es die Wahrheit war. »Ich will dich nicht.«

In seinen Augen flackerte etwas auf und er sah aus, als hätte er einen Schlag in die Magengrube bekommen. Mir stiegen wieder die Tränen in die Augen. Es war nicht fair, dass ich so aufgebracht war, aber ich hasste es, ihn zu verletzen.

»Das meinst du nicht so. Es gibt nichts, was du jemals gesagt oder getan hast, was zu dieser Aussage passt.«

»Dillon.« Ich griff nach seiner Hand und zog ihn zum Sofa hinunter. »Seit dem Feuer ... Ich glaube, ich habe nicht lange genug innegehalten, um darüber nachzudenken, was ich will. In letzter Zeit sind einige Dinge passiert, die mich zum

Nachdenken gebracht haben und ich glaube einfach nicht, dass das, was wir haben, genug ist.«

»Was für Dinge?« Die Muskeln in seinem Kiefer zuckten jetzt. Er war wütend und er wollte nicht, dass ich sah, wie wütend.

»Das spielt keine Rolle.«

Er sprang von der Couch auf und begann, im Zimmer auf und ab zu gehen.

»Um Himmels willen, Kate, du schuldest mir eine bessere Erklärung als das hier. Ich hatte vor, dich zu heiraten. Du warst für mich die Einzige. Baby ...« Plötzlich sank er auf die Knie und vergrub seinen Kopf in meinem Schoß. »Ich liebe dich. Du kannst nicht einfach Schluss machen und so tun, als hätte es das letzte Jahr nicht gegeben.«

Mit einem Kloß im Hals und Tränen im Gesicht schob ich ihn weg und stand auf. »Ich liebe dich auch, aber ich glaube nicht, dass einer von uns den anderen so liebt, wie er sollte. Da ist keine Leidenschaft. Wir sind nicht verrückt nacheinander.«

Er schnaubte und schüttelte abweisend den Kopf. »Hör doch auf, Kate. So ein Mist bedeutet gar nichts. Das hier ist sinnvoll.« Er deutete zwischen uns hin und her. »Wir sind sinnvoll.«

Er griff wieder nach mir, aber ich wich zurück.

»Es tut mir leid, Dillon. Das Letzte, was ich jemals tun möchte, ist, auf mein Leben zurückzublicken und zu sagen, dass es *sinnvoll* war. Ich will so viel mehr als das.«

Ich stand mit dem Rücken zu ihm, als ich zur Tür ging und er stieß ein leises, wütendes Glucksen aus.

»Viel Glück dabei, Kate. Glaubst du wirklich, dass die Männer jetzt Schlange stehen werden? Vor ein paar Jahren hätten sie es vielleicht getan, aber jetzt nicht mehr. Du bist zu kaputt. Du hast viel mehr Ballast, als irgendjemand annehmen will.«

Seine Worte zwangen mich fast in die Knie. Ich kannte Dillon schon seit Jahren und noch nie hatte er so etwas Schreckliches zu mir gesagt. Die eine Sache, von der er wusste, dass sie mich am meisten verletzen würde, die eine Sorge, die ich nie laut ausgesprochen hatte, hatte er zum Ausdruck gebracht. Ich konnte kaum fassen, dass so grausame Worte aus seinem Mund gekommen waren.

Ich würde mich nicht noch einmal umdrehen und ihm gegenübertreten. Und ich würde ihn ganz sicher nicht wissen lassen, wie sehr seine Worte mich verletzt hatten.

»Dann bin ich lieber allein.«

Ich schaffte es kaum um die Ecke, bevor ich an der Seite des nächsten Gebäudes zusammenbrach und weinte.

Zum Glück war Mom noch nicht zurück, als ich in Laurels Wohnung ankam. Es gelang mir, mich in meinem Zimmer zu verkriechen und mich zu sammeln. Es dauerte nicht lange. So schmerzhaft Dillons Worte auch waren, meine Therapeutin hatte recht – ich war eine Meisterin der Ablenkung. Das Feuer hatte das zu einer Notwendigkeit gemacht. Wenn der Schmerz zu stark wurde, oder wenn ein Gefühl zu stark wurde, konnte ich es schnell in eine hintere Ecke meines Geistes verdrängen, wo ich nicht daran denken musste, indem ich mich auf etwas außerhalb meiner selbst konzentrierte.

Ich brauchte auch nicht lange nach etwas anderem zu suchen, auf das ich mich konzentrieren konnte. Kurz nachdem ich die Tür zu meinem Zimmer geschlossen und Mr. Crinkles in den Arm genommen hatte, klingelte mein Handy. Ich wusste sofort, dass es Laurel sein musste, weil ich die Nummer nicht in meinem Handy gespeichert hatte.

»Hallo?«

»Kate, ich bin's. Geh irgendwohin, wo Mom dich nicht hören kann, okay?«

»Keine Sorge. Mom ist nicht da. O mein Gott, Laurel, es ist so schön, deine Stimme zu hören!« Beinahe wäre ich sofort auf die Nachforschungen eingegangen, die ich betrieben hatte, aber dann erinnerte ich mich an Mornas Anweisung, Laurel nicht wissen zu lassen, dass ich mit ihr gesprochen hatte – was bedeutete, dass ich nicht schon mit Sicherheit wissen sollte, dass sie in der Vergangenheit war. »Geht es dir gut? Bist du in Sicherheit? Bist du wirklich ... Bist du wirklich in der Vergangenheit?« Ich konnte mir vorstellen, wie sie an einer riesigen Holztür in einer knarrenden alten Burg lehnte. Allein der Gedanke ließ mich vor Aufregung zittern.

»Ja, ja und ja. Es geht mir gut. Ich bin in Sicherheit. Und ich spreche aus dem Jahr 1651 zu dir.«

Ich hörte ihr zu und löcherte sie mit Fragen zu den Recherchen, die ich unternommen hatte. Ich war begeistert, als ich hörte, dass sie nicht auf der Conall Burg war. Die Conall Burg war zwar sicher beeindruckend, aber ich hatte mich ganz auf die Isle of Eight Lairds und ihre seltsamen Legenden konzentriert.

Schon während unseres Telefonats wurde mir klar, dass meine schlaflosen Nächte der Recherche sich gelohnt hatten. Es gab viele Dinge, über die ich mehr wusste als Laurel. Laurel lebte das Ganze ja schließlich. Ich betrachtete es im Rückblick. Es war, als wäre ich eine Wahrsagerin. Allerdings sah ich nicht in die Zukunft eines anderen, sondern in meine eigene.

Laurel brach fast zusammen, als ich ihr von meinem Plan erzählte, mit Mom und David in der Zeit zurückzureisen. Ich hörte den fast tadelnden Ton in ihrer Stimme, als ich ihr gestand, dass ich mir unsere Flugtickets nicht wirklich leisten konnte, aber zum Glück hielt sie ihre schwesterliche Sorge zurück.

Je mehr ich redete, desto mehr lebte sich Laurel ein. Es freute mich mehr, als sie ahnen konnte, dass ich in der Lage war, mich nützlich zu machen, selbst wenn ich durch so viele Jahrhunderte von ihr getrennt war.

»In dem Dokumentarfilm ging es um die Legende, richtig? Um die Acht und wie sie die Insel vor der Dunkelheit geschützt haben, die wieder an Macht gewonnen hätte, wenn die Acht sich aufgelöst hätten? Das Buch war viel genauer. Laut ihm, handelt es sich bei dem Bösen, das in der Dokumentation erwähnt wird, um eine Fee. Sie kann zwar an Stärke gewinnen, aber mit sieben Männern stellt sie auch eine wirkliche Bedrohung dar.«

Ich hielt inne, als Laurel mich unterbrach. Als sie mir bestätigte, dass der Dokumentarfilm richtiglag – dass das Böse auf der Insel tatsächlich eine Fee namens Machara war –, hätte ich vor Begeisterung durch den Raum tanzen können. Nicht, dass ich aufgeregt gewesen wäre, dass meine Schwester in so unmittelbarer Gefahr schwebte, aber ich konnte nicht leugnen, dass ich mich über die Existenz von mystischen Wesen freute.

Ich erklärte Laurel, dass sechs die magische Zahl war. Wenn die Acht zwei Männer verloren, ohne einen zu ersetzen, könnte die durch ihre Magie gebundene Fee aus ihrem Gefängnis ausbrechen.

»Das Buch hat diesen Teil also richtig erfasst. In dem Buch wird eine Prophezeiung erwähnt, die Macharas Vater als

Bestrafung ausgesprochen hat. Anscheinend hat sie etwas getan, um ihn zu verärgern. Leider steht nicht drin, was sie getan hat. Doch laut der Prophezeiung wird Machara eines Tages von der Magie der Männer gefesselt sein, aber ihr Leben wird durch sterbliche Frauen beendet.«

Es waren neun sterbliche Frauen, um genau zu sein und das sagte ich Laurel. Laurels Tonfall klang jedes Mal besorgt, wenn sie sprach. Je mehr wir redeten, desto realer erschien mir alles. Das war nicht nur eine Geschichte. Es war ihr Leben. Es war mein Leben. Und wenn ich Laurels Bedürfnis nach einem positiven Ende richtig interpretierte, dann ging es hierbei auch um das Leben des Mannes, den sie liebte.

»Okay, Kate, steht da etwas über diese Frauen? Wer sind sie?«

»Da kommst du ins Spiel, Laurel. Du bist eine von ihnen und ich bin mir ziemlich sicher, dass ich auch eine bin.«

Es herrschte einen kurzen Moment Stille, bevor Laurel antwortete. »Erkläre mir das.«

»Dein Name wird nicht ausdrücklich erwähnt. Er bezieht sich nur auf die Frau eines Gutsherrn. Es heißt, dass die Frau von Gutsherrn Allen die erste der neun Frauen ist, die Machara letztendlich zerstören werden, aber dass jede Frau zu ihrer eigenen Zeit und auf ihre eigene Weise geprüft wird.«

Dann stellte sie die offensichtlichste Frage. »Woher weißt du, dass du eine von ihnen bist?«

»Das stand nicht im Hauptteil des Buches. Es wird nicht näher auf die neun Frauen eingegangen, aber auf einer Seite gab es eine Notiz des Autors.« Ich hielt inne und wäre fast aufgestanden, um das Buch zu holen, entschied mich dann aber dagegen, von der Tür wegzugehen. Ich wollte den Eingang in den Raum blockieren können. »Ich erinnere mich nicht mehr an den genauen Wortlaut, aber da stand, dass *wenig über die Frauen bekannt ist, die den Fluch der Burg aufgehoben haben, obwohl vermutet wird, dass zwei der neun Schwestern sind, beide blondes Haar und blaue Augen haben, obwohl eine von ihnen durch ein Feuer gezeichnet ist.*«

Ich saß geduldig in der folgenden Stille, während ich Laurel erlaubte, alles zu verarbeiten.

Sie stimmte dem zu, was ich bereits vermutet hatte – dass Morna die Fußnote hinzugefügt hatte, um mir einen Hinweis zu geben, dass auch ich in der Zeit zurückreisen sollte.

Wir unterhielten uns eine Weile und ich erzählte ihr, was ich über den Druiden gelesen hatte, der sich in eine Fee verliebt hatte und wie er angeblich daran gestorben war. Laurel sagte, dass sein Name Calder sei und dass er zwar noch nicht tot sei, aber sie sich kein anderes Ende für ihn vorstellen könne.

»Laurel, ich hoffe für dich, dass er weg bleibt. Wenn er zurückkommt, bin ich mir nicht sicher, ob du viel tun kannst, um ihn davon abzuhalten, dich Machara zu übergeben.«

Laurels Stimme war dünn, als sie antwortete. »Ich weiß.«

Sie war verängstigt. Vor meinem Gespräch mit Morna hätte ich ihr gesagt, dass sie sich keine Sorgen machen solle – dass sie die Geschichte auf ihrer Seite habe – aber jetzt hatte ich genauso viel Angst wie sie.

»Hör mir zu, Laurel. Du kannst sie besiegen, wenn du gezwungen wirst, dich ihr zu stellen. Du bist der klügste Mensch, den ich kenne. Du bist so viel stärker, als du denkst.«

Ich hörte, wie sie tief durchatmete und wollte sie am liebsten in eine Umarmung hüllen.

»Danke, Kate. Ich muss jetzt gehen. Ich weiß nicht, ob ich in nächster Zeit anrufen kann. Es gibt hier eine Menge, das ich klären muss.«

Ich nickte, als könnte sie mich sehen. »Ich weiß. Wir sehen uns in ein paar Wochen, okay?«

In diesem Moment meldete Laurel sich noch einmal zu Wort. Ich konnte das Lächeln in ihrem Tonfall hören. »Apropos. Ich kann nicht glauben, dass ich das fast vergessen hätte. Hör zu, du musst nicht nach Morna suchen. Ich habe eine Freundin gefunden, eine andere Frau aus der Gegenwart, die von Morna in der Zeit zurückgeschickt wurde. Sie wohnt auf der Festung Cagair und sie haben ihr eigenes Portal. Sie sagt, dass es viel einfacher ist, durch dieses Portal zurückzureisen als durch Mornas Magie. Sie hat mir gesagt, dass ich jeden, der durch das Portal reisen muss, dorthin schicken soll. Sie und ihr Mann werden euch bis zur Insel begleiten, wenn ihr dort ankommt.«

»Ist das dein Ernst?« Ich versuchte, meine Überraschung über ihren Vorschlag zu verbergen.

»Ja. Ihr Name ist Sydney. Fragt einfach nach ihr, wenn ihr dort ankommt. Ich glaube, die andere Frau heißt Gillian. Sie werden wissen, was zu tun ist.«

Ich hörte ein Rascheln am anderen Ende der Leitung und spürte, dass Laurel aufhören musste.

»Laurel, pass gut auf dich auf, okay?«

»Das werde ich. Du auch auf dich, Kate. Ich hab dich lieb.«

Nachdem ich ihr meine Liebe mitgeteilt hatte, legte ich auf und rollte mich unter meiner Decke zusammen, in der Hoffnung, dass die Wärme mich davon abhalten würde, aus Angst um meine Schwester und wegen meines verletzten Herzens zu zittern.

KAPITEL 7

Sechzehn Tage später

Ich konnte nicht glauben, dass ich von allem, was ich erledigt hatte, von jeder Liste, die ich erstellt und abgehakt hatte, von jedem möglichen Szenario, das ich durchdacht hatte, ausgerechnet an diese eine Sache nicht gedacht hatte. Ich war eine kluge Frau. Ich tat keine dummen Dinge. Aber meine Unwissenheit über diese Situation brachte mich dazu, mich am Handy auszuheulen. Mein Herz war gebrochen und wenn ich keinen Ausweg aus dieser Situation fand, würde ich es sicher nicht mehr zusammenfügen können.

»Was meinen Sie damit, dass nicht genug Zeit ist? Es muss doch genug Zeit sein. Er ist gesund. Er hat alle seine Impfungen und Untersuchungen hinter sich. Ich bin schon viele Male mit ihm geflogen.«

Die Reiseberaterin blieb ruhig, aber sie gab mir die gleiche Antwort. »Sie sind mit ihm im Inland geflogen, ja?«

Mein Atem zitterte, als ich ihr antwortete. »Ja.«

»Es tut mir leid, Ms. Adams, aber internationale Reisen mit Tieren sind etwas ganz anderes. Jedes Land hat seine eigenen Regeln. Sie hätten zwar mit Ihrer Katze fliegen können, wenn Sie im Voraus geplant und die richtigen Papiere gehabt hätten, aber ich fürchte, so kurz vor Ihrer Reise haben wir keine Möglichkeit, das zu klären. All das muss lange vor der Abreise organisiert werden. Ich verstehe Ihre Trauer. Das tue ich wirklich.«

»Nein.« Ich wusste, dass ich mich lächerlich machte, aber ich konnte nicht anders. Ich konnte Mr. Crinkles nicht zurücklassen. Ich würde das nicht tun. »Sie verstehen das wirklich nicht. Ich bin fast für ihn gestorben. Ich kann ihn nicht hierlassen.«

Die Frau seufzte. »Ich will nicht kaltherzig sein, Ms. Adams, das will ich wirklich nicht. Sie können es doch sicher ertragen, ein paar Wochen von Ihrer Katze getrennt zu sein. Haben Sie keine Freunde, die auf ihn aufpassen könnten? Wenn nicht, kenne ich einige sehr gute Tierpensionen, die ich vielen meiner Kunden empfehle, wenn wir ihre Reisen planen.«

»Ich kann ihn nicht bei einem Freund lassen und ich würde Mr. Crinkles nie in eine Pension geben.«

Ich legte auf und schluchzte in mein Kissen. Ich hatte zwar meinen Arm verloren, als ich Mr. Crinkles vor dem Feuer gerettet hatte, aber ich hatte es keine Minute lang bereut. Wenn er nicht gewesen wäre, wäre ich in dieser Nacht gestorben. Er war derjenige, der mich geweckt hatte, als der Rauch mein Zimmer erfüllt hatte.

Wenn er nicht nach Schottland gehen konnte, dann konnte ich es auch nicht.

Einige Stunden nachdem ich mich in meinem Mitleid gesuhlt hatte, klingelte mein Handy. An der unbekannten Nummer erkannte ich, dass es Laurel war. Ich grüßte sie nicht einmal, als ich abnahm. »Geht es dir gut?«

»Ja.«

Sie hörte sich nicht gut an. Sie klang verängstigt und nervös.

»Was ist denn los?«

»Hör zu, Kate. Ich wollte dir nur sagen, dass alles so abläuft, wie du es gesagt hast. Calder ist wieder da und er ist unter Macharas Kontrolle. Die Männer haben ihn gefesselt, aber ich werde sie überzeugen, ihn freizulassen. Das muss ein Ende haben. Wir können Calder nicht weiter einsperren und ich kann nicht mit der Angst leben, dass er mich zu ihr bringt, wenn er es schafft, sich zu befreien. Ich würde das lieber nach meinen eigenen Regeln machen. Ich habe einen Plan. Alles wird gut. Aber nur für den Fall, dass es das nicht wird, wollte ich dich anrufen und dir sagen, wie sehr ich dich liebe.«

Ich schluckte den Kloß in meinem Hals hinunter. Das Letzte, was Laurel brauchte, war meine Bestürzung über die Aussicht, sie zu verlieren. Ich wollte ihr sagen, dass alles gut werden würde, aber ich konnte sie nicht anlügen. Ich konnte mir nicht sicher sein, dass es so sein würde.

»Ich liebe dich auch, Kate. Sag mir Bescheid, wenn du die Schnepfe besiegt hast, okay?«

Sie lachte leise, stimmte zu, mich anzurufen, wenn sie es hinter sich gebracht hatte und legte auf.

Monatelang hatte ich keine Träne vergossen und jetzt musste ich zum zweiten Mal innerhalb weniger Wochen schluchzen, aber dieses Mal war keine Ablenkung in Sicht.

KAPITEL 8

In dieser Nacht hatte ich, wie so oft, den seltsamsten Traum. Ich war in Schottland. Zumindest nahm ich an, dass ich in Schottland war, denn die Landschaft war grün und hügelig und am Horizont sah ich das Meer. Ich stand auf einer wunderschönen Lichtung, die von leuchtenden Blumen umgeben war. In der Mitte eines großen Kreises aus Blumen stand etwas, das man nur als Thron bezeichnen konnte. Es war warm und windstill. Ich stand neben einem großen Mann, dessen Gesicht ich nur verschwommen erkennen konnte. Ängstlich näherten wir uns dem Thron, doch plötzlich wurde ich von meinem Begleiter weggezogen und vor den großen Stuhl geschleudert. Als ich aufblickte, war der Thron nicht mehr leer. Die unwirkliche Gestalt eines Mannes nahm den Platz ein. Mein ganzer Körper fühlte sich auf seltsame Weise lebendig an. Ich blickte an mir herunter und stellte fest, dass mein rechter Arm wieder ganz war und ich fühlte mich glücklicher als je zuvor in meinem Leben. Aber genauso schnell, wie ich vor den Thron platziert worden war, wurde ich auch wieder weggerissen und stürzte rückwärts in einen Abgrund. Es ergab keinen Sinn, aber es fühlte sich unglaublich echt an.

Am nächsten Morgen wachte ich auf, weil es an der Tür klingelte. In der Erwartung, Mom würde aufmachen, rührte ich mich erst nach dem dritten Klingeln. Schließlich stand ich auf und ging ins Wohnzimmer, wo ich einen Zettel von meiner Mom an der Tür fand. *Bin ins Fitnessstudio gegangen. Bin bald zurück. Die Cornflakes stehen auf dem Tresen.*

Ich öffnete die Tür und sah einen streberhaft aussehenden Teenager, der sich ziemlich ungeduldig von einem Fuß auf den anderen verlagerte.

»Bist du Kate Adams?«

Ich nickte, ohne zu lächeln. Seine übermütige Stimmung machte mich wütend.

Er streckte mir einen Umschlag entgegen. »Dann ist das für dich.« Ich beobachtete, wie er meinen fehlenden rechten Arm betrachtete. »Kannst du … kannst du unterschreiben?«

Ich streckte die Hand aus und riss ihm den Umschlag und den Stift aus der Hand.

»Ich bin Linkshänderin.«

»Oh.« Sein Gesicht hellte sich auf. »Das nenne ich Glück.«

Zum ersten Mal seit Tagen lächelte ich. Es war so viel einfacher, mit Leuten umzugehen, die offen über meine Verletzung sprachen, als mit denen, die darum herumredeten und mich peinlich berührt anstarrten, als könnte ich das nicht sehen.

»Das ist es wohl. Danke für das hier. Warte mal kurz.«

Ich trug den Brief nach drinnen, holte etwas Geld aus meiner Handtasche und gab ihm etwas Trinkgeld, bevor ich mich verabschiedete.

Sobald ich die Tür geschlossen hatte, öffnete ich den

Umschlag. Darin befanden sich eine Reihe von Dokumenten – alles, was ich für Mr. Crinkles brauchte, um reisen zu können. Ganz unten befand sich außerdem ein kleiner Brief.

Liebe Kate,

Atme tief durch, Liebes. Du hast doch sicher gewusst, dass ich das nicht durchgehen lassen würde. Natürlich muss Mr. Crinkles mit dir reisen.

Was deine andere Sorge angeht: Laurel wird dich bald anrufen, aber es geht ihr gut. Sie hat ihren Verlobten mit einem Schwert durchbohrt, aber das wird mit der Zeit heilen und Machara ist immer noch in ihrer Zelle eingesperrt. Also atme noch einmal tief durch, schüttle die düstere Stimmung ab und mach dich bereit für dein neues Leben in Schottland!

Denk an das, was ich dir gesagt habe, Kate. Du hattest schon vor deinem Unfall eine rücksichtslose Seite. Ich fürchte, dass sie seit dem Verlust deines Arms noch schlimmer geworden ist. Es gibt viele Bereiche in unserem Leben, in denen es uns nützt, furchtlos zu sein: in der Liebe, bei unseren Leidenschaften, bei unserer Arbeit, aber ich habe es noch nie für klug gehalten, furchtlos zu sein, wenn es um unser Leben geht. Dafür schätze ich mein eigenes wohl viel zu sehr. Soweit ich weiß, hat man nur ein Leben. Ich hätte gerne, dass du ein langes Leben hast. Ich weiß zwar nicht, wie Machara dich testen wird, aber sei nicht dumm, wenn du auf sie reagierst.

Ich werde aus der Ferne beobachten, wie sich die Dinge für dich entwickeln.

Mit angehaltenem Atem und in Liebe,
Morna

P.S. Ich habe deine Mutter auch ein bisschen beobachtet und sie ist ein bisschen anstrengender, als ich dachte. Und David ist ein Mann mit einem rationalen Verstand. Er wird sich gegen seine neue Realität auflehnen. In dem Koffer befindet sich ein kleines Fläschchen mit etwas, das ich für dich gebraut habe. Wenn du ihnen von der Zeitreise erzählen willst, gib ein paar Tropfen in ihre Getränke. Keine Sorge, es wird sich nicht auf ihre Persönlichkeit auswirken, sie werden die Nachricht nur etwas leichter aufnehmen.

KAPITEL 9

Isle of Eight Lairds – 1651

»Paton sagte, du wolltest mich sehen?«

Zum zweiten Mal innerhalb weniger Wochen betrat Maddock das Schlafgemach von Raudrich, um seinen verletzten Freund zu besuchen. Die erste Verletzung hatte das jüngste Mitglied der Acht, Marcus, ihm zugefügt, als er ihm die Nase gebrochen hatte, nachdem er ihn mit einer unwissenden Laurel im Bett erwischt hatte. Die zweite hatte ihm seine Verlobte erst vor wenigen Tagen zugefügt, als sie ihn mit einem Schwert durchbohrt hatte, um ihn vor Machara zu retten.

Maddock näherte sich Raudrichs Bett, während dieser sich aufrichtete, um sich abzustützen.

»Aye, ich wollte dir nur sagen, dass ich dir beide Kniescheiben brechen werde, wenn du noch einmal auf einen von Laurels törichten Befehlen hörst.«

Maddock lachte und verschränkte seine Arme lässig vor der Brust.

»Du weißt doch, dass sie uns alle gerettet hat, aye? Wenn wir nicht zugestimmt hätten, ihr zu helfen, hätte sie ihren Plan nicht durchführen können. Und wenn sie ihren Plan nicht durchgeführt hätte, wäre sie tot und du ebenso. Außerdem wäre Machara dann frei. Was wiederum bedeuten würde, dass wir alle tot wären.«

»Denkst du, du hättest das Wort ›tot‹ noch öfter verwenden können, Maddock?«

Er schüttelte den Kopf. »Ich glaube nicht, dass man dieses Wort zu oft betonen kann. Sie hat uns gerettet, Raudrich. Du solltest ihr dankbar sein.«

Maddock beobachtete, wie Raudrich grunzte und mit den Zähnen knirschte.

»Ich bin ihr dankbar, aber ich bin wütend auf jeden Einzelnen von euch, weil ihr sie freiwillig in Gefahr gebracht habt.«

Maddock hatte das Ganze genauso sehr verabscheut wie sein Freund. Er hatte Laurel bereits sehr gern gemocht, aber er hatte ihren Plan verstanden und er war nicht bereit, sich für seine Rolle darin zu entschuldigen.

»Aye, wir wissen, dass du wütend bist. Das haben wir auch alle von Marcus gehört. Es war das Richtige und ich würde es wieder tun. Das weißt du.«

»Klopf, klopf.«

Maddock drehte sich zu Laurels Stimme in der Tür um und lächelte sie an, als sie eintrat.

»Dein Verlobter ist dumm, wenn er glaubt, dass einer von uns bereut, dass wir getan haben, was du uns gesagt hast.«

Laurel stellte sich neben ihn, zwinkerte ihrem baldigen Ehemann zu und antwortete ihm. »Ja, das stimmt. Ich bereue es auch nicht.«

»Nicht einmal, dass du mich mit einem Schwert abgestochen hast, Mädchen?«

Maddock lachte, als Laurel ihn mit ihrer Hand abwies.

»Nicht einmal das. Maddock und ich werden dich jetzt in Ruhe lassen. Ich muss etwas mit ihm besprechen.«

Bevor Maddock noch etwas sagen konnte, ergriff Laurel seine Hand und zog ihn in den Flur hinaus.

Als die Tür zwischen ihnen und Raudrich geschlossen war, sprach sie. »Maddock, du weißt nicht nur, *woher* ich komme, sondern auch von *wann*, oder nicht?«

Die Acht wussten schon seit Jahren – seit Raudrichs schneller Freundschaft mit Sydney –, dass es Reisende gab, die von einer Hexe in Schottland verschleppt worden waren, die keiner von ihnen je getroffen hatte.

»Aye, das weiß ich. Warum?«

»Nun, ich hatte gehofft, dass du bereit wärst, zur Festung Cagair zu reisen und meiner Schwester, meiner Mutter und Marcus' Vater bei der Reise hierher zu helfen. Ich vertraue dir vollkommen.«

Es freute ihn zu hören, dass er Laurels Vertrauen hatte und nach seinem Gespräch mit Harry war er besonders gespannt darauf, Laurels Schwester kennenzulernen.

»Natürlich kann ich das. Ich werde sofort aufbrechen.«

Laurel hob eine Augenbraue und verschränkte ihre Arme vor der Brust. »Da hast du aber schnell zugestimmt. Warum?«

Er lächelte schelmisch. »Wenn deine Schwester nur halb so angenehm ist wie du, wird ihre Anwesenheit nur noch mehr Licht in diese Burg bringen.«

Sie sah ihn wissend an. »Sie ist vergeben, Maddock.«

»Verheiratet? Das hat Harry mir nicht gesagt.«

Laurel blickte überrascht drein, als sie ihren Kopf leicht zur Seite neigte. »Harry? Woher weiß er von Kate?«

»Er weiß nur, was Marcus ihm erzählt hat.«

»Ah.« Laurel nickte und verstand. »Na ja, sie ist nicht verheiratet, aber sie trifft sich schon seit einigen Jahren mit demselben Mann.«

Maddock lächelte und seine Hoffnung keimte wieder auf. »Wenn sie nicht verheiratet ist, ist sie nicht vergeben. Außerdem hast du nicht gesagt, dass dieser Mann ebenfalls hierherkommen wird. Ich kann mir nicht vorstellen, wie man eine Beziehung aufrechterhalten kann, wenn einer von ihnen in unserer Zeit lebt und der andere mehrere hundert Jahre in der Zukunft.«

»Da hast du recht. Ich hatte bei all dem, was passiert ist, nicht viel darüber nachgedacht, was Kate mit Dillon machen könnte. Aber du kennst sie doch gar nicht. Wie kannst du dir so sicher sein, dass du sie so sehr mögen wirst?«

»Ich kann mir nicht sicher sein, aber wenn sie so ist wie du, werde ich sie sehr mögen.«

Laurel lächelte und beugte sich vor, um ihn zu umarmen. »O Maddock, ich mag dich auch sehr. Sei vorsichtig, okay? Übrigens hat Paton zugesagt, mit dir zu kommen.«

Sein Lächeln verschwand, als er merkte, dass sie ihn nicht zuerst gefragt hatte. »Wenn du mich angeblich so sehr magst, hättest du doch sicher zuerst mit mir gesprochen.«

»Ich habe Paton nur deshalb zuerst gefragt, weil ich ihn zuerst gesehen habe. Ich konnte dich nicht finden. Also, hör zu. Es tut mir wirklich leid, dass ich euch bitten muss, das zu tun. Sydney hatte mir ursprünglich gesagt, dass sie und Callum sie hierher begleiten würden, aber sie hat gerade erfahren, dass sie schwanger ist und ich will nicht, dass sie so weit reist, während sie ein Baby im Bauch hat. Du kennst doch den Weg zur Festung Cagair, oder?«

Er war nicht annähernd so viel gereist wie Raudrich, aber sein Wissen über Schottland war trotzdem umfangreich.

»Aye, Mädchen. Ich weiß, wo das ist. Willst du, dass wir sie im jetzigen Jahrhundert treffen, oder in der Zukunft?«

Laurel zuckte mit den Schultern. »Das liegt ganz bei dir. Sydney und Callum werden dort sein und ihnen helfen, alles zu erkunden, aber wenn ihr in die Zukunft reisen wollt, um zu sehen, wie es dort ist, sehe ich keinen Grund, warum ihr das nicht tun solltet.«

Er wollte auf jeden Fall in die Zukunft gehen.

Boston – Zwei Tage später – Gegenwart

Gerade als wir uns auf den Weg zum Flughafen machen wollten, rief Laurel an und teilte mir eine wichtige Neuigkeit mit, die sie mir bei unserem letzten Handy-Gespräch verschwiegen hatte: Sie war mit Raudrich verlobt.

Während ich mich für sie freute, war mein eigener Beziehungsstatus zum Haare raufen.

Seit Tagen hatte Dillon versucht, mich zu erreichen. In den letzten zehn Tagen war sein Name immer wieder auf meinem Handy erschienen. Jedes Mal hatte ich ihn an die Mailbox weitergeleitet.

»Willst du nicht rangehen? Du warst diejenige, die Schluss gemacht hat, nicht wahr? Was könnte er getan haben, dass du so kalt zu ihm bist?«

Als unsere Taschen unten im Auto verstaut waren, blieb mir nur noch eines zu tun, bevor wir zum Flughafen fuhren: Ich musste den Kaffee mit dem Trank versehen, den Morna mir mit Mr. Crinkles' Reiseunterlagen geschickt hatte.

»Ich will nicht darüber reden, Mom. Es ist vorbei und es würde nichts Gutes bringen, wenn Dillon und ich die Dinge wieder aufarbeiten würden. Hier.« Ich schwenkte ihren Kaffee und streckte ihn in ihre Richtung. »Du trägst das. Ich schnappe mir Mr. Crinkles. Lass uns von hier verschwinden.«

Wenn wir Glück hatten, würden sowohl Mom als auch David begeistert von Zeitreisen sein, bevor wir überhaupt in Edinburgh ankamen.

KAPITEL 10

Edinburgh, Schottland

Obwohl Laurel darauf bestanden hatte, dass es auf Cagair Burg Leute gab, die uns willkommen heißen würden, sobald wir auftauchten, wurde ich das Gefühl nicht los, dass es sehr unhöflich wäre, einfach unangemeldet bei jemandem aufzutauchen. Während Mom und David an der Gepäckausgabe auf unsere Koffer warteten, entfernte ich mich, um mich mit dem WLAN des Flughafens zu verbinden, damit ich die Nummer der Festung Cagair herausfinden konnte.

Nach dem zweiten Klingeln meldete sich eine Männerstimme. »Hallo?«

»Hi … ähm …« Ich zögerte und meine Wangen erwärmten sich, als mir bewusst wurde, dass ich mir vor dem Wählen hätte überlegen sollen, was ich sagen wollte. »Das wird ein sehr seltsamer Anruf. Darf ich dich fragen, mit wem ich spreche?«

»Aber sicher, Mädchen. Mein Name ist Orick. Darf ich die gleiche Frage stellen?«

»Ja, natürlich. Mein Name ist Kate. Kann ich mit Sydney oder Gillian sprechen?«

»Es tut mir leid, Mädchen, aber ich fürchte, sie sind eine Weile nicht da.« Er hielt inne und ich fragte mich, ob er nicht sagen konnte, dass sie über das Treppenhaus der Burg in die Vergangenheit gegangen waren. »Und im Moment sind sie unerreichbar. Bist du sicher, dass ich dir nicht weiterhelfen kann?«

»Ja. Oder vielleicht kannst du es doch. Kennst du Morna?«

Das schien mir die wichtigste Frage zu sein, die ich ihm stellen konnte. Wenn er Morna kannte, dann wusste er sicher auch über die Magie Bescheid und ich konnte frei mit ihm sprechen, ohne wie eine Verrückte zu klingen.

Der Mann lachte und sein Tonfall änderte sich. Er schien zu ahnen, was ich wollte.

»Ah. Ich fand es seltsam, dass das Telefon geklingelt hat. Das passiert nur selten. Du musst Laurels Schwester sein, aye? Sydney hat uns gesagt, dass wir dich erwarten. Dann komm ruhig vorbei. Die Mädchen sollten bis zum Abend zurück sein. Wenn nicht, sorge ich dafür, dass die Zimmer für euch bereit sind. Wie viele seid ihr denn?«

Ich seufzte erleichtert auf.

»Oh, vielen, vielen Dank. Nur ich und zwei andere.«

»Perfekt. Ich kümmere mich darum, dass drei freie Zimmer für heute Abend bereit sind. Gute Reise. Wir sehen uns bald.«

Er legte auf, bevor ich mich verabschieden konnte. Als ich mich umdrehte, stand meine Mutter direkt neben mir und steckte ihre Hand in die Tasche, um Mr. Crinkles zu streicheln. Sie schaute auf ihr Handy und dann wieder zu mir und ihre Wangen erröteten vor Aufregung.

»War das Dillon? Hast du endlich aufgegeben und bist ans Handy gegangen?«

Ich seufzte und schüttelte den Kopf. Mornas Zaubertrank hatte wundervoll gewirkt. Es war viel zu einfach gewesen, ihnen im Flugzeug alles zu erzählen. Sie hatten schweigend zugehört, sich eine Minute Zeit genommen, um sich zu sammeln und waren dann irgendwie – offensichtlich aufgrund des Zaubers – zu dem Schluss gekommen, dass alles, was ich gesagt hatte, einen Sinn ergab. Sie hatten beide keine Lust, von ihren Kindern getrennt zu sein, also waren sie genauso bereit, in die Vergangenheit zu gehen wie ich. Leider schien der Trank keine Wirkung auf den Wunsch meiner Mutter zu haben, sich in mein Liebesleben einzumischen.

»Nein, es war nicht Dillon. Ich habe bei der Burg angerufen, um ihnen mitzuteilen, dass wir auf dem Weg sind. Ich werde nicht mehr mit Dillon sprechen. Bitte, lass es gut sein.«

Sie presste die Lippen zusammen und runzelte die Stirn. »Okay, Liebes, ich denke nur, dass es besser wäre, wenn du mit ihm sprechen würdest. Es ist möglich, dass er dich wirklich erreichen muss.«

Ich ignorierte sie, warf meinen Kopf zur Seite, deutete auf die Autovermietung und ging weiter.

»Lass uns gehen. Ich kann es kaum erwarten, dort anzukommen.«

Festung Cagair

. . .

Auf den Rat von Sydney und Gillian hin – die beide wunderschön und nett waren und Ehemänner hatten, die wie männliche Models aussahen – vereinbarten wir, bis nach dem Abendessen zu warten, um auf unsere Zimmer zu gehen. Sie waren der Meinung, dass wir zu sehr in Versuchung geraten würden, uns auszuruhen und dass wir uns am besten an die Zeitumstellung gewöhnen konnten, wenn wir den Rest des Tages durchpowern würden.

Stattdessen verbrachten wir einen schönen Tag auf der Burg, erkundeten das Gelände mit den Besitzern und aßen ein leckeres Abendessen mit vielen guten Gesprächen.

Als das Abendessen vorbei und es spät genug für uns war, um schlafen zu gehen, führte Gillian uns zu unseren Zimmern.

Ehrfürchtig blickte David den mit Türen gesäumten Korridor entlang. Er war ein so angenehmer Reisebegleiter. Er freute sich über alles. »Es gibt so viele Zimmer. Wie kannst du nicht vergessen, welches deines ist?«

»Nun, alle unsere Zimmer befinden sich in einem anderen Flügel, der weniger Zimmer hat, das macht es ein bisschen einfacher. Dieses Zimmer ist deines, David. Im Kleiderschrank sind zusätzliche Kissen und Decken und im Schrank im Bad sind Handtücher. Wenn ihr noch etwas braucht, könnt ihr es mir sagen. Ich bleibe noch eine Weile im Wohnbereich, um mich zu vergewissern, dass ihr euch gut eingelebt habt.«

Er nickte, bedankte sich bei ihr und öffnete die Tür zum Zimmer. Bevor er hineinging, drehte er sich um, um eine letzte Frage zu stellen. »Wie sind die anderen Zimmer eingeteilt?«

Bei dieser Frage zog ich die Augenbrauen hoch. Warum wollte er wissen, in welchen Zimmern wir übernachten würden? Ich schaute zu Gillian hinüber und sah, dass ihr verwirrter Gesichtsausdruck dem meinen entsprach.

Bevor sie antworten konnte, versuchte David, die Situation zu bereinigen. »Nur für den Fall, dass es einen Notfall gibt und ich sie retten muss. Wenn ich jede Tür öffnen müsste, würde ich es vielleicht nicht mehr rechtzeitig schaffen.«

Ich lächelte ihn an und beugte mich vor, um ihn zu umarmen. »Natürlich würdest du uns retten, David.«

Er drückte mich fest an sich, bevor er sich zurückzog. »Das würde ich auf jeden Fall. Welches ist jetzt wessen Zimmer?«

»Myla ist im dritten Zimmer auf der anderen Seite des Flurs und Kate ist auf der anderen Seite des Treppenhauses.«

David lächelte und nickte kurz, bevor er in seinem Zimmer verschwand.

Gillian verschränkte ihren rechten Arm mit meinem linken, während sie mich zu dem Zimmer führte, das sie für mich vorbereitet hatten.

»Sie sind beide genauso reizend wie du. Also gut, hier ist dein Zimmer. Die Zimmer sind alle gleich eingerichtet, also findest du Kissen und Handtücher an denselben Stellen, die ich David genannt habe. Der einzige Unterschied zwischen diesem Zimmer und den anderen ist, dass es ein gemeinsames Bad mit dem Zimmer nebenan hat, aber keine Sorge, das ist unbewohnt. Da eure Begleiter noch nicht eingetroffen sind, vermute ich, dass sie nicht vor morgen früh hier ankommen werden.«

»Begleiter?« Ich hatte angenommen, dass Sydney und ihr Mann uns auf die Insel begleiten würden.

»Oh.« Gillian schüttelte den Kopf, als hätte sie sich gerade erst daran erinnert. »Wir dachten alle, du wüsstest es. Sydney hat vor ein paar Wochen erfahren, dass sie schwanger ist und fühlt sich nicht wohl dabei, bei diesem kühlen Wetter so weit zu reisen. Deine Schwester schickt Maddock und Paton, zwei der anderen Männer von der Insel, um euch zurückzubegleiten.«

»Das ist ja wunderbar!« Ich lächelte über die guten Neuigkeiten für Sydney. Ich musste daran denken, ihr morgen früh zu gratulieren.

Gillian nickte zustimmend. »Ja, das ist es. Wir freuen uns alle sehr. Aber fühl dich bitte wie zu Hause. Ich möchte nicht, dass du das Gefühl hast, die ganze Nacht in deinem Zimmer eingesperrt zu sein. Du kannst dich gerne in der Burg oder auf dem Gelände umsehen. Der Mond ist heute Nacht hell. Du solltest gut sehen können und der Garten hinter dem Haus ist sowieso beleuchtet. Brauchst du sonst noch etwas?«

Ich schüttelte den Kopf. »Nein. Vielen Dank für all das hier.«

Ich war so schläfrig, dass ich garantiert einschlafen würde, sobald mein Kopf das Kissen berührte. Doch kaum hatte ich mich hingelegt, raste mein Verstand auf Hochtouren.

Moms Besessenheit von Dillons Anrufen ergab keinen Sinn und jetzt, wo ich einen Moment für mich hatte, begannen sie mir Sorgen zu machen. Und zwar sehr. Irgendetwas war an der ganzen Situation faul. Am nächsten Morgen wollte ich genau herausfinden, was es war.

»Ihr zwei seht erschöpft aus.«

Die Reise von der Insel zur Festung Cagair war miserabel gewesen. Er und Paton waren schnell geritten, aber durch den Regen und den Schlamm war die Reise langsamer als erwartet verlaufen. Als sie vor der Burg ankamen, waren sie mehr als erschöpft.

»Aye, das Wetter war den ganzen Weg über erbärmlich. Danke, dass ihr auf uns gewartet habt.«

Sydney winkte abweisend mit der Hand, als Callum nach draußen kam und die Pferde einsammelte.

»Das war überhaupt kein Problem. Callum wird eure Pferde zu den Ställen bringen. Ich hatte eigentlich geplant, dass ihr heute Nacht in diesem Jahrhundert schlaft, aber ihr seht wirklich so aus, als könntet ihr eine schöne, heiße Dusche gebrauchen. Wollt ihr im einundzwanzigsten Jahrhundert schlafen?«

Er war sich nicht sicher, was eine Dusche war, aber alles, was als schön und heiß beschrieben wurde, klang zu gut, um es sich entgehen zu lassen.

»Jeder Muskel in meinem Körper schmerzt und ich weiß nicht, ob ich jemals wieder warm werden kann. Wenn du also denkst, dass es in deiner Zeit etwas gibt, das uns helfen kann, dann schlafe ich, wo immer du willst.«

Sydney lachte.

»Ihr werdet es lieben. Kommt, wir gehen.«

KAPITEL 11

Stundenlang lag ich mit weit aufgerissenen Augen in dem riesigen, weichen Bett und machte mir Sorgen. Warum war meine Mutter so hartnäckig gewesen, dass ich Dillons Anrufe entgegennahm? Es war nicht ungewöhnlich, dass sie in manchen Dingen aufdringlich war – vor allem, wenn es um das Liebesleben ihrer Töchter ging –, aber in diesem Fall ergab das für mich keinen Sinn. Sie *kannte* Dillon nicht besonders gut. Ich hatte ihn lange nach ihrem Umzug nach Florida kennengelernt und sie hatte ihn nur bei ihren Besuchen in Boston und für kurze Zeit in den ersten Monaten nach dem Brand getroffen, als sie rund um die Uhr für mich da gewesen war. Zu früheren Freunden von mir hatte sie eine viel engere Beziehung gehabt. Warum hatte sie plötzlich eine so starke Bindung zu Dillon?

Hatte er sie angerufen und sie dazu gebracht, Mitleid mit ihm zu haben? Hatte er sie irgendwie davon überzeugt, sich für ihn einzusetzen? Wenn ja, dann hatte er ihr offensichtlich nicht gesagt, was er zu mir gesagt hatte. Wenn meine Mutter das gehört hätte, wäre sie durch die Stadt gefahren, um ihm in den Hintern zu treten, da war ich mir sicher.

Mr. Crinkles miaute am Fußende des Bettes und das Geräusch erinnerte mich daran, zu atmen. Crink, wie ich ihn manchmal liebevoll nannte, war so gut darin, meine Stimmung wahrzunehmen. Er wusste genau, wann ich aufgebracht war. Als ich mich zwang, tief Luft zu holen, wurde mir bewusst, wie sinnlos meine Sorgen waren. Ich war in Schottland. Morgen um diese Zeit würden Hunderte von Jahren zwischen mir und Dillon liegen. Was wäre also schon dabei, wenn er meine Mutter angerufen hätte? Er war in den Vereinigten Staaten und ich war hier und ich würde bald kein Handy mehr haben, auf dem er mich anrufen konnte.

»Danke.« Ich setzte mich im Bett auf und beugte mich hinunter, um mit Mr. Crinkles zu kuscheln, während meine Sorgen langsam verschwanden.

Als meine unnötige Panik ein Ende hatte, konnte ich mich so weit entspannen, dass mich die durch den Jetlag verursachte Erschöpfung einholte. Es dauerte nicht lange, bis mir die Augen zufielen und ich in den Schlaf sank. Gerade als ich an der Schwelle zur völligen Besinnungslosigkeit angelangt war, ertönte plötzlich ein Klirren aus dem Badezimmer, das an mein Zimmer angeschlossen war.

Unsere Begleiter waren angekommen.

Ich wartete einen Moment, bevor ich das Licht einschaltete, in der Hoffnung, dass die Probleme, die der Mann hatte, aufhören würden, aber die ungewöhnlichen Geräusche hielten an. Schließlich beschloss ich, dass er die ganze Burg aufwecken würde, wenn ich ihm nicht zur Hilfe kommen würde.

Ich griff nach der kleinen Lampe auf dem Nachttisch, schaltete sie ein und ging zur Tür, bevor ich versuchte, den Mann anzusprechen.

Ich klopfte vorsichtig an. »Brauchst du Hilfe?«

Das Geräusch hörte auf und eine tiefe, mit einem Akzent versehene und unglaublich attraktive Stimme antwortete mir. »Aye. Ich wäre dir sehr dankbar, wenn du mir zeigen würdest, wie das funktioniert, diese …« Er zögerte, als würde er versuchen, sich an das Wort ›Dusche‹ zu erinnern.

Als er zu Ende gesprochen hatte, hörte ich, wie seine Hand nach dem Knauf griff. Ich blickte zu ihm auf, als er in Sicht kam und das Licht aus dem Bad in mein eigenes, kaum beleuchtetes Zimmer fiel.

Er war gut einen halben Meter größer als ich und obwohl er schlank war, hatte er breite Schultern, die zeigten, wie stark er war und ihn besonders männlich aussehen ließen. Sein Haar war kurz, hatte aber oben etwas mehr Länge und ich wurde den Eindruck nicht los, dass seine Frisur auffallend modern war. Abgesehen von dem schmutzigen Leinenhemd und dem Kilt sah er gar nicht so aus der Zeit gefallen aus.

Ich musterte ihn länger, als es wahrscheinlich angemessen war, bevor ich ihm ins Gesicht sah. Als ich es schließlich tat, lächelte er. Bei seiner Schönheit stockte mir fast hörbar der Atem in der Brust.

Da der Großteil seines Körpers im Schatten der Tür lag, konnte ich seine Augenfarbe nicht genau erkennen, aber sein Lächeln war breit und strahlend. Seine Nase war zwar in der Mitte etwas größer, was vermutlich von einem früheren Bruch herrührte, aber sie war trotzdem liebenswert. Das machte sein sonst so einschüchternd schönes Gesicht ein bisschen sympathischer. Er hatte sogar ein paar Sommersprossen auf beiden Wangen, die ich im Halbdunkel gerade so erkennen konnte, sodass ich mir sofort vorstellen konnte, wie er als kleiner Junge ausgesehen haben musste.

»Du musst Kate sein, Mädchen. Du und deine Schwester seht euch sehr ähnlich.«

Mit einem peinlich zittrigen Atemzug nickte ich, während ich versuchte, mich wie eine erwachsene Frau zu verhalten. »Ja, ich bin Kate. Du bist ...« Ich hielt inne, als ich mich an das Porträt erinnerte, das ich bei meiner Recherche über die Acht gesehen hatte. »Maddock?«

Er grinste wieder und etwas verdrehte sich in meinem Magen. »Aye. Woher weißt du das?«

»Ich habe eine Menge über dich gelesen. Ich habe ein bisschen recherchiert, als ich erfahren habe, dass Laurel dort ist. In einem der Bücher gibt es ein Porträt von euch allen und eure Namen standen darunter.«

»Ah.«

Für einen kurzen Moment herrschte peinliches Schweigen und mein Verstand fing an, mir zuzurufen, ich solle einfach irgendetwas tun. Ich reagierte und streckte meine linke Hand aus, damit er sie schütteln konnte.

»Freut mich, dich kennenzulernen, Maddock.«

Er drehte den Kopf, blickte auf meine Hand hinunter und lächelte. »Dich auch, Kate.« Er nahm meine Hand, führte sie an seine Lippen und strich sanft über meine Fingerknöchel. Mein Magen verkrampfte sich und mir wurde ganz heiß.

»Ähm ... wie wäre es, wenn ich die Dusche für dich in Gang bringe?«

»Bitte, Mädchen. Ich kann es kaum erwarten, zu sehen, wie sie funktioniert.«

Er trat zur Seite, damit ich das Bad betreten konnte und meine Schulter berührte seine Brust, als ich an ihm vorbeiging.

»Hat Sydney dir nicht angeboten, dir zu helfen? Das wundert mich.«

Ich konnte seine Hitze spüren, als er sich umdrehte und einen Schritt auf mich zuging.

»Doch, das hat sie, aber das Mädchen war sehr müde, weil sie auf uns gewartet hatte und Paton brauchte auch ihre Hilfe, also habe ich ihr gesagt, dass ich es allein schaffe. Ich hätte mir nie träumen lassen, dass es so schwierig sein würde.«

Ich drehte mich um und sah mich im Bad um, um zu sehen, ob er irgendwelche Klamotten herausgelegt hatte. Ich konnte mir vorstellen, dass er das nicht getan hatte. »Hast du noch etwas zum Anziehen, wenn du aus der Dusche kommst?«

Er rümpfte die Nase. »Daran habe ich gar nicht gedacht. Nein, Mädchen, ich habe gar nichts.«

Ich berührte ihn sanft an der Seite seines Arms, damit ich an den Schrank hinter ihm herankam. »Die sind zu schmutzig, um sie wieder anzuziehen. Ich glaube, ich habe hier einen Bademantel gesehen, der dir passen müsste. Und Handtücher gibt es auch.«

Er sagte nichts und ich konnte an seinem Gesichtsausdruck erkennen, dass er nur darauf wartete, zu erfahren, was ich mit all dem meinte.

Ich schnappte mir das Handtuch und streckte meinen Arm hinter mich, um es ihm zu reichen.

»Zum Abtrocknen. Du kannst es an den Haken neben der Dusche hängen.«

Als er es mir aus der Hand nahm, griff ich nach dem Bademantel und schüttelte ihn vor mir aus. Er war groß genug für ihn.

»Und das kannst du nachher anziehen, wenn du etwas zum Schlafen brauchst.«

Er lachte, als er mir den Bademantel aus der Hand nahm. »Ich schlafe ohne Kleidung, Mädchen. Es sei denn, ich bin im

Freien. Und selbst dann tue ich das nur, wenn es so kalt ist, dass ich es nicht aushalte.«

Bilder davon, wie er nackt aussehen könnte, schossen mir durch den Kopf und ich trat schnell wieder um ihn herum, um in die Badewannen-Dusch-Kombination zu greifen.

»Du warst wahrscheinlich näher dran, das Ding zum Laufen zu bringen, als du denkst. Du musst beide Knöpfe aufdrehen und einstellen, bis die gewünschte Temperatur erreicht ist.«

»Das heiße Wasser kommt sofort?« Seine Stimme klang verblüfft.

Ich drehte das Wasser auf und ließ es warm werden. »Ziemlich schnell, ja. Wie heiß hättest du es denn gerne?«

»Heiß, Mädchen. Ich weiß nicht, ob ich jemals zuvor so aufgeregt war.«

Ich lächelte, als das Wasser heiß wurde, drehte mich um und drückte mein Gesicht versehentlich direkt gegen seine Brust. Ich hatte nicht bemerkt, dass er sich so nah an mich herangelehnt hatte, um zu sehen, was ich tat.

»Oh, das tut mir leid.«

Er hob seine Hand und umfasste meine Arme, um mich zu stabilisieren. »Du brauchst dich nicht zu entschuldigen, Mädchen. Ich hätte sagen sollen, dass ich hinter dir stehe. Ich wollte sehen, wie du das Wasser benutzt.«

»Fühl doch mal, ob es warm genug für dich ist. Wenn es zu heiß ist, sag mir Bescheid, dann kühle ich es ein bisschen ab.«

Er ließ mir keine Zeit zum Ausweichen, bevor er sich vorbeugte und um mich herumgriff.

Unsere Gesichter waren nur Zentimeter voneinander entfernt und ich lächelte, als seine Augen sich weiteten, sobald er seine Hand unter den Wasserstrahlt hielt.

»Das ist perfekt.«

»Gut. Siehst du den kleinen Knopf, der über dem Wasserhahn herausragt?«

Er nickte.

»Zieh ihn hoch, dann kommt das Wasser aus dem oberen Duschkopf heraus.«

Er tat wie angewiesen und ich stieß ein Keuchen aus, als das Wasser hinter meinem Rücken zu fließen begann.

»Vielleicht bleibe ich die ganze Nacht darunter.«

Ich lachte und wich widerwillig zur Seite, um etwas Abstand zwischen uns zu bringen. »Dann lasse ich dich mal in Ruhe.«

Ich war schon an der Tür, als er mir noch einmal zurief. »Kate?«

Ich drehte mich um und musste einen Schrei unterdrücken. In den Sekunden, die ich brauchte, um in mein Schlafzimmer zu gehen, hatte er sein Hemd ausgezogen, um unter die Dusche zu gehen. Er sah genauso perfekt aus, wie ich ihn mir vorgestellt hatte. Jeder Muskel war stark und wohlgeformt.

»Ja?«

»Danke.«

Ich lächelte und schluckte den Kloß hinunter, der sich plötzlich in meinem Hals gebildet hatte.

»Gern geschehen. Viel Spaß. Wir sehen uns dann morgen früh.«

Ich warf einen Blick an die Decke, als ich in mein Zimmer ging und die Badezimmertür zwischen uns schloss.

Verdammt! Dieser Mann bedeutete Ärger. Ärger, der mir schon jetzt viel mehr zu schaffen machte, als mir lieb war.

KAPITEL 12

Er dankte Brighid für seinen Kilt. Der dicke Stoff war alles gewesen, was seine Erregung vor Kates Blicken verborgen hatte. In dem Moment, als sie sich zu ihm umgedreht hatte und gegen seine Brust gestoßen war, war ihm ihr frischer, blumiger Geruch in die Nase gestiegen und hatte ihn dazu gebracht, sich nach ihr zu sehnen. Es war alles gewesen, was er hatte tun können, um sie nicht sofort an sich zu ziehen und seinen Mund auf den ihren zu pressen.

Gott, war sie schön. Er hatte nie daran gezweifelt, dass sie hübsch sein würde, aber sie war noch umwerfender, als er sie sich vorgestellt hatte. Sie war kleiner und zierlicher als ihre Schwester und ihr Haar war noch blonder als das von Laurel. Ihr Haar war auf dem Kopf zu einem Knoten zusammengebunden gewesen und er fragte sich, wie lang es wohl wäre, wenn es ihr über den Rücken fallen würde, wenn er es aus dem Knoten ziehen würde.

Ihre Nachtkleidung war anders als alles, was er je zuvor gesehen hatte. Der dünne, glänzende Stoff war so kurz gewesen, dass er ihre Beine hatte sehen können. Und das Oberteil –

Himmel, das Oberteil. Es schmiegte sich eng an sie und betonte die Fülle ihrer Brüste. Ihre Brustwarzen waren unter dem Stoff so hart gewesen, wie er es ohne die rettende Gnade seines Kilts auch gewesen wäre.

Er brauchte einen Moment, um sich zu sammeln, nachdem sie die Tür zwischen ihnen geschlossen hatte. Als er seinen Kilt öffnete und auf den Boden fallen ließ, konnte er dem Drang nicht widerstehen, sich mit seiner Hand zu umfassen, um den Druck seines Verlangens zu lindern.

Sein Atem zitterte vor lauter Verlangen nach der Frau, die er gerade erst kennengelernt hatte und vor Erregung über die bevorstehende Dusche, als er unter den heißen Strahl trat und stöhnte.

Es fühlte sich so gut an. Der Druck schlug gegen seinen Rücken, die Hitze ließ die Knoten in seinen Muskeln schmelzen. Der Schmutz rann von seinem Körper und verfärbte das Wasser.

Er wandte sich der Brause zu und genoss das Gefühl, wie sie gegen seine von der Reise schmutzigen Wangen prasselte. Er seufzte und schloss die Augen. Als die Vorstellung von Kate in ihrem skandalösen Nachtgewand vor seinen Augen tanzte, griff er mit einer Hand unter die warme Gischt, um das zu beheben, was sie mit ihm gemacht hatte.

Nachdem ich Maddock zum Duschen verlassen hatte, konnte ich wieder einmal nicht schlafen. Ich stellte mir vor, wie er mit seinen seifigen Händen über seinen Körper fuhr und lächelte, als er zum ersten Mal das Gefühl von fließendem Wasser genoss. Das machte mich heiß und ich wollte nichts sehnlicher, als mit ihm zu duschen.

Es war ein lächerlicher Gedanke, aber ich erlaubte mir, die Fantasie ohne Schuldgefühle zu genießen. Jede heterosexuelle Frau unter neunzig Jahren – vielleicht sogar darüber hinaus – hätte dieselben Gedanken gehabt, nachdem sie diesen Mann mit nacktem Oberkörper gesehen hatte.

Als das Geräusch der Dusche verstummte, hörte ich ihm zu, wie er das Badezimmer durchstöberte, und lächelte, als ich mir vorstellte, wie er all die überraschenden Dinge, die er noch nie gesehen hatte, mit einem ›Oh‹ und ›Aah‹ kommentierte.

Ich stieß mir den Kopf am Kopfteil, als es plötzlich leise an der Tür zwischen uns klopfte.

Ich sprang geradezu aus dem Bett und eilte auf die Tür zu. Als ich sie erreichte, presste ich meinen Mund dagegen, damit er mich hören konnte.

»Brauchst du noch Hilfe?«

Er öffnete die Tür und ich wäre fast wieder in ihn hineingefallen, aber ich schaffte es, mich wieder aufzurichten, während ich von ihm wegstolperte.

»Nein, Mädchen. Es ist nur …« Er hielt inne und zeigte auf die Lampe auf dem Nachttisch. »Ich konnte das Licht unter der Tür sehen und habe mich gefragt, ob du noch wach bist. Ich glaube nicht, dass ich schlafen kann. Wenn du auch nicht schlafen kannst, dachte ich, wir könnten einander Gesellschaft leisten.«

Er zuckte in seinem plüschigen Bademantel mit den Schultern, als wäre er sich nicht ganz sicher, ob ich ihn abweisen würde.

Ich lächelte. »Klar. Komm rein. Du kannst mir alles darüber erzählen, was meine Schwester seit ihrer Ankunft dort gemacht hat. Ich konnte nicht so viel mit ihr reden, wie ich es gerne getan hätte.«

Seine Schultern entspannten sich, als er den Raum betrat. Mr. Crinkles stand von dem Bett auf und beobachtete ihn genau. Maddock sah ihn sofort und als seine erste Reaktion darin bestand, beim Anblick meines geliebten Begleiters zu lächeln, mochte ich ihn gleich noch ein bisschen mehr.

»Ist die Kreatur ein Er oder eine Sie, schöne Maid?«

Ich ging zum Bett und hob ihn hoch, bevor ich ihn zu Maddock hinübertrug, damit sie sich kennenlernen konnten.

»Ein Er. Maddock, das ist Mr. Crinkles.« Ich blickte auf Crink hinab. »Mr. Crinkles, das ist Maddock.«

Zögerlich griff Maddock nach ihm und ich übergab den Kater an ihn. Wenn Mr. Crinkles ihn nicht mochte, würde er ihn das schnell wissen lassen. Zum Glück war Maddock von seinem Hals bis zur Mitte seiner Wade in Frottee gehüllt, sodass Mr. Crinkles ihm nicht allzu viel Schaden zufügen konnte, wenn er beschloss, ihn zu kratzen.

Crink schmiegte sich in Maddocks Arme und begann zu schnurren, so wie er es bei Morna getan hatte.

»Hast du ihn verzaubert oder so? Bei der Hexe Morna hat er genauso reagiert.«

Maddock lächelte und streichelte Mr. Crinkles über den Kopf. »Nein, das würde ich nicht wagen, aber es wundert mich nicht, dass er mich mag. Alle Tiere reagieren empfindlich auf Magie, Katzen sogar noch mehr als andere. Er kann sie spüren und fühlt sich auf wundersame Weise mit ihr verbunden.«

Es überraschte mich nicht, das zu hören. Mr. Crinkles war mir schon immer ein bisschen magisch vorgekommen. Immerhin hatte er mir in jener Nacht vor so vielen Monaten das Leben gerettet.

In der Gewissheit, dass meine Katze Maddock nicht die Augen auskratzen würde, schaute ich mich im Zimmer nach einem Platz um, an dem wir uns niederlassen konnten. Es war ein sehr großer Raum, aber außer dem Bett gab es nur einen weiteren Platz zum Sitzen – einen großen Sessel in der hintersten Ecke des Raumes. Er sah aus, als würde er ungefähr vierhundert Kilogramm wiegen.

»Warum bringst du ihn nicht zurück zum Bett? Wir können uns dort hinsetzen.«

Er zog überrascht die Augenbrauen hoch. »Lädst du mich in dein Bett ein?«

Ich gluckste nervös. Wie gerne ich das doch getan hätte. Aber ich kehrte ihm den Rücken zu und ging zum Bett hinüber. Ich kroch auf die Matratze, stützte die Kissen am Kopfteil ab und setzte mich im Schneidersitz auf die Decke.

»Ich lade dich ein, dich *auf* mein Bett zu setzen.«

Er zwinkerte mir zu und setzte Mr. Crinkles auf dem Bett ab. »Ich scherze, schöne Maid. Kann ich dich etwas fragen?«

Ich zuckte mit den Schultern. »Natürlich, aber nur, wenn du dich hinsetzt.«

Er zögerte, dann setzte er sich auf die Kante und beugte sich über das Bett, um sein Gesicht in seine Handfläche zu stützen.

»Wenn ich so sitzen würde, wie du es tust, bekämst du genug von mir zu sehen, um Albträume zu bekommen.«

Ich lachte und verschluckte die Worte, die mir als Erstes in den Sinn kamen: Oder feuchte Träume.

»Okay, wie lautet deine Frage?«

»Warum willst du von hier fort? Warum sollte irgendjemand diese Zeit verlassen wollen? Ihr habt hier Genüsse und Wunder, von denen ich nicht einmal hätte träumen können und alles, was ich bisher gesehen habe, ist die Dusche.«

»Wenn dein Bedürfnis nach einem Neuanfang größer ist als dein Bedürfnis nach Bequemlichkeit, dann ist es eine einfache Entscheidung.«

Das ehrliche Geständnis rutschte mir heraus, bevor ich es aufhalten konnte und ich verkrampfte mich sofort, nachdem ich die Worte ausgesprochen hatte. Es war die Wahrheit, aber sie machte deutlich, dass ich hier nicht glücklich war und ich mochte es nie, wenn jemand wusste, dass ich nicht wirklich glücklich war.

An Maddocks wachsamem Blick konnte ich erkennen, dass er die Veränderung in meinem Gesicht bemerkt hatte. Ob aus Höflichkeit oder Desinteresse, er drängte mich nicht weiter und dafür war ich dankbar.

»Lass mich dir eine Frage stellen. Ist er gut genug für meine Schwester? Laurel hat mich gestern angerufen, um mir zu sagen, dass sie und Raudrich verlobt sind.«

Seine Augenbrauen zogen sich verwirrt zusammen. »Sie hat dich *angerufen*?«

»Das spielt keine Rolle. Ist er das?«

Er schüttelte ohne zu zögern den Kopf. »Nein, aber er liebt sie sehr. Und um ehrlich zu sein, könnte ich deine Schwester nicht mehr lieben, wenn sie meine eigene Verwandte wäre, also weiß ich nicht, ob ich jemals denken würde, dass jemand gut genug für sie ist.«

»Ich stimme dir zu. Keiner ist das.«

»Was ist mit dir, Kate? Deine Schwester erwähnte, dass du selbst einen Liebhaber hast. Schläft er in einer anderen Kammer, oder hast du ihn für dein neues Leben zurückgelassen?«

Wäre es unter anderen Umständen oder mit einer anderen Person gewesen, hätte ich mich vor dem Thema Dillon gedrückt. Nachdem ich so viele Stunden über ihn nachgedacht hatte, wollte ich eigentlich nicht über ihn reden. Aber ich dachte immer noch an ihn, auch wenn ich es nicht zugeben wollte und aus irgendeinem Grund setzte keiner meiner normalen Abwehrmechanismen bei Maddocks Frage ein.

Ich konnte nicht beurteilen, ob seine Anwesenheit mich beruhigte oder ob ich einfach zu erschöpft war, um mich wie üblich zu wehren – vielleicht war ich vom Jetlag betäubt. Was auch immer es war, es fühlte sich gut an, ehrlich zu sein, ohne dass meine Worte körperliche oder emotionale Schmerzen verursachten, also tat ich es freiwillig.

»Ich habe vor ein paar Wochen mit ihm Schluss gemacht. Er wird nicht mit uns kommen.«

Seine Lippen verzogen sich zu einem mitfühlenden Ausdruck, als er sprach. »Du trauerst sicher um ihn. Es ist nie leicht, sich von den Menschen zu verabschieden, die uns wichtig sind, auch wenn wir wissen, dass es besser so ist.«

»Vielleicht sollte ich trauern, aber es war nie richtig zwischen uns.«

»Hast du ihn geliebt?«

Ich wartete einen Moment, bevor ich antwortete. Ich wollte sicher sein, dass meine erste Reaktion wirklich meinen Gefühlen entsprach. »Ich dachte, ich hätte ihn geliebt. Ich liebe ihn in dem Sinne, dass ich mich um ihn sorge. Ich würde nie wollen, dass ihm etwas Schlimmes passiert. Ich hoffe, er ist glücklich, aber ich glaube nicht, dass ich in ihn verliebt war. Ich vermisse ihn nicht und ich glaube auch nicht, dass ich ihn jemals vermissen werde.«

»Dann warst du nicht in ihn verliebt, Mädchen.«

Ich nickte zustimmend. »Glaube ich auch nicht. Ich meine, ich glaube einfach, dass es zwischen zwei Menschen intensiver sein sollte, als es bei Dillon und mir der Fall war. Ich möchte, dass mich jedes Mal ein Schaudern durchfährt, wenn ich den Menschen, mit dem ich zusammen bin, ansehe. Ich möchte aufleuchten, wenn ich in einem Raum bin und er in meine Richtung schaut. Ich möchte …« Ich hielt inne, als ich sah, dass er mich genau beobachtete und Wärme breitete sich in meinem ganzen Körper aus. Es war ein vertrauter, wissender Blick und etwas Stummes ging zwischen uns vor. Ich fragte mich, ob seine Reaktion auf mich vielleicht gar nicht so anders war als meine auf ihn. »Ich will einfach mehr.«

Er schüttelte den Kopf, um die Intensität zwischen uns zu lindern. »Du verdienst mehr, schöne Maid. Macht es dir etwas aus …« Er deutete auf meinen fehlenden rechten Arm. »Schmerzt es dich, von Feuer zu sprechen?«

Normalerweise tat es das, aber ich hatte nicht das Gefühl, dass es so schmerzhaft sein würde, mit ihm darüber zu sprechen.

»Manchmal, aber meine Therapeutin hat mir gesagt, dass es mir nur leichter fallen wird, darüber zu sprechen.«

Er sagte nichts und ließ mir Zeit.

»Es war ein ganz normaler Abend. Ich habe etwas länger als sonst gearbeitet. Ich war bei einer Kundin, um einen Dekorationsauftrag zu beenden. Als ich nach Hause kam, freute ich mich, dass die Kundin das neue Bad, das ich für sie entworfen hatte, toll fand, aber ich war auch erschöpft.

Ich habe schon immer sehr schlecht geschlafen. Ich bin schwer zu wecken und wenn ich müde bin, schlafe ich wie eine Tote. Jedenfalls brach das Feuer in der Wohnung über mir aus. Der alte Mann, der dort wohnte, hatte seinen Herd angelassen und irgendetwas hatte sich entzündet, sodass das ganze Gebäude in Flammen aufging. Der Alarm wurde ausgelöst und die meisten Leute wachten auf und konnten evakuiert werden, aber ich schlief durch.« Ich hielt kurz inne, bevor ich fortfuhr.

»Als Mr. Crinkles es schaffte, mich zu wecken, war die Wohnung voller Rauch. Wir hatten es fast nach draußen geschafft, bevor ein Teil der Decke einstürzte und uns beide auf den Boden drückte. Trümmerteile flogen in Mr. Crinkles' Auge, sodass er es verlor und mein Arm wurde eingeklemmt. Es ist ein Wunder, dass die Feuerwehr uns beide herausziehen konnte und dass wir nur ein Auge und einen Arm verloren haben.«

Er schüttelte den Kopf und sein Blick sah traurig aus. »Ich kann mir nicht vorstellen, wie verängstigt ihr wart. Wie groß der Schmerz gewesen sein muss.«

»Um ehrlich zu sein, hatte ich keine Angst. Es ging zu schnell, als dass ich Angst gehabt hätte, und der Schmerz war damals gar nicht so schlimm.« Ich erschauderte, als ich an die Wochen und Monate der Genesung dachte. »Das kam erst später. Zum Glück hatte ich nicht allzu viele Verbrennungen an meinem Körper. Das war der einzige Segen. Der Teil des Gebäudes, der auf mich und Crink gefallen ist, hat nicht wirklich Feuer gefangen, sodass wir von den meisten Flammen verschont geblieben sind.

»Du hast vorhin gefragt, warum jemand von hier weg wollen würde. Hier zu sein, hat mir den Grund noch deutlicher vor Augen geführt. Meine Wurzeln sind zu tief in Boston. Überall, wo ich hingehe – in die Arbeit, in Laurels Wohnhaus, in meine Lieblingsrestaurants –, kennt mich jeder. Oder zumindest kannten sie mich. Jetzt sehen sie mich an, als wäre ich bei dem Feuer verloren gegangen. Für sie bin ich nicht mehr dieselbe, weil sie wissen, wer ich vorher war. Ich habe mich verändert. Das weiß ich, aber ich bin nicht gestorben. Ich bin immer noch hier, aber ich bin mir nicht sicher, ob alle anderen das wissen. Du kannst nur sehen, wer ich jetzt bin und das ist so erfrischend, dass ich es nicht in Worte fassen kann. Ich bin bereit, alles hinter mir zu lassen. Ich glaube nicht, dass ich dort jemals wirklich hätte heilen können.«

Er streckte die Hand aus, die nicht seinen Kopf stützte und drückte mein Knie. »Ich dachte, deine Schwester wäre das mutigste Mädchen, das ich kenne. Ich weiß nicht, ob ich das noch behaupten kann.«

Ich lachte und rollte mit den Augen. »Mutig ist das Allerletzte, was ich bin. Ich habe vor allem Angst.«

»Natürlich hast du das. Wir haben alle Angst, aber die meisten von uns lassen zu, dass diese Angst uns davon abhält, etwas zu tun. Du nicht.«

Wir verbrachten den Rest des Abends damit, uns zu unterhalten. Wir sprachen über die anderen Männer auf der Insel und über die Auseinandersetzung zwischen Laurel und Machara. Wir sprachen über ernste Dinge und dumme Dinge. Als die Sonne durch die Fenster lugte, war ich überzeugt, noch nie so zufrieden nach einer schlaflosen Nacht gewesen zu sein.

»Ich denke, du solltest mit deiner Mutter darüber sprechen, was dich bedrückt. Bevor die Burg erwacht und der Tag wirklich beginnt. Die Zeit kurz vor dem Einschlafen und kurz nach dem Aufwachen hat eine besondere Magie an sich. Die Menschen sind dann eher bereit, ehrlich zu sein und ihre Seele zu offenbaren.«

Irgendwann in der Nacht waren wir wieder auf Dillon zu sprechen gekommen und ich hatte meine Sorge darüber geäußert, dass meine Mutter darauf bestand, dass ich mit ihm sprechen sollte. Er hatte recht, ich wollte herausfinden, was los war.

Ich stand auf und streckte mich, nachdem ich stundenlang

auf dem Bett gesessen hatte, und lächelte ihn an. »Du klingst, als würdest du aus Erfahrung sprechen.«

Er deutete zwischen uns beiden hin und her. »Sieh uns an, schöne Maid. Wir kennen uns kaum und doch haben wir uns zu der magischen Tageszeit getroffen, die ich gerade erwähnt habe und wir haben die ganze Nacht miteinander geredet wie alte Freunde.«

Oder wie Liebende. Diesen Gedanken behielt ich für mich.

»Du hast recht. Ich werde jetzt mit ihr reden.«

Als ich auf den Flur trat, konnte ich sehen, dass das Licht in Moms Schlafzimmer schon an war, wie ich es vermutet hatte. Sie stand gerne früh auf.

Mir war nie in den Sinn gekommen, anzuklopfen, bevor ich eintrat. Ich drehte den Knauf und riss die Tür auf, ohne zu überlegen.

Die einzige Möglichkeit, meine lächerlich verzögerte Reaktion zu erklären, bestand darin, sie als Schock abzutun. Ich war mir sicher gewesen, was mich im Zimmer meiner Mutter erwarten würde. Ich würde sie im Bett vorfinden, mit einer Lesebrille und einem Buch in der Hand, da sie gerne die ruhigen Minuten genoss, bevor alle anderen aufwachten.

Mein Gehirn wusste einfach nicht, wie ich das, was ich sah, begreifen sollte.

Mom lag zwar im Bett, aber sie trug keine Lesebrille und es war auch kein Buch in Sicht. Stattdessen war sie nackt und ihre Brüste begrüßten mich, als ich sie verwirrt anstarrte.

»Mom? Hast du nackt geschlafen?«

Das hätte mir eigentlich klar sein müssen, aber ich begriff es irgendwie trotzdem nicht.

Ihre panische Stimme antwortete sofort. »Kate! Du kannst doch nicht einfach Türen öffnen, ohne anzuklopfen.«

Ich schnaubte, weil ich immer noch erstaunlich schwer von Begriff war. »Ernsthaft? Das sagt ja die Richtige. Weißt du überhaupt, wie man anklopft? Ich meine …«

Ein kurzes Schlurfen ertönte und zum ersten Mal, seit ich das Zimmer betreten hatte, schaute ich in Richtung ihres Badezimmers.

David stand völlig nackt in der Tür, beide Handflächen weit gespreizt, um sein bestes Stück zu verdecken.

Er und ich starrten uns bestimmt fünf Sekunden lang entsetzt an. Schließlich ergriff er das Wort, während mir der Mund vor Schreck offen stand. »Guten Morgen, Kate. Ich schätze, die Katze ist aus dem Sack.«

KAPITEL 13

Ich stand viel zu lange da, während mein Blick zwischen David in der Badezimmertür und meiner Mutter im Bett hin und her huschte. Ich wäre nicht schockierter gewesen, wenn ich Mom mit George Clooney im Bett erwischt hätte.

»Ich … äh … Entschuldigung.« Ich griff nach dem Türknauf, schloss die Tür hinter mir und wich langsam von der Szene zurück.

Es war, als würden alle meine Muskeln langsamer werden, sodass der Gang durch den Flur und die Treppe hinunter langsam und beschwerlich wurde.

Ich hörte, wie Maddock mir nachrief, als ich mich vom Tatort entfernte, aber ich ging weiter, bis ich das Erdgeschoss der Burg erreichte und die Treppe hinunterging, die zur Burgküche führte. Alles, woran ich denken konnte, war, dass ich einen Kaffee brauchte. Und zwar sofort. Das war das Einzige, was meinem Gehirn helfen konnte, sich von dem Trauma zu erholen, das es erlebt hatte.

»Kate, bist du wohlauf?«

Maddock war nur ein paar Schritte hinter mir und ich schüttelte den Kopf, als ich in die Küche ging.

»Ich habe gerade meine Mutter und David nackt zusammen erwischt. Ich bin mir nicht sicher, ob es mir jemals wieder gutgehen wird.«

Sydney tauchte aus der Kammer auf der rechten Seite der Küche auf und lachte leise, als sie meinen aschfahlen Blick sah.

»Igitt. Ja, viel schlimmer kann es nicht mehr werden, oder?« Sie betrachtete meinen Gesichtsausdruck noch einen Moment lang, bevor sie hinzufügte: »Augenblick mal. Wusstest du nicht, dass sie zusammen sind?«

Ich schüttelte den Kopf, als Maddock neben mir in meinem Blickfeld auftauchte.

»Wusstest *du* es?«

Sydney nickte verständnisvoll und griff hinter mich, um die Kaffeemaschine einzuschalten, als hätte sie meine Gedanken gelesen. »Ehrlich gesagt, habe ich es vermutet. Er hat sie gestern Abend *beim* Essen mindestens fünfmal am Arm berührt. Und die wissenden Blicke, die die beiden ausgetauscht haben, waren ziemlich auffällig.«

So viele kleine Begebenheiten gingen mir durch den Kopf. Moms frühmorgendliche Fahrten ins Fitnessstudio, ihre Reaktion, als ich das Abendessen mit David erwähnt hatte, ihr Angebot, ihn wegen des Essens anzurufen und sogar ihre Reaktionen beim Abendessen hätten mir klarmachen müssen, was vor sich ging, aber das war mir offensichtlich nie in den Sinn gekommen.

Achselzuckend lächelte ich zum ersten Mal, seit ich die Zimmertür geöffnet hatte. »Eigentlich ... denke ich, dass alles einen Sinn ergibt, aber ich hatte einfach keine Ahnung.«

»Du siehst aus, als wäre dir kalt, holde Maid.« Maddock

sprach zum ersten Mal, seit wir die Küche betreten hatten, und überraschte mich, indem er an meinem Rücken auftauchte, wo er beide Hände auf meine Arme legte und sie sanft auf und ab rieb, um mich zu wärmen.

Normalerweise war ich empfindlich, wenn es darum ging, Leute in die Nähe meiner Amputation zu lassen, vor allem, weil sich alle immer so komisch verhielten, aber Maddock zögerte nicht, als er mit seiner Handfläche bis zu der Stelle an meinem Ellbogen fuhr, wo mein Arm jetzt endete. Die Tatsache, dass er nicht zögerte, machte es für mich unmöglich, mich deshalb unwohl zu fühlen. Es fühlte sich gut an und als das Frösteln in meinem Körper nachließ, atmete ich tief durch und entspannte mich in seinen Armen.

Sydney knirschte mit den Zähnen, während sie mich beobachtete. Sofort verspannte ich mich wieder.

»Entspann dich noch nicht zu sehr. Ich fürchte, heute Morgen ist noch etwas anderes passiert, das ein großer Schock sein wird.«

Maddocks Hände erstarrten auf meinen Schultern.

Ich trat von ihm weg, um mich auf der Arbeitsplatte der Kücheninsel abzustützen.

»Was ist los? Was ist passiert?«

»Eigentlich geht es eher darum, wer passiert ist. Ich bin heute Morgen aufgewacht und habe mich – wie jeden Morgen – auf den Weg durch das magische Treppenhaus gemacht, das die heutige Burg mit der des siebzehnten Jahrhunderts verbindet, um Frühstück zu machen. Als ich aus dem Treppenhaus kam und mich auf den Weg zur Eingangstür der Burg machte, war da ein Auto. Als ich näher ranging, stieg ein Mann aus und kam auf mich zu, um mich zu begrüßen. Er sagte, sein Name sei Dillon. Er behauptet, dein Freund zu sein.«

KAPITEL 14

Alle meine Befürchtungen waren berechtigt gewesen. Ich hatte keinen Zweifel daran, dass meine Mutter irgendwie mit Dillons Ankunft hier auf der Burg zu tun hatte. Sie musste es gewesen sein. Sonst könnte er gar nicht wissen, wo wir waren.

Ich schüttelte den Kopf, stützte meinen Arm auf die Arbeitsplatte und beugte mich vor, um mein Gesicht und meinen Kopf in meiner Armbeuge zu vergraben, während ich stöhnte. »Ich werde sie umbringen.«

»Wen?« Sydneys Stimme klang verwirrt.

»Meine Mutter. Sie hat ihm geholfen. Sie hat ihm geholfen, mich zu finden. Deshalb hat sie so darauf bestanden, dass ich seine Anrufe beantworte.« Ich blickte von meiner gebeugten Haltung auf und sah, wie sie mich mitleidig ansah.

»Ich kann ihn dazu bringen, zu gehen, wenn du willst.«

Ich schüttelte den Kopf und wandte mich wieder der Sicherheit meines Arms zu. »Nein, ich muss mich darum kümmern. Wo ist er?«

Plötzlich hörte ich mehrere Schritte im Stockwerk über mir und es klang, als würden sie sich dem Treppenhaus nähern.

»Ich wette, das ist er. Callum hat ihn durch die Burg geführt. Ich glaube, sie sind jetzt auf dem Weg hierher.«

Ich stieß einen dramatischen Laut des Entsetzens aus, als würde ich weinen, hielt aber in dem Moment inne, als ich spürte, wie Maddocks Hände mich von der Kücheninsel hoben.

Er drehte mich zu sich um und hielt meine Schultern fest umklammert, während er mir in die Augen schaute.

»Willst du ihn hier haben, holde Maid?«

Ich schüttelte den Kopf. »Nein.«

»Nach dem, was du über ihn gesagt hast, glaube ich nicht, dass er ein Mann ist, der etwas mit Worten allein versteht. Vielleicht solltest du ihm etwas anderes geben, damit er weiß, dass du mit ihm fertig bist.«

Ich zuckte unter Maddocks Griff zusammen. »Ach ja? Was denn zum Beispiel?«

In seinen grünen Augen blitzte Schalk auf und mein Körper glühte. »Vertraust du mir?«

Ich dachte an all die Dinge, die ich ihm letzte Nacht anvertraut hatte. Ich dachte daran, dass meine Schwester ihn gern hatte und dass sie ihm offensichtlich vertraute, da sie ihn hierher geschickt hatte, um uns sicher zur Insel zu bringen. Auch wenn er ein Fremder war, kannte ich meine Antwort.

»Ja.«

Er lächelte, während seine linke Hand sich von meiner Schulter löste und sanft zu meinem unteren Rücken glitt, wo er mich an sich zog.

Ich hörte, wie Dillon die Treppe zur Küche herunterkam, aber ich hielt meinen Blick auf Maddocks Augen gerichtet.

In dem Moment, in dem Dillon den Raum betrat und uns beide aneinandergepresst sehen konnte, beugte Maddock sich vor und küsste mich.

KAPITEL 15

Es gab kein Aufwärmen vor seinem Kuss. Keine leichte Berührung seiner Lippen, um zu sehen, ob ich sie akzeptieren würde, keine zarte Spur entlang meines Kiefers. Sofort waren seine Lippen heiß und drängend auf meinen. Aber es dauerte nur einen Moment, bis mein Körper sich an ihn gewöhnte und mein Geist sich dem Genuss seiner Lippen hingab, die auf den meinen tanzten.

Als Maddocks Zunge in meinen Mund eindrang – eine prüfende, neugierige Geste, die mich dazu einlud, mit ihm zu spielen –, erwiderte ich seinen Kuss.

Er küsste mich länger als nötig – ich hörte, wie Dillon sich umdrehte und die Treppe wieder hinaufging, kurz nachdem er uns beide gesehen hatte –, aber ich machte keine Anstalten, mich zurückzuziehen. Mein Körper war zu lebendig, mein Verstand zu benebelt, um etwas anderes zu tun, als mich dem Gefühl hinzugeben. Es fühlte sich so gut an, ihn zu küssen.

Auch er verlor sich darin. Er drückte mich so fest an sich, dass ich spürte, wie sich das Verlangen in jedem seiner Muskeln zusammenzog. Sein Atem war zittrig und rau, seine Lippen schwer und drängend. Erst als seine Hände an meinem Körper auf und ab wanderten, schien er sich daran zu erinnern, was er tat und warum. Als er sich schließlich zurückzog, sah er genauso aufgewühlt aus, wie ich mich fühlte.

Er sah sich unbehaglich im Raum um. »Ich ...« Er atmete zittrig aus und schenkte mir ein sanftes Lächeln. »Ich glaube, es hat geklappt. Er ist fort. Am besten, du gehst zu ihm. Sag ihm, dass du jedes Wort, das du zu ihm gesagt hast, ernst gemeint hast. Wenn du mich brauchst, bin ich da. Ich werde alle deine Behauptungen bestätigen.«

Wäre die Kücheninsel hinter mir nicht gewesen, wäre ich umgefallen, als er wegging. Ich drehte mich nach rechts und sah Sydney, die uns mit weit aufgerissenen Augen anstarrte.

Da ich nicht wusste, was ich sagen sollte, nickte ich einfach auf Maddocks Vorschlag hin und drängte mich an einem perplex dreinblickenden Callum vorbei zur Treppe, um Dillon zu suchen.

Ich brauchte nicht lange zu suchen. Er saß auf der großen Eingangstreppe und hatte sein Gesicht in die Hände gestützt, als ich näher kam.

Er blickte auf und sah mich mit müden Augen an. »Ist er der Grund, warum du Schluss gemacht hast?« Er hob den Kopf und deutete auf die Küche. »Bist du deshalb nach Schottland gekommen?«

»Was?« Ich schüttelte den Kopf, während ich mich neben ihn setzte. »Natürlich ist das nicht der Grund. Glaubst du wirklich, dass ich dich betrügen würde?«

Er seufzte und drehte sich so, dass er mir gegenüber saß. »Nein, das glaube ich nicht. Wie lange kennst du ihn schon?«

Ich warf einen Blick auf die Standuhr im Eingangsbereich. »Gerade mal neun Stunden.«

Er schüttelte ungläubig den Kopf. »Ich schätze, ich habe das verdient.« Er griff nach meiner Hand, während Tränen seine Augen füllten. »Es tut mir so leid, Kate. Ich konnte nicht mehr essen und nicht mehr schlafen, seit du mich in dieser Nacht verlassen hast. Du musst wissen, dass ich es nicht so gemeint habe. Was ich gesagt habe …«

Er hielt inne und stieß einen lauten Schluchzer aus, der mich so sehr erschreckte, dass ich zusammenzuckte. Ich hatte ihn noch nie weinen sehen.

Er beugte sich vor, bis sein Kopf ganz in meinem Schoß lag und weinte, während er sprach. »Ich habe es wirklich nicht so gemeint. Bitte, Kate. Bitte verzeih mir. Ich kann nicht mit dem Wissen leben, dass ich so etwas Grausames zu dir gesagt habe. Zu wissen, dass du denkst, ich würde das wirklich glauben … Natürlich will er dich. Gott, jeder Mann mit einer halben Gehirnzelle würde dich wollen. Ich war nur verletzt, Kate. Wirklich, wirklich verletzt.«

Ich glaubte ihm. Auch wenn mich seine Worte in diesem Moment so sehr verletzt hatten, war mir selbst damals klar gewesen, dass ihm dieses Verhalten nicht ähnlichsah. Und diese Entschuldigung war auf keinen Fall unaufrichtig.

Ich gab ihm einen sanften Schubs mit meiner Hand und wartete, bis er seinen Kopf von meinem Schoß hob. »Das weiß ich, Dillon. Ich vergebe dir. Aber das ändert nichts.«

Er nickte traurig. »Ich weiß.«

Ich ließ meine Hand sinken und legte verwirrt den Kopf schief. »Was tust du dann hier? Warum bist du den ganzen Weg hierhergekommen?«

Er lächelte zum ersten Mal. »Na ja, ich hätte dir ja sonst nicht sagen können, wie leid es mir tut, oder? Du bist nie an dein Handy gegangen. Ich gebe zu, als deine Mutter mich das erste Mal anrief, dachte ich, ich hätte vielleicht eine Chance. Sie schien das auch zu glauben, aber nachdem meine Anrufe mehrere Wochen lang auf deiner Mailbox gelandet waren, wusste ich, dass meine Chancen gering waren. Ich musste mich trotzdem entschuldigen.«

Wieder einmal hatte meine Neigung, Problemen aus dem Weg zu gehen, zu weiteren Problemen geführt. Wenn ich nur ans Handy gegangen wäre, hätte ich seine Entschuldigung hören und ihn davon abhalten können, um die halbe Welt zu fliegen.

»Es tut mir leid, dass ich dich den ganzen Weg hierher habe kommen lassen, um mir das zu sagen.«

Er schüttelte den Kopf, stand auf und bot mir seine Hand an, damit er mich hochziehen konnte. »Mir nicht.«

»Wirklich nicht? Warum nicht?«

»Es hat mir nicht gefallen, dass du einen anderen Mann geküsst hast. Das kann ich nicht leugnen, aber als ich den Kuss gesehen habe, wurde mir etwas bewusst – du hast mich nie, nicht ein einziges Mal, so geküsst, wie du ihn geküsst hast.«

Ich zuckte unbehaglich zusammen, als ich zu ihm aufblickte. »Ich habe ihn nicht so geküsst, Dillon. Er hat mich geküsst.«

Er lächelte und sah mich ungläubig an. »Komm schon, Kate. Das war ein Kuss. Ein echter Kuss. Es spielt keine Rolle, wer wen geküsst hat. Das hat nichts damit zu tun. Ich meinte nur, dass mir in diesem Moment zwei Dinge bewusst wurden. Erstens bin ich nicht der richtige Mann für dich. Du brauchst jemanden, der so viel Hingabe in dir wecken kann. Zweitens will ich das vielleicht auch für mich selbst. Vielleicht will ich jemanden, der mich so sehr will, wie du ihn zu wollen scheinst.«

Seine Einsicht traf mich ein bisschen zu tief, aber ich hatte nicht die Energie, um zu analysieren, warum genau. Stattdessen beugte ich mich vor und legte meinen Arm um ihn.

»Das hast du verdient, Dillon. Ich hoffe, du findest es sehr bald.«

Er küsste mich auf den Kopf, bevor er sich von mir entfernte. »Ich auch, Kate. Pass gut auf dich auf, okay?«

Ich begleitete ihn zu seinem Auto und als ich sah, wie er von der Burg wegfuhr, fühlte ich mich von einer Last befreit, von der ich nicht gewusst hatte, dass ich sie mit mir herumgetragen hatte.

Jetzt musste ich mich nur noch um meine Mutter kümmern.

Diesmal klopfte ich an die Tür. Ich war mir ziemlich sicher, dass ich nie wieder eine geschlossene Tür öffnen würde, ohne anzuklopfen. Als meine Mutter die Tür öffnete, war sie bereits angezogen, ihr Haar perfekt gelockt und ihr Pony zurückgesteckt, damit sie ihr Make-up auftragen konnte. Sie lächelte schuldbewusst.

»Ich bin sicher, das war ein ziemlicher Schock für dich. Es tut mir wirklich leid. Keiner von uns wollte, dass du es so erfährst.«

»Ich kann das nicht glauben. Ich bin mir nicht sicher, ob ich jemals in meinem ganzen Leben so wütend auf dich war.«

Ihr Gesichtsausdruck änderte sich sofort von Reue zu Verwirrung. Abwehrend verschränkte sie die Arme.

»Hör zu, Kate. Ich kann verstehen, dass du etwas überrascht bist, aber du hast kein Recht, wütend zu sein. David und ich sind beide erwachsen. Es ist unsere Sache, ob wir uns entscheiden, Zeit miteinander zu verbringen.«

Ich schüttelte den Kopf über diese Ironie. »Du denkst, ich bin wütend wegen David?«

Sie nickte und ich seufzte verzweifelt. »Du hast wirklich keine Ahnung, wie heuchlerisch du bist, nicht wahr, Mom? Natürlich bin ich nicht wütend wegen David. Ich liebe David. Würde ich bevorzugen, euch beide nicht nackt gesehen zu haben? Auf jeden Fall. Aber ich denke, du hast Glück, dass du ihn hast. David ist großartig. Was mich wütend macht, ist, dass du so einfach einsiehst, dass dir eine gewisse Privatsphäre zusteht, wenn es um dein Liebesleben geht, aber dass du es nicht für nötig hältst, deinen Töchtern die gleiche Höflichkeit entgegenzubringen.«

Sie atmete laut aus und verschränkte ihre Arme, während sie wissend nickte. »Du meinst Dillon.«

»Natürlich meine ich Dillon. Er ist heute Morgen hier aufgetaucht, dank dir.«

»Liebling …«

Ich unterbrach sie mit einem Schrei. Ich hasste es, wenn sie mich ›Liebling‹ nannte.

»Nein! Nenn mich nicht Liebling. Das ist nicht in Ordnung. Ganz und gar nicht. Weißt du, was mich am meisten aufregt? Ich mache dir keinen Vorwurf, dass du Dillon magst. Aber hier ging es nicht um dich und deine Meinung über ihn. Du traust meinem Urteilsvermögen nicht. Du traust mir nicht zu, dass ich meine eigenen Entscheidungen treffen kann.«

Sie ging an mir vorbei und setzte sich auf den Rand des Bettes. »Ich habe das nicht immer so gesehen, Kate. Früher habe ich dir vollkommen vertraut.«

Ich biss die Zähne zusammen, um mich auf das vorzubereiten, was kommen würde. Sie hatte diese Worte noch nie laut ausgesprochen, aber ich hatte sie in so vielen ihrer

Handlungen gespürt. »Ach ja? Und was ist passiert, dass du dieses Vertrauen verloren hast?«

»Schatz, es ist nicht deine Schuld. Aber du weißt genauso gut wie ich, dass du seit dem Feuer nicht mehr du selbst bist. Ich weiß nicht, ob du dir bei deinen Entscheidungen sicher sein kannst, bis du wieder du selbst bist.«

Da war es. Genau das, was ich vermutet hatte. Dass sie glaubte, die Person, die ich früher gewesen war, würde eines Tages zurückkehren – und dass sie diese Version von mir viel lieber mochte.

Ich konnte mich nicht einmal dazu durchringen, wütend auf sie zu sein. Ich war einfach nur traurig und fühlte mich völlig unzureichend. Ich konnte ihr nie geben, was sie wollte.

»Mom, ich bin ich selbst. Mein neues Ich. Das alte Ich, das du früher kanntest – ich verstecke diese Version von mir nirgendwo. Sie existiert einfach nicht mehr. Ich habe mich verändert und ehrlich gesagt mag ich, wer ich jetzt bin. Ich weiß, dass es immer noch Dinge gibt, an denen ich arbeiten muss, aber geht das nicht jedem so? Glaubst du wirklich, du könntest das durchmachen, was ich durchgemacht habe und am Ende genauso sein, wie du jetzt bist?«

Als sie nichts sagte, fuhr ich fort. »Ich mag, wer ich heute bin. Ich wünschte nur, du würdest das auch tun.«

Ich wandte mich ab und ging auf die Tür zu.

»Kate ... wo willst du hin?«

»Weg von dir. Ich brauche Zeit für mich. Ich werde mit Maddock sprechen und fragen, ob wir morgen statt heute abreisen können. Ich bin im Moment zu wütend auf dich, um den ganzen Tag neben dir zu reiten.«

Sie versuchte, etwas zu sagen, als ich wegging, aber ich war nicht in der Stimmung, stehen zu bleiben und zuzuhören.

KAPITEL 16

Nachdem ich meine Mom verlassen hatte, ging ich zurück in mein Zimmer und nahm mir etwas Zeit, um zu duschen und mich frisch zu machen – schließlich trug ich immer noch meinen Schlafanzug –, bevor ich an die Tür klopfte, die von unserem angeschlossenen Badezimmer zu Maddocks Zimmer führte.

Als er aufmachte, war er noch im Bademantel. Sein halbes Gesicht war rot, als hätte er darauf gelegen und seine Haare waren zu einer Seite hin zerzaust. Offensichtlich war er eingeschlafen. Er sah so bezaubernd aus, dass ich mir ein Lächeln nicht verkneifen konnte, obwohl ich ein schlechtes Gewissen hatte, weil ich ihn geweckt hatte.

»Es tut mir leid. Hast du geschlafen?«

Er lächelte und nickte. »Ja, aber ich denke, es ist Zeit, dass wir aufbrechen, aye.«

»Was das angeht … meinst du, es wäre okay, wenn wir bis morgen warten? Ich glaube, die anderen könnten noch einen Tag Ruhe gebrauchen, bevor sie eine so lange Reise antreten.«

Sein ohnehin schon freundliches Gesicht erhellte sich völlig.

»Ach, holde Maid, ich könnte dich wieder küssen. Ich glaube nicht, dass ich jemals einen schöneren Vorschlag gehört habe.«

»Gut.« Ich stand einen Moment lang unbeholfen da und wusste nicht, wie ich ihm für das danken sollte, was er zuvor getan hatte.

»Sag mir ...«

Ich blickte von meinen Füßen auf, als er nachhakte. »Ja?«

»Wie geht es dir? Ich habe ihn fortgehen sehen.«

Ich atmete wieder aus. Jedes Mal, wenn ich jetzt an Dillon dachte, fühlte ich ein Gefühl der Erleichterung. Die übliche Anspannung, die sich bei jedem Gedanken an ihn in meiner Brust ausbreitete, war verschwunden und das lag vor allem an Maddock.

»Mir geht es gut. Am Ende ist alles gut ausgegangen.«

»Es tut mir leid, wenn ich mich mehr eingemischt habe, als ich es hätte tun sollen.«

Ich zuckte mit den Schultern. »Das muss dir nicht leidtun. Es war zwar schockierend, aber eigentlich genau das Richtige. Es hat ein Gespräch zwischen uns beiden angestoßen. Eines, das mir erlaubt hat, ihm zu verzeihen, dass er mich verletzt hat.«

Er runzelte besorgt die Stirn. »Was hat er getan, um dich zu verletzen?«

Ich winkte ab. »Es hätte mich nicht so sehr verletzen dürfen. Ich weiß nicht, warum ich mich so sehr darüber aufgeregt habe. Er hat es sowieso nicht so gemeint, aber er meinte nur, dass ich Schwierigkeiten haben würde, jemand Neues zu finden, der mich will, jetzt, wo ich ...«, ich zögerte und hob meinen amputierten Arm, »beschädigt bin.«

Maddocks Nasenlöcher blähten sich auf und seine Kiefermuskeln spannten sich an. »Der Mann ist ein törichter

Bastard. Ich fürchte, du wirst sehen, wie unzutreffend diese Worte waren, wenn wir die Insel erreichen. Jeder Mann dort wird dich wollen.«

Ich errötete und beschloss in meiner Nervosität, die zweite Hälfte von Maddocks Aussage zu ignorieren. »Er ist kein Bastard. Er war nur verletzt und wütend, weil ich ihn verlassen habe.«

Maddock rollte mit den Augen. »Wenn du meinst, holde Maid. Ich mag ihn trotzdem nicht und bin froh, dass er aus deinem Leben verschwunden ist.«

»Das bin ich auch. Und ich bin noch mehr froh, dass ich den Rest meines Lebens in dem Wissen verbringen kann, dass wir es nicht in gegenseitigem Hass beendet haben. Nochmals vielen Dank für das, was du getan hast.«

Er lächelte dasselbe schelmische Grinsen, das er schon kurz vor dem Kuss an den Tag gelegt hatte. »Ich bin es, der sich bei dir bedanken sollte. Ich bin schon sehr, sehr lange nicht mehr so geküsst worden.«

Ich griff nach der Tür, um mich möglichst schnell von ihm zu entfernen. »Ich habe dich nicht geküsst. Du hast mich geküsst. Jetzt ruh dich noch ein bisschen aus. Der morgige Tag wird schneller anbrechen, als du denkst und wir haben beide nicht geschlafen.«

Er lachte, als ich die Tür zwischen uns schloss und ich glaubte, ihn noch sagen zu hören: »Wie du meinst, schöne Maid. Wie du meinst.«

Drei Tage später – 1651

. . .

Frierend, durchnässt bis auf die Knochen und mit einem Husten, der mich mehr beunruhigte, als ich zugeben wollte, stapfte ich durch den Schlamm zurück zu meinem Pferd, nachdem ich zwischen den Bäumen angehalten hatte, um mein Geschäft zu verrichten.

»Ich weiß, Baby. Für mich ist das auch kein Spaß. Wir reiten alle so schnell wir können.«

Mr. Crinkles wimmerte kläglich aus der Tasche meines Mantels, die Gillian vor unserer Abreise für mich genäht hatte. Da sie das Wetter vorausgesehen hatte, wusste sie, dass er einen trockenen Platz brauchen würde. Ich war mir sicher, dass er dankbar für die Wärme war, aber er war eine Katze, die es gewohnt war, viel Platz zum Herumlaufen zu haben. Nun war er tagelang an mich gepresst.

Ich wusste, dass eine so lange Reise auf einem Pferderücken schwierig sein würde, aber jeder Tag war miserabler, als ich es mir je hätte vorstellen können. Es regnete ununterbrochen auf uns herab. Maddock und Paton sorgten zwar dafür, dass wir jede Nacht eine gute Unterkunft bekamen, aber der Morgen und unsere Reise durch den Regen kamen immer viel zu früh.

Mir tat alles weh und jeder Atemzug fiel mir schwerer, als er sollte.

Als ich mein Pferd erreichte, blieb ich stehen und wartete auf Maddocks pflichtbewusste Hilfe. Ich konnte das Pferd zwar gut mit einem Arm reiten, aber ich konnte mich nicht mit der linken Hand auf das Pferd ziehen. So, wie ich mich jetzt fühlte, hätte ich es wohl auch mit zwei Händen nicht geschafft.

»Du siehst nicht gut aus, holde Maid. Es ist nicht mehr weit bis zum nächsten Dorf. Wir werden heute früher anhalten. Ich sehe, dass du eine Pause brauchst.«

Maddock stand direkt hinter mir, aber seine Stimme klang

weit weg. Ich lehnte mich an ihn, als seine Hände meine Taille umfassten und mich hochhoben. Dabei berührte meine Wange die seine.

»Du hast Fieber. Bist du sicher, dass es dir …«

Das war alles, was ich noch hörte, bevor ich in seinen Armen ohnmächtig wurde.

KAPITEL 17

Kate zitterte, als sie schlief und jeder Atemzug, den sie tat, war anstrengend. Während ihre Mutter auf der Bettkante saß und ihre Katze sich zu ihren Füßen zusammengerollt hatte, schritt Maddock in der kleinen Kammer umher, in dem sie die Nacht verbringen würden.

Paton bemerkte ihn und bedeutete ihm, sich zu ihm auf den Flur zu gesellen.

Leise schlich er sich von der Gruppe fort, um nicht aufzufallen.

»Wir können sie nicht heilen, Maddock.«

»Aye, ich weiß.« Er seufzte und lehnte sich gegen die Wand. Die Heilungsmagie würde ihre Kräfte zu sehr belasten. Da den Acht immer noch ein Mitglied fehlte und sie so weit von der Insel entfernt waren, konnte sie das in große Gefahr bringen.

Paton redete weiter, als hätte er ihm nicht eben erst zugestimmt. »Selbst auf der Insel, selbst mit den anderen Männern, ist die Heilmagie am schwierigsten. So weit weg von zu Hause könnte eine solche Belastung unsere Bindung zu den anderen brechen. Es könnte Machara befreien.«

»Aye, ich weiß. Halt deinen Mund. Bei deinem Gejammer kann ich nicht denken.« Paton brauchte ihm nicht zu erklären, was er bereits wusste.

Bei der Geschwindigkeit, mit der sie sich jetzt bewegten, waren sie noch vier Tage von der Insel entfernt. Wenn sich das Wetter verschlechterte oder Kates Krankheit anhielt, würden sie noch länger brauchen. Bis dahin könnte sie tot sein.

Da sie keine zusätzlichen Reiter dabei gehabt hatten und ohne Schlaf durch die Nacht geritten waren, waren er und Paton in der Lage gewesen, die gesamte Reise in nur drei Tagen zu bewältigen.

»Wir können nicht zulassen, dass Laurels Schwester in unserer Obhut stirbt.«

»Paton.« Er stieß seinen Freund gegen die gegenüberliegende Wand und legte ihm beide Hände auf die Schultern. »Ich habe nicht die Absicht, die Maid sterben zu lassen. Wir müssen uns aufteilen, damit einer von uns Kate schneller auf die Insel bringen kann. Dann kann der Rest der Männer sie heilen.«

»Ich nehme sie mit.«

Maddock lachte und ließ seine Hände von Patons Schultern fallen. Er wollte Kate auf keinen Fall aus den Augen lassen. »Ich werde sie mitnehmen. Ich reite schneller als du. Außerdem fühlt sie sich in meiner Gegenwart wohler als in deiner.«

»Ha! Woher willst du das wissen? Ich kenne sie beide genauso lange wie du. Myla hasst mich, Maddock.«

Maddock lächelte zum ersten Mal an diesem Tag. Es stimmte. Kates Mutter schien Paton aus irgendeinem Grund, den keiner von ihnen so recht verstehen konnte, zu verachten.

»Glaub mir, ich weiß es einfach. Außerdem ist Mylas Abneigung gegen dich ein weiterer Grund dafür, dass ich derjenige sein sollte, der Kate zur Insel begleitet. Myla würde nicht wollen, dass ihre Tochter in deiner Obhut ist.«

Paton runzelte die Stirn und nickte ihm widerwillig zu. »Aye, gut. Wann wirst du mit ihr aufbrechen?«

Er konnte ein wenig Magie entbehren, um sie warmzuhalten und ihr zu helfen, sich auszuruhen, aber der Ritt würde anstrengend für sie sein, unabhängig von dem kleinen Trost, den er ihr bieten konnte. Wenn sie jetzt schlafen konnte, musste sie es tun.

»Morgen. Ich werde mich beim Gastwirt erkundigen, ob es im Dorf einen Heiler gibt. Vielleicht kann ich etwas finden, das ihr bei ihrer Krankheit hilft.« Er entfernte sich und hielt inne, bevor Paton den Raum wieder betrat. »Sag ihrer Mutter noch nichts davon. Es würde sie nur beunruhigen, wie schwer Kates Krankheit ist. Ich werde es ihr kurz vor unserer Abreise sagen.«

Maddock sah zu, wie Paton zu den anderen zurückging und machte sich auf den Weg nach unten, wo der alte Mann, der ihnen das Zimmer vermietet hatte, am Feuer saß.

»Verzeihung. Es tut mir sehr leid, dass ich dich so spät störe, aber dem Mädchen, das ich hereingetragen habe, geht es immer schlechter. Gibt es hier in der Nähe einen Heiler? Ich fürchte, es ist dringend notwendig.«

Der alte Mann stand auf und ging hinüber, um die Haustür zu öffnen. Er wartete, bis Maddock neben ihm stand, um hinaus in die nasse, kalte Nacht zu zeigen. »Aye, ich weiß. Das vierte Haus auf der rechten Seite. Das mit der Kerze, die noch im Fenster brennt. Der Name des Burschen ist Brachan. Seine Mutter baut die Blumen und Kräuter an, die er verwendet, und er mischt sie selbst. Wir hatten in den letzten drei Jahren keinen Dorfbewohner, der nicht an Altersschwäche gestorben ist.

Wenn er die Maid nicht heilen kann, dann glaube ich nicht, dass es irgendjemand schaffen wird.«

Eine Frau, die viel jünger war, als er erwartet hatte, öffnete die Tür nach seinem ersten Klopfen.

»Sag bloß, es ist wieder Murdock? Ich dachte, wir hätten ihn schon lange ...« Sie hielt inne, als sie einen Schritt nach vorne trat, um ihn genauer zu betrachten, dann lächelte sie und senkte verlegen den Kopf. »Ach, du bist nicht der, für den ich dich gehalten habe. Ich bitte um Verzeihung. Ich habe dich hier noch nie gesehen. Du bist wohl auf der Durchreise, aye? Was können wir für dich tun?«

Maddock trat in das kleine Häuschen, als die Frau ihn hineinführte.

»Es ist nicht für mich. Ich reise mit einer kleinen Gruppe und eine der Frauen ist krank geworden. Sie hat einen schrecklichen Husten und Fieber. Sie verliert immer wieder das Bewusstsein.«

»Nun, das können wir nicht zulassen.«

Die Frau wandte sich von ihm ab und sprach den Mann an, der mit dem Rücken zu ihnen an einem Tisch in der hinteren Ecke des Raumes saß. »Brachan, nimm deine Tasche und komm, um den Mann zu begrüßen, damit du ihm dorthin folgen kannst, wo seine Freundin ruht.«

»Sie ist nicht ...« Er hielt inne und beschloss, dass das unwichtig war. Außerdem gefiel ihm, wie das klang.

Maddock sah zu, wie Brachan aufstand, nach einer kleinen Tasche unter dem Tisch griff und sich ihm zuwandte.

»Verzeih mir meine Unhöflichkeit. Ich war gerade dabei,

eine Tinktur zu mischen. Ich hätte vergessen, wo ich gerade war, wenn ich dich sofort begrüßt hätte. Was kannst du mir noch über die Symptome der Frau berichten?«

Maddock konnte nicht sofort antworten, als er den Mann vor sich anstarrte. Brachan hatte eine verblüffende Ähnlichkeit mit einem jüngeren Nicol. Der Mann hatte die gleichen grünen Augen, die gleichen fleckigen Bartstoppeln und das gleiche markante Kinn.

»Das ... sie ... die Maid zittert am ganzen Körper und wie ich schon sagte, hat sie Fieber und einen schrecklichen Husten. Vorhin fiel sie in meinen Armen in Ohnmacht. Darf ich dich fragen, Bursche, wie du mit Nachnamen heißt?«

»Young. Mein Name ist Brachan Young.«

Maddock hätte alles darauf verwettet, dass der Mann Murray gesagt hätte, genau wie Nicol.

»Bist du mit dem Clan der Murrays verwandt? Du siehst aus wie jemand, den ich kenne.«

Brachans Mutter stellte sich zwischen die beiden. Ihr Tonfall war plötzlich weit weniger freundlich. »Clan Murray? Warum fragst du das? Und was ist mit dir selbst? Wie heißt du und woher kommst du?«

Maddock verstand den plötzlichen Stimmungsumschwung der Frau nicht, aber er kommentierte ihn nicht.

»Mein Name ist Maddock und ich lebe auf der Isle of Eight Lairds. Ich dachte mir, dass ihr dort vielleicht Verwandte habt, denn dieser Bursche sieht genauso aus wie mein Freund und Meister Nicol.«

Die Hände der Frau wanderten zu seinen Armen und sie versuchte, ihn zur Tür zurückzudrängen. Er rührte sich nicht. »Verschwinde aus meinem Haus. Ich hoffe, das Mädchen erholt sich, aber wir werden ihr keine Hilfe leisten.«

»Wenn ich euch in irgendeiner Weise beleidigt habe, tut es mir wirklich leid, aber ich fürchte, ich kann ohne die Hilfe deines Sohnes nicht gehen. Das Mädchen könnte sonst wirklich sterben und das werde ich nicht zulassen.«

Brachan ging auf seine Mutter zu und legte ihr eine Hand auf den Rücken. »Ich werde ihnen helfen, egal, woher sie kommen, Mutter. Wir können nicht ewig in Angst leben. Ich bin morgen früh zurück. Warte nicht auf mich.«

Maddock drehte sich um und folgte dem Mann, als er an seiner Mutter vorbeiging und aus dem Haus trat.

»Die Maid ist im Gasthaus, aye?«

Maddock rief ihm hinterher, als Brachan in diese Richtung ging. »Aye, die erste Kammer am oberen Ende der Treppe.«

Maddock blieb stehen und beobachtete Brachan auf seinem Weg zum Gasthaus. Der Mann lief sogar wie Nicol.

Wenn Brachans Aussehen ihn nicht schon überzeugt hätte, hätte die Reaktion der Mutter des Jungen genügt.

Nicol hatte einen Sohn.

Einen, der nicht von Freya war.

Einen, von dem Nicol nichts wusste, wie Maddock vermutete.

KAPITEL 18

»Da bist du ja endlich. Setz dich auf und trink das für mich. Jeden Schluck. Ich weiß, es schmeckt scheußlich, aber es wird dir gegen den Husten helfen.«

Hände legten sich auf mich und hoben mich sanft von der dünnen, abgenutzten Matratze, auf der ich lag, mitten in einem unbekannten Dorf im Schottland des siebzehnten Jahrhunderts. Bis jetzt war dieses Jahrhundert nicht besonders freundlich zu mir gewesen.

Ich wusste, dass ich immer noch Fieber hatte. Meine Sicht war leicht verschwommen, als ich mich abmühte, meine Augen zu öffnen. Ich fühlte mich so schwach, dass ich meinen Kopf kaum noch halten konnte.

Der Mann, der neben mir saß, war neu, aber seine Augen waren freundlich und warm und sein Tonfall war so beruhigend, dass ich nicht an seinen Behauptungen zweifelte, dass die Medizin helfen würde. Zittrig öffnete ich meinen Mund, um den Holzbecher anzunehmen, den er mir an die Lippen hielt. Der Gestank der dicken Flüssigkeit brachte mich fast zum Würgen, aber da ich bereits gewarnt worden war, atmete ich durch die Nase ein und schluckte jeden Tropfen des Trankes.

»Danke …«

»Nichts zu danken. Er wird dich schläfrig machen. Kämpf nicht dagegen an. Ich werde hier sein, wenn du aufwachst. Dann werden wir sehen, wie es dir geht.«

Was auch immer in dem Gebräu war, es wirkte schnell, denn meine Augen fielen mir sofort zu.

Als ich aufwachte, war es bereits Morgen. Ich öffnete die Augen und hatte keine Angst mehr, dass ich sterben würde. Mein Fieber war gesunken und ich konnte mich aufrichten. Mr. Crinkles kroch an meinen Beinen hoch, um sich auf meinen Schoß zu legen und zu schnurren. Er war besorgt gewesen. Und meine Mutter hatte sich auch Sorgen gemacht, wie die Tränen auf ihrem Gesicht zeigten. Aber anstatt mich zu küssen, ging sie direkt zu dem Medizinmann hinüber, warf ihre Arme um ihn und küsste seine Wangen auf und ab.

»Danke, danke, danke. Geht es ihr gut? Wird sie überleben? Ich meine, ich sehe, dass es ihr schon viel besser geht, aber ist sie … ist sie schon über den Berg?«

Meine Mom plapperte weiter, während der Mann, der die Geduld eines Heiligen hatte, sich langsam von meiner Mutter löste und näher zu mir trat.

»Du brauchst mir nicht zu danken. Das kann ich erst sagen, wenn ich sie genauer untersucht habe. Könntet ihr alle nach draußen gehen?«

Mom nickte und geleitete alle nach draußen. Ich war mir nicht sicher, ob ich sie jemals so schnell gehen gesehen hatte.

Als wir allein waren, kam der Mann zum Bett und legte eine sanfte Hand auf meine Wade. »Kannst du dich für mich ganz aufsetzen? Ich muss dich in einem besseren Licht sehen.«

Es kostete mich einige Mühe, aber ich schaffte es, mich aufzurichten, meine Beine auszustrecken und mich auf die Bettkante zu setzen.

»Wie lautet das Urteil? Ich werde doch überleben, oder? Ich fühle mich wirklich viel besser.«

Er lächelte und seine grünen Augen leuchteten in seinem bereits leicht ergrauten Haar. Er kam mir so bekannt vor, aber nicht, weil ich schon einmal jemanden gesehen hatte, der so ähnlich aussah wie er. Ich hatte das überwältigende Gefühl, ihn schon einmal gesehen zu haben.

»Du hättest auch ohne meine Hilfe überlebt, aber ich glaube, du wirst jetzt schneller heilen. Darf ich ...« Er zögerte und hob sanft seine Handflächen an mein Gesicht.

Ich nickte. »Tu, was immer du tun musst. Ich habe schon einige Erfahrungen mit Ärzten gemacht.«

»Ärzten?«

Ich korrigierte mich schnell. »Heilern.«

»Ah. Ist es das, was der alte Wilson behauptet hat? Dass ich ein Heiler bin?« Er legte seine Hände auf beide Seiten meines Gesichts und hob mein Kinn sanft an, um es zu untersuchen. »Sie nehmen mich alle in Schutz.«

Ich blickte auf ihn hinab, als er mein Kinn anhob. »Würdest du das nicht von dir behaupten?«

Er rollte seine Hände nach vorne und drückte mein Kinn nach unten, sodass ich ihn direkt anschaute. Er sah mir eine Minute lang in die Augen, als würde er in meinen Pupillen nach etwas suchen.

»Aye, wenn ich es muss.«

Ich fand den seltsamen Mann faszinierend. Abgesehen von seinen ergrauten Haaren – obwohl auch das zu ihm passte – wirkte er recht jung. Nur in seinem Auftreten und seiner Ausdrucksweise kam er mir nicht so jung vor. In dieser Hinsicht erinnerte er mich an Laurel – eine alte Seele in einem jungen Körper.

»Und was bist du, wenn du nicht unbedingt ein Heiler sein musst?«

Er antwortete mir nicht. Stattdessen ließ er seine Hände von meinem Gesicht sinken und nickte in Richtung des Ellbogens an meinem linken Arm. »Wie oft tut dir die Verbrennung weh?«

Ich musterte ihn misstrauisch. Ich hatte gerade daran gedacht, dass es wieder wehtat, aber mein Arm war von meinem Kleid verdeckt. Ich glaubte nicht, dass ich ihn komisch gehalten oder auf irgendeine Art und Weise gestikuliert hatte. Woher wusste er überhaupt, dass er mir wehtat? Und woher um alles in der Welt wusste er, dass dies eine der wenigen Stellen an meinem Körper war, an denen ich verbrannt worden war?

»Wie bitte?«

»Die Verbrennung. Sie tut dir weh, aye? Da kann ich helfen. Dreh dich um und erlaube mir, das Kleid zu lockern, damit du deinen Arm durch den Ärmel ziehen kannst.«

Ich bewegte mich nicht. Ich starrte ihn nur mit schockierten Augen an.

»Wie … Woher wusstest du das?«

Er ignorierte mich, als er nach hinten griff und begann, die Schnürungen meines Kleides zu öffnen.

»Mach dir keine Sorgen. Ich will nicht aufdringlich sein. Ich möchte nur die Brandwunde untersuchen.«

Ich hatte nicht einmal daran gedacht, dass er aufdringlich werden könnte. Ich hatte eine Schar besorgter Begleiter direkt vor der Tür. Außerdem schien er einfach nicht der Typ dafür zu sein.

»Darüber mache ich mir keine Sorgen. Woher wusstest du, dass da eine Verbrennung ist?«

Er warf mir einen Blick zu, der deutlich machte, dass er nicht die Absicht hatte, meine Frage zu beantworten, als er das Kleid lockerte und ich meinen Arm hindurch zog.

Als er den Arm festhielt, fuhr er mit den Fingern zu der großen Wunde, die sich auf der Rückseite meines Arms ausbreitete. Er ergriff die verbrannte Haut und drückte so fest zu, dass ich fast geweint hätte.

»Au!« Ich zuckte von ihm weg. »Was machst du da? Das tut weh.«

Er nickte nur kurz. »Aye, ich weiß. Willst du lieber jetzt einen kurzen Moment des Schmerzes oder für den Rest deines Lebens Schmerzen haben?«

Ich runzelte die Stirn und bot ihm zögernd meinen Arm an. »Ich wüsste nicht, wie das Kneifen irgendetwas bewirken sollte.«

Er griff noch einmal nach der empfindlichen Haut. Er ließ zwar nicht los, aber seine Augen wurden weicher, als er sah, dass ich ein Stöhnen unterdrückte.

Schließlich wurde aus dem Schmerz Wärme und als er meinen Arm losließ, spürte ich gar nichts mehr.

Ich wollte die Stelle reiben, aber da ich keine andere Hand zur Verfügung hatte, drehte ich den Arm einfach um. Ich konnte nichts spüren. Er fühlte sich ganz normal an.

»Was hast du getan?«

Er schüttelte den Kopf und antwortete wieder nicht.

»Ich muss gehen. Ich bin schon länger geblieben, als ich behauptet habe. Du wirst nicht sterben, meine Liebe. Ich sehe keine Krankheit mehr in dir, aber du wirst noch ein paar Tage lang schwach sein. Du solltest in den nächsten vierzehn Tagen nicht viel Zeit im Freien verbringen, sonst könntest du wieder krank werden. Es war mir ein Vergnügen, dich kennenzulernen.«

Ich drehte verwirrt meinen Kopf, als er sich der Tür näherte.

»Haben wir uns wirklich kennengelernt? Ich kann mich nicht erinnern, dir meinen Namen gesagt zu haben.«

Als er mit der Hand nach der Tür griff, drehte er sich zu mir um und schenkte mir ein schüchternes Lächeln.

»Hast du nicht, Kate. Ich wünsche einen schönen Tag.«

Er ging ohne ein weiteres Wort.

KAPITEL 19

Myla war mit ihrem Plan nicht zufrieden, aber Maddock konnte an ihrem resignierten Blick erkennen, dass sie zustimmte, dass es unter den gegebenen Umständen das einzig Richtige war. Auch wenn es Kate schon viel besser ging, würden vier weitere Tage durch Regen und Schlamm bei eisigen Temperaturen nicht zu ihrer Genesung beitragen.

»Gut. Ich weiß, dass David und ich nicht mit dem Tempo mithalten können, das Kate braucht. Aber Maddock, ich schwöre dir, wenn sie auf dem Weg zur Burg unter deiner Obhut stirbt, bringe ich dich eigenhändig um.«

Er glaubte ihr. Die Frau hatte ein Feuer in ihren Augen, das ihm ein Schaudern über den Rücken jagte.

»Ich schwöre dir, dass ich sie sicher auf die Insel bringen werde. Wenn ihr anderen dort ankommt, wird sie ausgeruht und vollständig genesen sein. Du hast mein Wort.«

»Ich werde dich beim Wort nehmen. Wann werdet ihr aufbrechen?«

Während Brachan Kate heute Morgen untersucht hatte,

hatte er sein Pferd fertig gemacht und Wegzehrung aus dem Dorf geholt.

»Sobald ihr euch von ihr verabschiedet habt, bringe sie nach unten.«

Während Myla und David mit Kate sprachen, kümmerte Maddock sich um eine letzte Sache, von der er hoffte, dass sie den anstrengenden Ritt etwas erleichtern würde. Als er an diesem Morgen Brot und getrockneten Fisch für die Reise besorgt hatte, war ihm draußen vor dem Gasthaus eine kleine Holzkiste aufgefallen, die genau die richtige Größe für Kates geliebte Katze hatte. Der alte Mann saß – genau wie er es am Abend zuvor getan hatte – am Feuer.

»Danke, dass du mir von dem Heiler erzählt hast. Dem Mädchen geht es schon viel besser.«

Der Mann drehte sich mit einem Lächeln zu ihm um. »Das habe ich dir doch gesagt. Dank dieses Jungen und seiner Mutter geht es allen in diesem Dorf gut. Werdet ihr heute abreisen?«

»Aye, Sir. Ist dir die kleine Holzkiste da draußen wichtig?«, fragte er.

Die dicken, drahtigen Brauen des Gastwirts zogen sich zusammen. »Ich weiß nicht einmal, von welcher Kiste du sprichst. Wenn du sie brauchst, gehört sie dir.«

Maddock nahm die Kiste und eilte zu dem kleinen Stall, in dem sie ihre Pferde untergebracht hatten. Der Regen hatte eine kurze Pause eingelegt, und er hoffte, mit Kate wegzukommen, bevor er wieder anfing.

»Stella, Mädchen.« Er streichelte sein geliebtes Pferd sanft. »Du musst heute und morgen fleißig und schnell für uns reiten. Und bitte weigere dich nicht, die kleine Kiste zu tragen, die ich dir anschnallen will. Wir wollen doch nicht, dass Kates Katze zu Schaden kommt.« Er beugte sich vor und küsste ihren Hals.

»Wenn du brav bist, gebe ich dir einen Haufen Äpfel, wenn wir zu Hause ankommen.«

Das Pferd wieherte. In der Annahme, dass er die Erlaubnis hatte, nahm er Lederriemen aus seiner Tasche und stabilisierte die Kiste direkt hinter Stellas Sattel. Als sie gesichert war, nahm er etwas Heu von Stellas Füßen und legte es in die Box, um ein Bett daraus zu machen.

Maddock lachte, als Stella den Kopf drehte, als wolle sie sich umdrehen und sehen, was er mit ihr gemacht hatte. »Nur noch ein letzter Schliff, Mädchen, dann muss ich die Kreatur holen, die du mitnehmen sollst.«

Er nahm seinen Dolch und schnitt ein breites Stück von seinem Kilt ab. Er sah nicht mehr so schön aus, aber solange er noch Stoff hatte, um sich zu bedecken, machte es ihm nichts aus.

Er nahm den karierten Stoff, faltete ihn zweimal und legte ihn auf das Heu, um der einäugigen Katze einen Schlafplatz zu schaffen.

»Bleib ruhig sitzen, Stella. Ich brauche nur einen Moment.«

Er schnappte sich einen der getrockneten Fische und eine kleine Holzschüssel und machte sich auf den Weg zurück zum Gasthaus, wo der alte Mann ihm gnädigerweise einen kleinen Schluck Milch in die Schüssel goss, bevor er sie mit nach oben in Kates Zimmer nahm. Sie war wach und sah schon viel mehr wie sie selbst aus, als er eintrat. Sie versuchte sofort, ihn von seinem Plan abzubringen.

»Ich hätte wirklich nichts dagegen, wenn wir beim Rest der Gruppe bleiben würden.«

Er ignorierte sie, stellte die Schüssel auf den Boden, legte den getrockneten Fisch daneben und schnappte sich Mr. Crinkles vom Bett.

Die Katze miaute. Als er das Tier neben dem Futter absetzte, fing es an zu fressen.

Kates nackte Füße erschienen in seinem Blickfeld, als er neben der Katze in die Hocke ging.

»O Maddock. Ich danke dir so sehr. Ich habe ihm ein paar Brocken Futter zugesteckt, die ich für ihn eingepackt hatte, aber ich weiß, dass er sehr hungrig ist. Diese Reise war das reinste Elend für ihn.«

Er blickte zu ihr auf, als er sich vom Boden erhob und lächelte.

»Es war für uns alle ein Elend, Mädchen. Vor allem für dich. Das ist der Grund, warum wir uns von der Gruppe trennen müssen. Ich glaube nicht, dass du genug Kraft hast, um noch vier Tage unterwegs zu sein. Mach dir keine Sorgen. Du wirst deinen kleinen Kater nicht zurücklassen müssen. Ich habe ihm etwas gebastelt, das ihn trocken und warm hält und in dem er zumindest stehen und sich umdrehen kann, wenn er es will.«

Angesichts seiner Worte leuchteten Kates Augen auf. Dass sie nach so vielen Stunden der Angst um ihre Gesundheit wieder lächelte, freute ihn unendlich.

»Was ist los?«

»Das wirst du sehen, sobald du dich angezogen hast und bereit bist, zu gehen.«

»Ich bin angezogen.«

Er deutete auf die nackten Füße, die unter ihrem Kleid hervorlugten. »Bei diesem Wetter lasse ich dich nicht mit unbedeckten Füßen reiten.«

Kate nickte und setzte sich wieder auf die Bettkante. »Könntest du meine Mutter wieder reinschicken? Normalerweise würde ich gut zurechtkommen, aber ich bin immer noch sehr wackelig. Ich habe Angst, dass ich wieder ohnmächtig werde, wenn ich mich bücke und versuche, die Stiefel anzuziehen.«

Er schüttelte den Kopf und griff nach den filigranen Stiefeln, die neben der Tür standen.

»Du musst sie nur anziehen, aye? Ich kann dir dabei helfen.« Er zögerte. »Wenn es dir nichts ausmacht, meine ich.«

Sie schüttelte den Kopf und hob ihr Bein an. »Macht es mir nicht.«

Er griff nach den dicken Wollstrümpfen, die Sydney ihnen gegeben hatte und beugte sich über Kates Füße. Es hatte etwas seltsam Intimes, den Stoff über ihre Füße zu ziehen. Ihm wurde warm und plötzlich fühlte sich seine gesamte Kleidung eng an. Er musste sich ablenken, um nicht vor ihren Augen zu keuchen.

»Was hat Brachan zu dir gesagt? Hat er dir ein Mittel gegeben, das du einnehmen sollst, oder hat er dir gesagt, was du tun sollst, damit es dir besser geht?«

Kate seufzte und das hauchige Geräusch verstärkte sein Unbehagen nur noch, als er den Strumpf bis zu ihrem Knie hochzog.

»Brachan, was? Ich bin froh, dass jemand seinen Namen kennt. Er hat mir nicht viel erzählt. Er hat mir nur eine Weile ins Gesicht geschaut und mir dann in den Arm gekniffen. Wo wir gerade dabei sind, sieh dir das an. Es ist unglaublich.«

Er blickte auf, als sie ihren Arm aus dem Ärmel zog und ihn aus dem Oberteil ihres Kleides holte. Er keuchte auf, als der Stoff fast an ihrer Vorderseite herunterfiel, aber sie fing ihn schnell mit ihrem Arm auf. Gott mochte ihm beistehen, was tat das Mädchen da? Nicht nur, dass er seine Hände an ihrem Oberschenkel hatte, ihr Kleid war auch noch offen.

»Was ... was machst du da, Kate?«

»Sieh dir das an.« Sie hob ihren linken Arm und berührte

ihren linken Ellbogen mit dem Stummel des rechten Arms, um seine Aufmerksamkeit dorthin zu lenken. Er betrachtete die blasse Haut und zuckte verwirrt mit den Schultern.

»Was soll ich da sehen, Mädchen?«

»Ich hatte dort eine Verbrennung. Eine von dreien, die ich vom Feuer bekommen habe. Berühre sie. Jetzt ist sie glatt, oder? Oder sieht es nur so aus? Die Brandwunde ist verschwunden, oder?«

Er holte tief Luft, um sich zu beruhigen, griff nach der zarten Seite ihres Arms und strich mit den Fingern über die makellose Haut. Er kannte keine Kräuter oder Tinkturen, die Wunden so gut heilen konnten.

»War es wirklich eine Verbrennung, Mädchen? Denn jetzt ist nichts mehr davon zu sehen.«

Ihr Tonfall war völlig aufrichtig. »Ja, ich schwöre, es war verbrannt. Wie ist das möglich? Welches Kraut oder was auch immer ihr in dieser Zeit benutzt, kann so etwas bewirken?«

Maddock schüttelte den Kopf. Es gab nur eine Sache, die so schnell zu solchen Ergebnissen führen konnte. Das Geheimnis um Nicols Sohn schien sich mit jeder Sekunde zu verdichten.

»Das war keine Salbe, Mädchen. Er hat Magie benutzt. Und zwar überaus mächtige Magie.«

KAPITEL 20

Brachan spannte sich an, als er zurück in ihr kleines Haus im Herzen des Dorfes trat. Er wusste, dass seine Mutter sich Sorgen um ihn machte, aber diejenigen, die seine Hilfe brauchten, wegzuschicken, war kein Weg, ihn zu schützen.

»Ach, da bist du ja. Wenn du nicht gerade zur Tür hereingekommen wärst, hätte ich mich selbst auf die Suche nach dir gemacht. Was ist los mit dir, Junge? Du hast dich gestern Abend selbst in Gefahr gebracht. Und wofür? Für ein Mädchen, das du nicht einmal kennst? Du bist ein Narr.«

Er war müde von der Nacht, in der er auf das Mädchen aufgepasst hatte, aber er hatte viel zu viele Fragen, um zu schlafen. Die Reisenden im Gasthaus waren ein Schlüssel zu seiner Vergangenheit, zu dem, was er wirklich war. Die panische Reaktion seiner Mutter auf Maddocks Erwähnung der Insel hatte ihm so viel verraten. Es war an der Zeit, dass seine Mutter ihm den Rest erzählte.

»Ich war bei ihnen nicht in Gefahr. Wo ist Willy?«

»Bei seinen Schafen. Er ist im Morgengrauen losgezogen, um sie zu hüten.«

Er nickte und griff nach der Hand seiner Mutter, als er sie zu den beiden Stühlen neben dem Feuer führte. »Gut, dann kannst du mir endlich die Wahrheit sagen. Der Mann, von dem Maddock behauptet hat, ich sähe ihm ähnlich – Nicol Murray. Er ist mein Vater, aye?«

Seine Mutter sagte nichts. Sie senkte ihren Kopf und begann zu weinen.

»Ich lasse mich auf keinen Fall von dir die Treppe hinuntertragen.«

Ich stemmte beide Füße in den Boden und hielt mich mit der linken Hand an der Tür fest, damit er mich nicht davon wegziehen konnte.

»Kate, Mädchen, sei nicht so hochmütig. Du bist so schwach wie ein Baby und zitterst, während du stehst.«

»Ich bin nicht …« Ich hielt inne, als meine Sicht verschwamm und meine Knie ein wenig nachgaben. Es dauerte nur einen Moment, aber bevor ich tief Luft holen und mich wieder sammeln konnte, hatte mich Maddock schon in seinen Armen.

»Ich weiß, dass du es nicht magst, wenn man dich herumkommandiert, aber in den nächsten anderthalb Tagen wirst du auf das hören, was ich dir sage. Wir werden pausenlos auf die Insel zureiten und ich werde nur selten anhalten müssen, wenn du also eine Pause brauchst, musst du das sagen.«

Mom, David und Paton hatten ihre Pferde bereits ins Dorf geführt und machten sich bereit, ihren langen Ritt zur Insel über den Hauptweg anzutreten. Maddock, Mr. Crinkles und ich würden eine gefährlichere, aber schnellere Route nehmen.

Als wir im Stall waren, setzte Maddock mich langsam neben dem alten, sanften Pferd ab, das ich bis hierher geritten hatte.

»Wie fühlst du dich? Bist du stabil?«

»Mir geht es gut.« Ich streckte die Hand aus, um das Pferd zu streicheln. »Was wird mit dem hier passieren? Wir nehmen es doch nicht mit, oder?«

Maddock schüttelte den Kopf und beugte sich vor, um Mr. Crinkles aufzusammeln, der uns pflichtbewusst den ganzen Weg aus dem Gasthaus in die Ställe gefolgt war. »Nein, ich habe einen Jungen aus dem Dorf dafür bezahlt, das Pferd zurück zur Festung Cagair zu bringen. Hier. Komm und sieh dir an, was ich für das kleine Tierchen getan habe.«

Mr. Crinkles miaute, als Maddock ihn hochhob. Ich war ein wenig besorgt, dass mein Kater Maddock mehr mochte als mich. Er setzte ihn in eine kleine Holzkiste, die so gedreht war, dass ihr Deckel sich zur Vorderseite des Pferdes hin öffnete.

Da Maddock vor der Öffnung sitzen würde, war Mr. Crinkles warm und hatte trotzdem genug Luft und Platz, um aufzustehen und sich ein wenig zu bewegen. Vor allem aber würde er trocken bleiben.

Mr. Crinkles stellte sich vorsichtig in die kleine Box, ging dann tiefer hinein und rollte sich auf etwas zusammen, das wie ein Teil von Maddocks Schottenrock aussah. Er fing an zu schnurren, um sich zu bedanken.

Es war perfekt. Maddocks Fürsorglichkeit überwältigte mich. Ich stellte mich vor ihn, schlang meinen linken Arm um seinen Hals und umarmte ihn. »Ich glaube, ich könnte dich küssen. Vielen, vielen Dank. Das ist unglaublich.«

Er versteifte sich ein wenig, als ich mich an ihn klammerte. »Du könntest was, schöne Maid? Das letzte Mal, als ich das zu dir gesagt habe, bist du nervös geworden.«

Von Natur aus liebevoll, neigte ich dazu, Fremde zu umarmen und begrüßte enge Freunde oft mit einem Kuss. Ich hatte mir keine Gedanken über meine Bemerkung gemacht.

Plötzlich wurde ich verlegen und beeilte mich, das zu korrigieren, was ich gerade angerichtet hatte. »Ich bin nicht nervös geworden. Ich habe nur ...«

Er lachte, als er aus unserer Umarmung zurücktrat. »Du hattest nur Angst, dass du dich in mich verlieben könntest, wenn ich dich wieder küsse.«

Ich starrte ihn verlegen an, bevor er spielerisch zwinkerte und beide Hände aneinander rieb, bevor er sein Pferd streichelte. »Das hier ist Stella. Sie ist das beste Pferd in ganz Schottland und sie hat mir bereits versprochen, nett zu dir und Mr. Crinkles zu sein, aber wir müssen erst entscheiden, wie du reiten willst.«

Ich war dankbar, dass er das Thema gewechselt hatte und kam seiner Aufforderung nur zu gerne nach.

»Wie ich reiten werde? Habe ich eine Wahl?«

»Oh, aye. Die hast du ganz sicher. Das Wichtigste ist, dass du es so bequem wie möglich hast. Wir können nicht zulassen, dass du dich in irgendeiner Weise belastest. Willst du mir zugewandt sein, oder dem Pfad?«

Ich hatte nie daran gedacht, dass es eine Option sein könnte, mit dem Rücken zum Pfad zu reiten und mich ihm zuzuwenden. Das wäre auf jeden Fall eine unangenehme Position. Meine Beine müssten sich um seinen Schoß legen, als säße ich auf ihm und ... Aber ich konnte verstehen, warum er es anbot. Wenn ich mit dem Rücken zu ihm ritt, würde mir der eisige Wind die ganze Zeit ins Gesicht peitschen, was dazu beitragen könnte, dass es mir wieder schlechter ginge. Wenn ich mit dem Gesicht zu ihm ritt, konnte ich meinen Kopf an seiner Brust vergraben, was mich viel wärmer halten würde. Außerdem wäre es so viel einfacher, zu schlafen.

»Mit dem Gesicht zu dir, wenn es dir nichts ausmacht?«

»Das ist das einzig Vernünftige, was du tun kannst. Erlaubst du mir, dich an mich zu schnallen?«

Ich lachte, weil ich dachte, er würde scherzen, verstummte aber, als er ein langes, gürtelähnliches Stück Leder herauszog. »Oh, das meinst du ernst? Warum musst du das tun?«

»Damit du dich ausruhen kannst. Sonst musst du dich den ganzen Weg über festhalten. Außerdem kann ich mich dann besser auf den Ritt konzentrieren und muss nicht befürchten, dass du von Stella abrutschst. Sie wird nett zu dir sein, aber wenn sie mitten im Galopp ist, wird sie nicht für dich anhalten.«

Ich nickte knapp, als er das Pferd mit Leichtigkeit bestieg und mir beide Hände entgegenstreckte.

»Stell dich auf die Zehenspitzen, Kate, damit ich unter deine Arme greifen kann.«

Es war nicht gerade die einfachste Position, um mich hochzuheben, aber er meisterte es erstaunlich gekonnt. Es fühlte sich ziemlich skandalös an, meine Beine über die seinen zu schlingen, während ich mich an ihn schmiegte, meinen Kopf an seine Brust legte und mit einer Art Gürtel festgeschnallt wurde.

»Die Leute werden uns für verrückt halten, wenn sie uns so sehen. Vor allem mit Mr. Crinkles hinten. Wir sehen aus, als würden wir in den Zirkus gehören.«

Er lachte und die Wärme seines Atems kitzelte mich am Kopf.

»Sie werden uns nicht lange genug sehen, um sich eine Meinung zu bilden. Stella bewegt sich viel zu schnell, wenn sie mit einem Haufen Äpfel bestochen wird. Wir werden kaum mehr als ein verschwommener Fleck am Horizont sein.«

KAPITEL 21

Der Wind, der Regen und das Elend der Kälte reichten nicht aus, um ihn von den Gefühlen abzulenken, die Kate verursachte, wenn sie so eng an ihn geschmiegt war. Warm und weich überflutete ihre Nähe seinen Geist mit Gedanken, die ihn vor Verlangen Schmerzen erleiden ließen. Jedes Mal, wenn sie sich enger an ihn schmiegte, stellte er sich vor, wie sie unter ihm aussehen würde – wenn sie ihm noch viel näher wäre als jetzt.

Ihr Haar duftete nach Blumen und der sanfte, gleichmäßige Rhythmus ihres Atems war warm an seiner Brust.

Was sie wohl tun würde, wenn er sanft an ihren Haaren zöge, um ihren Kopf nach hinten zu neigen und seine Lippen auf die ihren zu pressen, wie er es erst vor ein paar Tagen getan hatte? Würde ihr Atem vor Verlangen unregelmäßig werden, so wie seiner jetzt?

Vor ein paar Tagen hätte er daran nicht gezweifelt. Sie hatte den gemeinsamen Kuss genauso genossen wie er, aber jetzt war sie kälter und distanzierter und er wusste nicht, warum.

Mochte sie ihn weniger, nachdem sie mehr Zeit in seiner Gegenwart verbracht hatte? Oder war es vielleicht die

Grausamkeit von Dillons Worten ihr gegenüber, die ihr Vertrauen immer noch behinderte?

Was auch immer es war, er konnte es kaum erwarten, bis sie die Insel erreichten. Dort angekommen, würde er es sich zur Aufgabe machen, das zu durchbrechen, was sie so verschlossen hielt.

Die Nacht brach an und sie waren schneller vorangekommen, als er erwartet hatte. Sie würden bei Sonnenaufgang auf der Insel sein. Zum ersten Mal seit Stunden hörte der Regen auf und er drosselte Stellas Tempo, damit sie die kurze Atempause vom Regen genießen konnten.

»Bist du wach, Mädchen? Willst du ein bisschen herumlaufen? Wenn ja, wäre es am besten, das jetzt zu tun, bevor der Regen wieder einsetzt.«

»Nein. Reite weiter.« Ihre Antwort klang gedämpft gegen seine Brust. Seit sie losgeritten waren, hatte sie sich kaum bewegt.

»Bist du sicher?«

»Ja. Ich will nur noch ankommen. Ich will nur anhalten, wenn das Pferd es braucht.«

Um sie bei Laune zu halten, tadelte Maddock sie spielerisch. »Das Mindeste, was du tun kannst, ist, sie Stella zu nennen. Dir würde es doch auch nicht gefallen, wenn ich deinen geliebten Mr. Crinkles als Katze bezeichnen würde, aye?«

Mit dem Kopf fest an seine Brust gepresst, lachte sie. »Du hast recht. Frag Stella, ob sie eine Pause machen muss. Ansonsten lass uns das einfach hinter uns bringen.«

»Wenn Stella sich ausruhen müsste, würde sie das tun. Sie ist ein treues und zuverlässiges Pferd, aber sie hat ihren eigenen Kopf.«

Er nahm die Zügel in eine Hand und hob sie hoch, um mit

der anderen ihr Haar zurückzustreichen. Er wollte nur überprüfen, ob sie Fieber hatte, indem er sie sanft auf die Stirn küsste, aber als seine Finger über ihre Wange strichen, spürte er, wie Kates Atem schneller gegen seine Brust ging und er lächelte. Sie wollte ihn immer noch. Ihr Puls verriet es ihm. Vielleicht musste sie nur wissen, dass er sie auch wollte, damit sie sich sicher genug fühlte, um sich ihm wieder so zu öffnen, wie sie es in der ersten Nacht getan hatte.

»Ich werde dich genau hier küssen, schöne Maid.« Sanft tippte er mit dem Daumen auf die Mitte ihrer Stirn. »Um sicherzugehen, dass du kein Fieber hast.«

Sie nickte und hob ihren Kopf ein wenig von seiner Brust.

Er küsste sie, verweilte aber dicht an ihrer Stirn, als er seine Lippen wieder wegzog.

»Kein Fieber. Kate?«

Sie lächelte und jeder Muskel in seinem Magen verkrampfte sich. »Mmm?«

»Du fühlst dich großartig an. Das Wetter ist das reinste Elend und von Stellas knochigem Rücken tut mir der Hintern weh, aber trotzdem genieße ich es, dich in meiner Nähe zu haben. Es tut mir leid, wenn mein unregelmäßiger Herzschlag dich wach gehalten hat. Jedes Mal, wenn ich auf dich hinunterschaue, verrät es mich, indem es schneller schlägt.«

Er erwartete, dass sie etwas erwidern würde – zumindest lächelte sie und lehnte sich wieder schüchtern an ihn –, aber stattdessen sagte sie das Letzte, was er erwartet hatte.

»Wenn wir auf der Insel ankommen, möchte ich, dass du mich zu Machara bringst.«

Sie hätte ihn genauso gut ohrfeigen können. Sein Moment der Verletzlichkeit war mit verschlossenem Herzen aufgenommen worden.

Die Sonne lugte gerade so über den Horizont. Die Küste und das Boot, das sie zur Insel bringen würde, waren in der Ferne kaum zu sehen. Wenigstens musste er sich nicht mehr allzu lange mit ihrer Ablehnung auseinandersetzen.

»Ich kann mir zwar nicht vorstellen, warum du sie treffen willst und ich wünsche mir nichts sehnlicher, als dich von dieser bösen Kreatur fernzuhalten, aber ich weiß, dass ein solches Treffen unvermeidlich ist. Du wirst nicht mehr lange warten müssen.« Er deutete auf das Ufer. »Wir sind fast da.«

KAPITEL 22

Isle of Eight Lairds

Sie mussten uns kommen gehört haben, oder vielleicht hatte eines der anderen Mitglieder der Acht eine Art sechsten Sinn, der sie auf unsere Ankunft aufmerksam machte, denn eine Gruppe lächelnder Gesichter erwartete uns, als wir zu den Ställen der Burg ritten.

Laurel stand ganz vorne und ein Mann, von dem ich nur annehmen konnte, dass es Raudrich war, hatte einen Arm um ihre Schulter gelegt und hielt sie an sich gedrückt. Sie lächelte, aber als sie bemerkte, dass keine anderen Pferde hinter uns herzogen, wurde ihr Lächeln zu einem Ausdruck der Sorge.

»Sind Mom und David nicht mitgekommen?«

Maddock stieg ab, griff in Mr. Crinkles' behelfsmäßige Höhle und setzte ihn schnell auf den Boden, damit er sich strecken und seine kleinen Beine bewegen konnte. Er antwortete Laurel, als er sich wieder Stella zuwandte und seine Arme hob, um mir herunterzuhelfen.

»Kate ist auf der Reise krank geworden. Dank eines begabten Heilers, den wir unterwegs getroffen haben, geht es ihr jetzt besser, aber ich hielt es trotzdem für besser, mit ihr vorauszureiten, um sie nicht den Elementen auszusetzen. Die anderen sind immer noch ein oder zwei Tage hinter uns.«

Laurel eilte zu mir und warf ihre Arme um meinen Hals. »Wie geht es dir?«

»Ehrlich gesagt, perfekt. Ich bin nur müde vom Reiten.«

Während Laurel mich drückte, kam Marcus langsam auf mich zu. Ich schob meine Schwester sanft von mir weg, damit ich in seine offenen Arme laufen konnte.

»Marcus.« Ich lehnte mich an ihn und lächelte. »Du siehst anders aus – aber gut anders. Wie kommst du mit allem zurecht?«

Er zuckte mit den Schultern. »Es geht mir gut. Ich gewöhne mich jeden Tag ein bisschen mehr daran. So sehr ich mich auch dagegen gewehrt habe, es hat doch auch seine Vorteile, Kräfte zu haben. Weißt du, du siehst auch anders aus.«

Maddock lachte, als ich mich umdrehte und sah, wie Laurel sich bückte, um Mr. Crinkles hochzuheben und ihn zu küssen.

»Die Maid hat etwas Gepäck losgelassen, das sie belastet hat.«

Laurel starrte mich mit großen Augen an. »Dillon?«

Ich nickte und Laurel zuckte nur mit den Schultern. Sie war nicht annähernd so aufdringlich wie unsere Mutter.

»Wenn du froh bist, ihn los zu sein, freue ich mich für dich.«

Laurel beugte sich vor und ließ Mr. Crinkles los, der mit dem Schwanz wedelte und sich darauf vorbereitete, sie zu kratzen. »Bringen wir dich in ein Schlafzimmer, okay? Ich will unbedingt mit dir reden und du brauchst sowieso etwas Ruhe. Die anderen kannst du später kennenlernen.«

»Was? Nein.« Ich schaute zu der Gruppe von Männern hinüber, die rechts von uns standen und uns beim Reden beobachteten. Sie waren alle hier und es wäre dumm von mir, an ihnen vorbeizugehen, nur um ein Nickerchen zu machen. »Ich will sie jetzt kennenlernen.«

Ein Mann, der kleiner und älter war als die anderen, mit gewelltem, grauem Haar, das ihm bis zu den Schultern reichte und Augen, die mir auffallend bekannt vorkamen, trat vor und begrüßte mich. »Wir freuen uns auch, dich kennenzulernen, Kate. Ich bin Nicol.« Er beugte sich zu mir, küsste mich auf die Wange, schenkte mir ein kleines Lächeln und trat aus dem Weg, damit die anderen nach vorne kommen konnten.

In dem Moment, als er zurücktrat, zuckte ich zusammen. Ich wusste, wo ich seine Augen schon einmal gesehen hatte – bei Brachan. Sie sahen sich verblüffend ähnlich. Zu ähnlich, als dass es ein Zufall sein könnte. Sie waren zweifellos verwandt und ich fragte mich, wie. War Nicol ein Onkel oder vielleicht ein Bruder? Hatte Nicol auch magische Kräfte? Konnte es sein … Ich unterbrach den Gedanken – es war nicht möglich, dass Brachan Nicols Sohn war. Oder doch?

Ich hatte nicht viel Zeit, um über die vielen Fragen nachzudenken, die mir in den Sinn kamen. Kaum war Nicol weg, kamen die anderen auf mich zu.

Einer nach dem anderen begrüßte mich auf seine eigene Art und Weise. Sie waren alle so unterschiedlich, aber genauso nett. Ich freute mich darauf, jeden von ihnen kennenzulernen.

Als Laurel begann, mich hineinzuführen, stand Maddock mit Nicol weit weg von der Gruppe. Beide hatten ernste Gesichter und unterhielten sich in einem leisen Tonfall.

Mir fiel nichts ein, was auf unserer Reise passiert war, das eine solche Geheimhaltung erfordert hätte, aber der Anblick machte mich neugierig und brachte mich ins Grübeln.

—————

»Es ist mir egal, für wie dringend du die Sache hältst, wage es nicht, jetzt ein Wort darüber zu verlieren.«

Maddock starrte Nicol ungläubig an. »Was meinst du damit? Es ist etwas, das du wissen musst, Nicol.«

Nicol blieb ungerührt. »Wir alle haben in den letzten Wochen viel durchgemacht, Maddock. Wir haben einen von uns verloren, Laurel hat einen furchtbaren Schrecken erlitten, Raudrich wurde von der Frau, die er liebte, durchbohrt, Machara wäre fast ausgebrochen und jetzt, nach Tagen des Aufruhrs und der Sorge, werden Raudrich und Laurel heiraten. Was immer du zu sagen hast, kann warten.«

Maddock dachte an den Jungen, der ihrem Meister so ähnlich sah. Er hatte keinen Zweifel daran, dass Brachan Nicols Sohn war, aber was bedeutete die Macht, die der Junge besaß? War er ein weiterer Mensch, der mit Macht der Acht geboren worden war? Viele ihrer Eltern – wie die von Nicol – hatten selbst keine magischen Fähigkeiten. Möglicherweise war Nicol in einer Zeit vor Freya mit einem anderen Mädchen zusammen gewesen, deren Kind nun auch über Kräfte verfügte.

Aber was, wenn das Kind etwas anderes war? Was, wenn Machara sie alle getäuscht hatte? Was, wenn eines ihrer Kinder mit Nicol noch lebte? Wenn das der Fall war, konnten sie nicht wissen, welche Gefahr der Junge für sie darstellte.

»Nicol, ich halte es wirklich nicht für klug, darauf zu warten, dass wir ...«

Nicol unterbrach ihn. »Genug. Ich werde dir keinen

Moment länger zuhören. Ich habe dir genau gesagt, was du tun wirst. Du wirst alle Neuigkeiten, die du hast, für dich behalten, bis Laurel und Raudrich verheiratet und von hier fort sind. Wir werden ein paar Tage Frieden haben. Das ist das Ende der Diskussion. Haben wir uns verstanden?«

Das gefiel ihm nicht. Ganz und gar nicht. Aber vielleicht war die Sache doch nicht so dringend, wie er dachte.

Immerhin war der Junge schon über zwanzig. Er hatte viele Jahre gelebt und keine Bedrohung dargestellt.

Warum sollte sich das jetzt ändern?

***

Ein unbenanntes Dorf auf dem schottischen Festland

Es war fast so, als hätte das Geständnis seiner Mutter eine Bestie in ihm geweckt. Er konnte die vor Bosheit triefende Stimme im Schlaf hören. Sie rief seinen Namen, immer und immer wieder.

»Brachan ... Brachan ... Brachan ...«

Und schließlich, als er schweißgebadet und vor Angst zitternd aufwachte, hörte er sie klar und deutlich.

»Es ist Zeit, Junge. Komm nach Hause zu mir.«

KAPITEL 23

Laurel ließ mir keine Zeit, die Umgebung der Burg zu genießen oder zu erkunden, als sie mich an der Hand nahm und ins Innere zog, Mr. Crinkles dicht auf den Fersen.

Sie führte mich die große Treppe im Eingangsbereich hinauf und bog dann in den Flur auf der linken Seite ein. Sie stieß die Tür auf und zerrte mich hinein. Mr. Crinkles schaffte es gerade noch hinein, bevor Laurel die Tür zuschlug.

»Wessen Zimmer ist das?«

»Das ist Maddocks Zimmer.«

Natürlich war es das.

»Laurel, ich möchte wirklich nicht in seinen Raum eindringen. Wo wird er schlafen?«

Sie winkte abweisend mit der Hand und drehte sich um, um auf das große Bett im hinteren Teil des Raumes zu springen. »Es wird ihm nichts ausmachen. Er kann in Patons Zimmer übernachten, bis er mit Mom und David zurückkommt. Danach werden wir uns etwas anderes einfallen lassen.«

Laurel sah so glücklich aus, wie ich sie noch nie gesehen

hatte, als sie im Schneidersitz auf dem Bett saß. Sie bedeutete mir, mich zu ihr zu setzen.

»Ich glaube, diese Zeit passt zu dir, Schwesterherz.«

Sie strahlte und griff nach meiner Hand. »Ich glaube, sie wird auch zu dir passen. Was hältst du von Maddock?«

Ich wusste, dass sie das nur fragte, weil es offensichtlich war, dass ich mehr Zeit mit ihm verbracht hatte als mit jedem anderen, den ich bisher kennengelernt hatte, aber die Frage verunsicherte mich.

»Was meinst du?«

Laurel zuckte mit den Schultern. »Nichts. Ich habe mich nur gefragt, ob ihr euch gut versteht. Ich denke, er ist großartig.«

Ich nickte und versuchte, nicht nervös zu wirken. Es gelang mir nicht. »Finde ich auch. Er ist … großartig.«

Laurel warf mir einen kurzen, wissenden Blick zu und griff dann nach Mr. Crinkles, als dieser auf das Bett sprang. »Okay, ich sehe schon, dass da etwas im Busch ist, aber ich werde dich nicht drängen. Nur damit du es weißt – ich habe Maddock sehr gut kennengelernt. Ich verspreche dir, er ist einer der Guten.«

Das wusste ich bereits. »Ich weiß.«

Sie zog die Augenbrauen hoch und nickte. »Willst du das Thema wechseln?«

»Ja, bitte.«

Sie lachte. »Also gut. Wie haben Mom und David die Nachricht über die Zeitreise, die Magie und meine Verlobung aufgenommen?«

Ich lächelte, als ich an ihre lockeren, unbekümmerten Reaktionen dank Mornas Zauberelixier zurückdachte.

»Was das angeht … Ich will nicht, dass du sauer wirst, aber ich hatte ein bisschen Hilfe von Morna. Sie war in der

Wohnung, bevor du mich das erste Mal angerufen hast, nachdem du hierher zurückgereist bist.«

»Was?«

Wenn Laurel darüber schon so überrascht war, konnte ich mir nicht vorstellen, wie schockiert sie sein würde, wenn ich ihr von unserer Mutter und David erzählte.

Bevor ich fortfahren konnte, meldete Laurel sich noch einmal zu Wort. »Bitte sag mir, dass das ein Scherz ist. Sie war da und wollte nichts tun, um mir zu helfen?«

»Das konnte sie nicht.« Ich erklärte ihr alles, was Morna mir erzählt hatte – warum Morna nicht mehr helfen oder eingreifen konnte, als sie es bereits getan hatte. Als ich meine Geschichte erzählte, entspannte sie sich sichtlich.

»Wenigstens hat sie mir die Hilfe nicht unterlassen, weil es ihr egal ist. Wie hat sie dir geholfen, Mom und David von allem zu erzählen?«

»Sie hat mir einen Trank geschickt, den ich ihnen in den Kaffee getan habe, bevor wir ins Flugzeug gestiegen sind. Erstaunlicherweise scheinen sie mit allem einverstanden zu sein. Aber ich habe noch eine Bombe, die ich platzen lassen muss.«

»Ach ja?« Laurel blickte neugierig drein.

»Mom und David … sie sind … sie sind zusammen oder so.«

Ihre Augen wurden fast doppelt so groß. »Ach Quatsch.«

»Das ist mein voller Ernst, Laurel.«

»Was meinst du mit ›oder so‹?«

»Nun, ich hatte noch keine Gelegenheit, mit einem der beiden darüber zu sprechen. Ich habe es nur erfahren, weil ich die beiden nackt erwischt habe. Dann hatten Mom und ich einen großen Streit, der dazu geführt hat, dass ich fast zwei Tage lang nicht mit ihr gesprochen habe. Bis ich mich genug abgekühlt hatte, um neugierig zu werden, war ich zu krank, um noch klar denken zu können.«

Laurel schüttelte den Kopf und grinste. »Marcus wird ausflippen.«

Ich stimmte ihr zu. Nicht, dass es Marcus mehr stören würde als uns, aber er hatte nicht die geringste Ahnung.

»Ich überlasse es dir, es ihm zu sagen. Jedes Mal, wenn ich es erwähne, muss ich an Moms nackte Brüste und Davids Hände vor seinem besten Stück denken.«

Laurel verzog das Gesicht und schüttelte den Kopf. »Bäh. Einfach nur bäh. Darf ich fragen ... worüber ihr euch gestritten habt?«

»Ich habe mit Dillon Schluss gemacht, einige Wochen, bevor wir nach Schottland geflogen sind. Mom hat ihn überredet, herzufliegen, um mich zurückzuerobern.«

Laurel bedeckte ihr Gesicht mit ihren Händen. »O Kate, es tut mir so leid.«

Ich zuckte mit den Schultern. »Das hätte mich nicht überraschen dürfen.«

»Vielleicht nicht. Es ist trotzdem nicht in Ordnung.« Sie hielt inne und biss sich nervös auf die Unterlippe.

Ich merkte sofort, dass sie mir noch etwas sagen wollte. »Was ist los, Laurel?«

»Ich bin überrascht, dass du mit Dillon Schluss gemacht hast.«

Ich war selbst immer noch etwas überrascht. »Warum?«

Sie zögerte und kroch vom Bett, um aufzustehen und mich anzusehen, während sie sprach. »Hör zu. Ich will nicht, dass du das falsch verstehst. Ich liebe dich und ich schwöre, dass ich nicht versuche, wie Mom zu sein, aber manchmal ist es schwer für uns, bestimmte Dinge zu erkennen, wenn wir gerade mittendrin sind.«

Ich atmete aus und winkte mit meiner Hand, damit sie fortfuhr, während ich mich auf unerwünschte Gefühle vorbereitete. »Sprich einfach weiter, Laurel.«

»Dillon hat dich nicht herausgefordert. Es war einfach mit ihm. Seit dem Feuer hattest du so viel um die Ohren, dass ich es dir nicht verdenken kann, aber du gehst jetzt gerne den einfachen Weg.«

»Einfach?« Ich sprang vom Bett auf und Laurel wich zurück. »Seit dem Feuer habe ich nichts anderes getan, als mir den Arsch aufzureißen. Ich habe jeden einzelnen Tag damit verbracht, zu lernen, wie ich damit leben kann.« Ich deutete auf meinen fehlenden Arm.

Laurel sah mich mitfühlend an und blieb trotz meiner plötzlichen Wut ruhig. »Das weiß ich. Wenn es um deine Gesundheit, deine Mobilität und deine Unabhängigkeit geht, ist deine Entschlossenheit erstaunlich. Du weißt, dass ich das nicht gemeint habe. Ich meinte, dass du ein Profi darin geworden bist, die schwierigen Dinge – deine Gefühle – auszublenden, wenn es darauf ankommt. Dillon hat es dir leicht gemacht, das zu tun.«

Ich wusste, dass sie recht hatte. Das machte es aber nicht leichter, mir das anzuhören – auch wenn es von der einzigen Person kam, zu der ich ehrlich sein konnte.

»Laurel.« Ich fing an zu weinen, als sie auf mich zukam und mich in ihre Arme schloss. »Ich weiß nicht, ob ich das schaffe. Ich habe solche Angst, dass ich nicht stark genug bin.«

Sie küsste mich sanft auf den Kopf und streichelte mein Haar. »Stark genug wofür, Kate?«

»Um wieder etwas zu fühlen. Um aufzuhören, mich mit den

Problemen der anderen abzulenken. Wenn ich *etwas* fühle, muss ich *alles* fühlen. Ich bin immer noch so wütend über das, was passiert ist. Das will ich nicht mehr fühlen. Ich habe Angst, dass die Wut mich auffrisst, wenn ich sie zulasse. Ich will nicht daran denken, wie untröstlich ich war, als ich aufgewacht bin. Ich will mich nicht mehr so fühlen. Im Moment habe ich eine Mauer errichtet, aber jeden Tag bröckelt sie ein bisschen mehr. Wenn sie fällt und ich die Gefühle nicht mehr zurückhalten kann, überlebe ich das nicht.«

Sie drückte mich noch fester und zog mich dann weg, um mich auf Armeslänge zu halten.

»Du bist die stärkste Person, die ich kenne. Du hast diese Mauer errichtet, um zu überleben, aber dein Leben ist nicht mehr in Gefahr. Was du fühlst, kann dich nicht umbringen, Kate. Wenn du dich entscheidest, diese Gefühle zuzulassen, werden sie dich stärker machen, als du es je für möglich gehalten hättest. Und wer sagt denn, dass der ganze Damm auf einmal brechen muss? Wenn du eine Möglichkeit siehst, es zu versuchen, kannst du es einfach langsam angehen. Und wenn du dieses Gefühl überlebst, wird der nächste Versuch ein bisschen leichter sein.«

»Ich soll es einfach ... langsam angehen?«

Sie lächelte und ließ meine Arme los. »Ja, Kate. Versuche es.«

KAPITEL 24

Er versuchte, die Sache zu vergessen und zu tun, was Nicol befahl, aber Brachan ging ihm nicht aus dem Kopf. Wenn Nicol gewusst hätte, was Maddock ihm sagen wollte, hätte er nicht so sehr darauf bestanden, dass sie bis nach der Hochzeit warteten, um es anzusprechen. Nicol würde es wissen wollen. Er *musste* es wissen.

Als die Sonne hinter der Burg unterging, wusste Maddock, dass es nur einen Ort gab, an dem Nicol sein konnte – in dem verdorrten, längst vergessenen Garten mit Freya. Der Geist der Frau ihres Meisters, die von Machara getötet und verflucht worden war, streifte nun nachts durch die Gärten der Burg und jeden Abend ging Nicol hinunter, um die Nacht mit ihr zu verbringen.

Maddock hörte Stimmen, als er den Garten erreichte, aber Nicols Stimme war nicht darunter. Stattdessen hörte er Freya, deren melodischer Ton einladend und warm klang. Sie lachte, als sie mit Marcus, Laurels bestem Freund und dem neuesten Mitglied der Acht, sprach.

Maddock ergriff das Wort, als er die beiden sah. Sie saßen

am Rande eines längst ausgetrockneten Brunnens und unterhielten sich wie alte Freunde.

»Du bist nicht der, den ich hier erwartet habe, Marcus. Wo ist Nicol?«

Marcus deutete auf die gläsernen Wände in der höchsten Ecke der Burg, wo sich Nicols Schlafgemach befand.

»Er schläft. Er ist früh aufgestanden, um dich und Kate zu begrüßen, also habe ich ihm gesagt, dass ich eine Weile zu Freya herunterkomme, wenn er mehr Ruhe braucht.«

Freya lächelte ihn an, schüttelte aber den Kopf. »Nicht, dass ich mich nicht freuen würde, dich hier zu haben, Marcus, aber das ist nicht nötig. Ich brauche wirklich nicht immer jemanden bei mir, wenn ich hier bin.« Sie hielt inne und tätschelte den Stein neben sich. »Komm und setz dich zu uns, Maddock. Erzähl mir alles über deine Reise und unsere neueste Bewohnerin.«

Maddock tat, was Freya von ihm verlangte und erzählte von den Ereignissen der letzten Tage – von den Wundern, einen kleinen Teil des einundzwanzigsten Jahrhunderts gesehen zu haben, von der anstrengenden Reise und von Kates Krankheit –, obwohl er mit seinen Gedanken ganz woanders war, während er sprach. Als er zu Ende gesprochen hatte, wurde ihm bewusst, dass er sich an vieles von dem, was er gesagt hatte, nicht mehr erinnern konnte.

Er blickte auf und sah, dass Freya ihn nachdenklich beobachtete.

»Was ist los, Junge? Was hast du auf dem Herzen?«

Marcus gluckste und verschränkte wissend die Arme. »Ich kenne diesen Blick. Das ist der Blick eines Mannes, dessen Gedanken von einer Frau beherrscht werden. Es ist Kate, stimmt's? Sie hat dich völlig durcheinandergebracht.«

Freya lächelte und lehnte sich an ihn, und ein Teil ihrer Schulter verschwand einfach, als ihre Körper sich berührten. Er konnte nichts spüren, aber er verstand ihre Geste.

»Ach komm, Maddock. Erzähl es mir doch. Ich liebe gute Liebesgeschichten. Vielleicht kann ich dir sogar einen Rat geben.«

Maddock schüttelte den Kopf über Freyas Anspielung. »Das ist noch keine Liebesgeschichte, meine Liebe.«

Sie lächelte ihn an. »Aber du möchtest, dass es eine ist?«

Maddock warf einen nervösen Blick auf Marcus. Sowohl Kate als auch Laurel sprachen so liebevoll von Marcus. Er war sich sicher, dass Marcus Kate genauso beschützen würde, wie er Laurel beschützt hatte.

Marcus lächelte und schien seine Sorge zu verstehen. »Ich liebe sie beide, aber in meiner Gegenwart kannst du frei über sie sprechen. Ich kenne ihre Macken wahrscheinlich noch besser als du.«

Maddock stand auf und fing an, vor ihnen auf und ab zu gehen, während seine Verwirrung über Kate an die Oberfläche drang. »Das Mädchen ist anders als alle anderen, die ich bisher getroffen habe. Sie ist stark und schön, obwohl ich nicht glaube, dass sie diese Eigenschaften an sich selbst erkennt. Sie kann so warmherzig und offen sein, aber dann auch wieder so kalt, dass ich mir vorkomme wie ein Narr, wenn ich mich ihr gegenüber öffne. Sie ist temperamentvoll und ihre Leidenschaft ist ansteckend, aber sie treibt mich in den Wahnsinn.«

Marcus schnaubte und schenkte ihm ein wissendes Grinsen. »Das ist ein Charakterzug, den alle Adams-Frauen teilen.«

Freya mischte sich ein. »Das ist eine Eigenschaft, die alle Frauen überall teilen, Männer. Wir sind komplexe Geschöpfe. Ihr würdet gut daran tun, das nicht zu vergessen.«

Maddock schüttelte den Kopf, als er innehielt und sich frustriert mit beiden Händen durch die Haare fuhr. »In der Nacht, in der ich sie kennenlernte, sprachen wir die ganze Nacht miteinander und ich hatte nie das Gefühl, dass sie mir etwas vorenthält, aber jetzt scheint es, als würde sie sich mehr und mehr zurückziehen, je mehr Zeit ich mit ihr verbringe. Jeder neue Versuch, den ich unternehme, wird etwas weniger herzlich aufgenommen als der letzte.«

»Sie ist verängstigt, Maddock.« Freya äußerte sich so selbstbewusst, dass es schien, als gäbe es keine andere Möglichkeit.

Er sah sie einen Moment lang an, aber bevor er antworten konnte, fügte Marcus seine Zustimmung hinzu. »Freya hat recht. Vor dem Feuer war Kate ein Mensch, der sich kopfüber in alles stürzte – ihre Arbeit, ihre Beziehungen, ihre Abenteuer –, sie hatte vor nichts Angst. Der Verlust ihres Arms war sicher traumatisch, aber ich bin mir nicht einmal sicher, ob das das Schlimmste war. Ich glaube, Kate ging in dem Glauben durchs Leben, es sei ein sicherer Ort, der einen nur verletzen kann, wenn man es zulässt. Und dann wurde alles, was sie über das Leben glaubte, auf den Kopf gestellt. Die Welt war nicht mehr sicher. Alles konnte sich in wenigen Augenblicken ändern.

»Ich glaube, es war vielleicht zu schwer für sie zu begreifen, dass das Leben so viel komplizierter war, als sie immer geglaubt hatte. Dass es immer noch sicher und wunderbar, aber auch schrecklich und tragisch sein konnte und dass das eine ohne das andere nicht wirklich möglich war. Also schottete sie sich einfach ab. Es war einfacher, Gefühle zu vermeiden, als sich ihrer eigenen existenziellen Krise zu stellen.«

Marcus zuckte mit den Schultern und fuhr fort. »Es ist nicht so, als hätte irgendjemand von uns es anders gemacht als sie. Ich glaube, jeder von uns macht eine Zeit durch, in der es einfacher ist, keine Gefühle zu haben, als sich mit dem auseinanderzusetzen, was an uns nagt, aber Kates Trauma ist intensiver, als die meisten von uns es erleben. Sie musste einige Dinge abschalten, um morgens aufstehen zu können, um mit dem Schmerz der Heilung fertigzuwerden, aber sie hat es viel zu lange zugelassen und jetzt ist es nur noch eine schwer zu überwindende Gewohnheit.«

Maddock setzte sich wieder auf seinen Platz neben Freya, während er darüber nachdachte. Für ihn ergab das alles einen Sinn. So wie sie seinen Kuss erwidert, sich dann aber unwohl gefühlt hatte, als er ihn erwähnt hatte. So wie ihr Atem sich als Reaktion auf seine Berührung gegen seine Brust beschleunigt, sie dann aber das Thema gewechselt hatte, als er erwähnt hatte, wie sie auf ihn wirkte. Sie wollte fühlen, aber sie glaubte nicht, dass sie stark genug war, um es auszuhalten.

»Wie kann ich ihr helfen?«

Freya streckte den Arm aus und legte ihre geisterhafte Hand auf sein Knie. »Du darfst sie nicht aufgeben. Du freust dich einfach über jeden Moment, in dem sie dir zeigt, wer sie wirklich ist. Lass nicht zu, dass sie eine falsche Fassade aufbaut, um sich zu schützen. Lass sie wissen, dass du sie willst – ihr wahres Ich – und dass du dich nicht mit etwas anderem zufriedengeben wirst.«

Er sah zu Marcus hinüber, der nickte. »Sie hat recht. Kate ist stark und nur so wirst du zu ihr durchdringen. Sie hat so schnell bemerkenswerte Fortschritte gemacht, was ihre Beweglichkeit und die Gewöhnung an den Verlust ihres Arms angeht und das lag zum großen Teil daran, dass ihre Physiotherapeutin und Laurel sich nie etwas von ihr haben gefallen lassen. Sie haben ihr nichts durchgehen lassen.

Vielleicht ist es an der Zeit, dass jemand das Gleiche mit ihren Gefühlen macht.«

Er wollte nicht streng mit ihr sein. Er wollte sie lieben, ihr das Gefühl geben, dass man sich um sie kümmerte, sie in seine Arme schließen und jeden Zentimeter von ihr küssen.

»Vielleicht wird sie mich dafür hassen.«

Marcus nickte. »Das wird sie vielleicht eine Zeit lang, aber sie wird darüber hinwegkommen. Ist sie es wert?«

Er hatte keinen Zweifel, dass sie es war.

KAPITEL 25

Mein Vorhaben, Laurel nach Nicol zu fragen, um die mögliche Beziehung zwischen ihm und Brachan zu ergründen, war nach meinem kleinen Zusammenbruch in den Armen meiner Schwester hinfällig. Wir unterhielten uns noch ein paar Stunden miteinander, aber hauptsächlich sprachen wir über Hochzeitspläne und alles, was ihr passiert war, seit sie hier angekommen war.

Als sie mich verließ, damit ich mich schlafen legen konnte, beschloss ich, mich auf die Suche nach Maddock zu machen und ihn danach zu fragen. Ich brauchte nicht lange zu suchen. In dem Moment, als ich die Schlafzimmertür öffnete, um auf den Flur zu gehen, kam er vorbei.

»Maddock.«

Er schreckte leicht zurück, als er meine Stimme hörte, aber er lächelte, als er sich mir zuwandte.

»Kate, ich bin froh, dass du mich erwischt hast. Ich wollte dich schon den ganzen Tag etwas fragen, aber ich wollte dich nicht stören, wenn du schon schläfst.«

Erstaunt winkte ich ihn herein und schloss die Tür hinter ihm. »Ich habe gar nicht geschlafen.« Ich deutete durch das Zimmer. »Danke, dass ich in deinem Zimmer übernachten darf. Es würde mir wirklich nichts ausmachen, woanders zu schlafen, wenn du dein Bett zurückhaben willst.«

»Nein, Mädchen. Das ist überhaupt kein Problem. Patons Gemach genügt mir, auch wenn ich nicht lange darin bleiben werde.«

»Was meinst du damit?«

Er lächelte schüchtern. »Mein ganzes Leben lang hatte ich Probleme mit dem Schlafwandeln. Es ist schlimmer, wenn ich erschöpft bin und ich kann nicht leugnen, dass ich nach unserer Reise sehr erschöpft bin.«

Das überraschte mich. »Wie konnte ich das nicht wissen?«

»Ich habe nicht mehr viel geschlafen, seit ich dich kenne. Woher hättest du es denn wissen sollen?«

Das stimmte. In der ersten Nacht hatten wir noch geredet und ich hatte ihn unterwegs nie schlafen sehen.

»Wie schaffst du das nur? Ohne so viel Schlaf auszukommen, meine ich. Ich bin ein Monster, wenn ich auch nur eine Nacht ohne Schlaf auskommen muss.«

»Die Magie hilft. Sie kann uns über das hinaus unterstützen, was für die meisten möglich ist.«

Es war leicht zu vergessen, dass Maddock magische Kräfte besaß. Er wirkte so normal. Ich war mir nicht sicher, ob ich jemals gesehen hatte, wie er sie einsetzte.

»Kannst du deine Magie nicht benutzen, um dich vor dem Schlafwandeln zu bewahren?«

Er lachte, schüttelte aber den Kopf. »Das sollte man meinen, aye? Aber da ich nie genau weiß, wann ich es tun werde, lohnt es sich nicht, einen Zauber zu sprechen, der es verhindern könnte, besonders jetzt nicht, wo wir nur sieben Männer haben. Wir können es uns nicht leisten, Magie zu verwenden, die nicht notwendig ist.«

»Ich verstehe. Was wolltest du mich fragen?«

Er zögerte gerade lange genug, damit ich sehen konnte, dass er leicht nervös war, und das ließ Angst in mir aufsteigen. »Ich habe mich nur gefragt ... Kate, warum hast du mich vorhin ignoriert? Warum hast du von Machara gesprochen, als ich dir gestanden habe, wie sehr ich es genieße, dich bei mir zu haben?«

Mein Mund stand offen wie der eines Fisches, als ich überlegte, was ich antworten sollte, aber bevor ich es tun konnte, hob er eine Hand, um mich aufzuhalten.

»Sag noch nichts, denn du musst mir die Wahrheit sagen.«

Mein Körper begann zu zittern und ich konnte nicht unterscheiden, ob es vor Angst oder vor lauter Erwartung war – vielleicht war es ein bisschen von beidem.

»Warum willst du das wissen?«

Er lächelte sein schelmisches Grinsen und mein Magen verkrampfte sich vor Verlangen.

»Denn wenn das ein Zeichen für dein Desinteresse wäre, würde ich mich umdrehen und mit nichts als Bewunderung für dich aus dieser Tür gehen. Du wirst dir immer meiner Freundschaft gewiss sein. Aber wenn du das Thema heute Morgen nur aus Angst gewechselt hast – wenn du glaubst, dass du mich magst –, dann will ich dir jetzt zeigen, wie es zwischen uns sein könnte.«

Am liebsten hätte ich ihn überfallen und ihn angefleht, mich gleich hier auf dem Boden zu nehmen, aber mein Instinkt wollte ihn auf der Stelle zum Schweigen bringen. Aber alles, was ich hörte, war Laurels Stimme in meinem Ohr: ›Versuch es, Kate. Versuch es einfach.‹

Und so versuchte ich mit stockendem Atem und zitternden Händen, ein kleines bisschen Gefühl in meinen Verstand und mein Herz zu lassen. »Ich ... Ich mag dich, Maddock. Ich habe nichts gesagt, weil ich wusste, dass du meinen Atem an deiner Brust spüren konntest. Ich dachte, du wolltest nur höflich sein, damit ich mich besser fühle.«

Er lächelte und sein Gesichtsausdruck jagte mir eine Gänsehaut über den Rücken. Sein Lächeln hatte nichts Freundliches an sich. Es war gefährlich und so verdammt sexy. Ich befürchtete, dass ich vor seinen Augen aus den Fugen geraten würde, sollte er es tatsächlich durch den Raum schaffen, um mich zu berühren.

»Kate, ich war noch nie in meinem Leben als höflich bekannt. Zuvorkommend? Aye. Anständig? Das hoffe ich. Aber ich mache mir nichts aus Höflichkeit. Höflichkeit würde bedeuten, dass ich ein passiver Mensch bin. Wenn du erwartest, dass ich passiv mit meinen Gefühlen für dich umgehe, fürchte ich, dass du sehr enttäuscht sein wirst.«

Er trat noch näher an mich heran. Als ich noch einmal versuchte, zurückzuweichen, griff er nach meinem Handgelenk und zog mich an sich.

Lächelnd beugte er sich herunter und küsste meinen Hals. In dem Moment, als seine Lippen meine Haut berührten, keuchte ich auf. Als sie zu meinem Ohr wanderten und an meinem Ohrläppchen knabberten, stöhnte ich auf und lehnte mich zurück in seine Handflächen, die sich nun auf meinem Rücken ausbreiteten.

Mein Stöhnen schien etwas in ihm zu entfachen, und als er mich noch fester an sich drückte, fanden seine Lippen die meinen. Sein Kuss war verzehrend. Ein heißer, feuriger Kuss, der so gar nicht zu dem Gentleman passte, der er bisher gewesen war. Unsere Lippen bewegten sich mit einer Dringlichkeit, die diejenige übertraf, die wir in der Küche der Festung Cagair an den Tag gelegt hatten. Ich konnte nicht genug von ihm bekommen, konnte ihn nicht nah genug an meinem Körper haben. Als seine Hand meine Brust berührte, schrie ich vor Verlangen und Sehnsucht. »Zieh mich aus. Bitte zieh mich aus.«

Bereitwillig begann er, die Schnürungen am Rücken meines Kleides zu öffnen, aber er hatte nicht die Geduld, das Kleid ganz aufzubinden, bevor er es von meinen Schultern herunterzog. In dem Moment, als meine Brüste frei lagen, stöhnte er auf und stürzte sich mit seinem Mund auf sie. Als sich seine Zähne um eine meiner Brustwarzen legten, wurde mir bewusst, dass mein Verlangen zu groß war. Ich spürte, wie ein Teil von mir sich auflöste. Hastig schob ich ihn weg. »Warte, Maddock.«

Er erstarrte und richtete sich sofort auf. »Was ist los?«

»Ich … Ich will das nicht.«

Er hob mein Kleid an, um meine Brüste zu bedecken und nickte ruhig. »Es tut mir leid, Kate. Das war zu viel und zu früh. Ich gehe in die Küche und hole uns etwas zu essen. Wir können einfach zusammensitzen und reden. Es besteht kein Grund, noch mehr zu tun.«

»Nein.« Ich schüttelte den Kopf und in meiner Panik sagte ich etwas, das ich gar nicht so meinte. »Ich habe nicht von dem hier gesprochen. Ich habe dich gemeint. Ich will dich nicht.«

Ich sah, wie er die Zähne zusammenbiss, aber seine Stimme

war ruhig, als er sprach. »Aye, du willst mich, Kate. Du willst mich so sehr, dass du eine Heidenangst davor hast. Aber ich brauche niemanden, der so viel Angst vor allem hat, dass er bereit ist, mit den Gefühlen eines anderen zu spielen, nur um sich selbst zu schützen. Gute Nacht, Kate.«

Er drehte sich um und ging.

KAPITEL 26

Fast zwei Tage lang hielt ich mich bedeckt. Ich wusste nicht, wie ich die Situation mit Maddock in den Griff bekommen sollte, und ich machte mir Sorgen, dass meine mürrische Stimmung sichtbar werden würde, wenn ich in der Burg unterwegs war. Ich wollte nicht, dass sich jemand Sorgen um mich machen musste.

Deshalb war ich überrascht, als ich seine Stimme zwei Tage nach unserer letzten Begegnung auf der anderen Seite der Tür hörte.

»Kate, ich dachte, du würdest gerne wissen, dass deine Mutter und David angekommen sind.«

Ich öffnete ihm die Tür und musterte seinen Gesichtsausdruck genau. Er sah so freundlich aus wie immer.

»Oh, okay. Danke, dass du mir Bescheid gesagt hast. Soll ich runtergehen und sie begrüßen?«

Er schüttelte den Kopf. »Ich glaube nicht, dass das nötig sein wird. Ich bin mir sicher, dass deine Mutter bald auf dem Weg hierher sein wird. Sie will sich unbedingt davon überzeugen, dass es dir gut geht.«

»Oh, okay.« Ich wiederholte mich und wusste nicht, was ich sonst noch sagen sollte. Schließlich sagte ich in einem Anflug von Mut: »Ich dachte, du wärst wütend auf mich.«

Er blinzelte, während er die Stirn runzelte. »Warum sollte ich wütend auf dich sein?«

Ich zuckte mit den Schultern. »Weil ich dir gesagt habe, dass ich dich nicht will.«

Er zog eine wissende Augenbraue in die Höhe, und ich spürte, wie meine Wangen vor Verlegenheit rot wurden.

»Aber du willst mich, Mädchen. Und selbst wenn du mich nicht wolltest, wäre ich nicht wütend auf dich.«

»Wenn du nicht wütend bist, was bist du dann?«

Er lächelte und drückte meine Hand. »Ich bin dein Freund, Kate.«

Ich ahmte seinen Gesichtsausdruck nach und zog selbst eine misstrauische Augenbraue in die Höhe. »Du wirst also keinen weiteren Grund finden, mich zu küssen? Du wirst mir keine Komplimente machen oder etwas Anzügliches sagen?«

Mit stoischer Miene ließ er meine Hand fallen. »Nein, meine Liebe. Dreimal habe ich dir die Tür geöffnet und dreimal hast du mich abgewiesen. Du bist noch nicht bereit. Das kann ich dir nicht vorwerfen. Aber unsere Leben sind jetzt miteinander verflochten. Es wäre eine Schande, wenn einer von uns dem anderen etwas übel nehmen würde.«

Nichts von dem, was Maddock sagte, fühlte sich richtig an, aber ich konnte keine Unehrlichkeit in seinem Blick oder seinem Tonfall ausmachen.

Bevor ich ihm antworten konnte, deutete er auf das Ende des Flurs. Ich lehnte mich aus meiner Tür und sah meine Mutter auf mich zustürmen.

»Kate! O mein Gott, bin ich froh, dich zu sehen. Wie geht's dir?«

Ich lächelte, als sie mich in die Arme schloss, aber ich musste mir schnell die Nase zuhalten, weil sie so stank.

»Viel besser. Wie war der Rest der Reise?«

»Wir haben sie überlebt. Das ist alles, worüber ich nachdenken möchte. Laurel hat einen großen, rothaarigen Mann beauftragt, mir ein Bad einzulassen, damit ich mir den ganzen Schlamm und Dreck abwaschen kann, aber er hat mir gezeigt, wo ich dich finden kann, also bin ich ganz schnell hierher gerannt, um nach dir zu sehen und dich zu knuddeln.«

Ich nickte und löste mich aus ihrem Griff. »Ich bin auch froh, dich zu sehen. Und jetzt geh baden. Du stinkst.« Ich zwinkerte ihr zu und fuhr fort. »Ich komme später zu dir. Du bist bestimmt erschöpft.«

»Das bin ich, Liebes.« Sie drehte ihren Kopf und nickte Maddock kurz zu. »Maddock.«

Er erwiderte ihre Geste. »Myla.«

Als meine Mutter uns allein ließ, bemerkte ich einen üblen Gestank, der noch lange anhielt, nachdem sie um die Ecke verschwunden war und Maddocks Kiefer verkrampfte sich, als er die Nase rümpfte.

»Was ist das?«

»Machara. Bist du bereit, sie zu treffen?«

Ich war schon vor meiner Ankunft auf der Burg gespannt darauf gewesen, sie zu treffen. Ich wollte aus erster Hand sehen, mit wem ich es zu tun haben würde. Ich wollte herausfinden, wie ich sie besiegen konnte, aber jetzt war ich noch nervöser, als ich es erwartet hatte.

»Ich denke, jetzt ist ein guter Zeitpunkt. Maddock?«

»Aye, Kate?«

»Ich habe Angst.«

Er nickte und ging den Flur hinunter. Er winkte mir mit der Hand, damit ich ihm folgte. »Das solltest du auch. Wenn Machara dir keine Angst einjagen würde, hätte ich Angst vor dir.«

Nicol war gerade aus seinem morgendlichen Schlummer erwacht, als Maddock an seine Schlafzimmertür klopfte. Er öffnete sie, lächelte freundlich und trat zur Seite, um uns hereinzulassen.

Es war ein atemberaubender Raum. Mit seinen zwei Wänden aus Glas sah er fast schon modern aus, was zwar nicht zum Rest der gotischen Einrichtung der Burg passte, aber dennoch irgendwie harmonisch wirkte. Von hier aus hatte man einen Blick auf das Gelände der Burg und einen alten, verwilderten Garten. Vermutlich war es dieser Garten, in dem Freya nachts auftauchte. Ich notierte mir im Geiste, sie an diesem Abend zu besuchen.

»Ich fürchte, sie hat herausgefunden, dass es funktioniert, ihren abscheulichen Geruch durch die Burg zu schicken. Wir können sie nicht ewig ignorieren und irgendwann müssen wir hinuntergehen und sehen, was sie zu sagen hat.«

Maddock nickte und stellte sich neben mich, als ich aus einem der Glasfenster schaute.

»Aye. Wenn sie unsere neuen Bewohner kennenlernt, wird sie vielleicht erkennen, dass sie keine Bedrohung darstellen, und wieder nach einem Weg suchen, uns zu vernichten.«

Maddocks Kommentar überraschte mich. Zwanzig Jahre lang hatten die Acht Machara unter der Burg gefangen gehalten und sie waren immer noch nicht frei von ihr. Laurel war nur kurze Zeit hier gewesen und hatte die Schnepfe schon einmal besiegt. Natürlich wusste er nichts von dem, was Macharas Vater vor so vielen Jahren in die Welt gesetzt hatte – die Schwachstelle in Macharas Feenpanzerung, die es möglich machte, sie zu besiegen.

»Warum denkst du, dass ich keine Bedrohung für sie bin?«

Sowohl Maddock als auch Nicol drehten sich um und sahen mich überrascht an. Maddock sprach zuerst. »Du bist sterblich, Mädchen. Du hast keine magischen Kräfte. Soweit wir wissen, hast du kein Feen-Blut. Machara kann von jemandem wie dir nicht besiegt werden. Außerdem bist du doch hierhergekommen, um bei deiner Schwester zu sein.«

Ich lehnte mich gegen die Glaswand hinter mir und starrte die beiden ungläubig an. Sie hatten keine Ahnung. Ich wusste zwar, dass Laurel zu sehr mit ihrem eigenen Kräftemessen mit der Fee beschäftigt gewesen war, um sich mit ihnen zu einem langen Gespräch zusammenzusetzen, aber es fiel mir trotzdem schwer zu glauben, dass sie ihnen nichts von dem gesagt hatte, was ich ihr erzählt hatte. Obwohl sie eigentlich ohnehin weniger über all das wusste als ich, wie mir jetzt klar wurde.

Trotzdem verblüffte mich ihr Verhalten gegenüber Machara. Sogar die Art und Weise, wie sie über sie sprachen, ließ sie weniger wie eine Gefangene und mehr wie eine Königin klingen, der man gehorchen musste. Es war, als hätten sie sich damit abgefunden, dass Machara ein Teil ihres Lebens auf der Burg war und immer sein würde. Als hätten sie nicht die Absicht, sich jemals von ihr zu befreien. War das bei allen Mitgliedern der Acht der Fall? War das schon so lange ihr Leben, dass sie sich damit abgefunden hatten?

Hatten sie sich wirklich eingeredet, dass sie ihr ganzes

Leben damit verbringen würden, Machara gefangen zu halten und dass sie niemals frei sein würden?

Ich starrte sie einen langen Moment lang an, während ich mir all das durch den Kopf gehen ließ. Ich war nicht Macharas Untergebene. Ich wollte nicht ihre Freundin sein. Auch wenn sie beide damit einverstanden waren, jedes Mal zu ihr zu kommen, wenn sie ihren ekelhaften Gestank als eine Art Weckruf einsetzte, würde ich ihr nicht auf diese Weise entgegenkommen.

Meine ursprüngliche Angst war verschwunden. Ebenso wie mein Verlangen, sie zu sehen.

»Geht ihr nur zu Machara, wenn ihr wollt. Ich werde sie treffen, wenn *ich* bereit bin.«

Ich wandte mich ab und ließ die beiden ohne ein weiteres Wort zurück, um mich auf die Suche nach dem einzigen Mitglied der Acht zu machen, das vielleicht noch etwas Hoffnung hatte.

KAPITEL 27

Ich fand Marcus mit seinem Dad in der Küche der Burg.

»Kate!« Marcus stand auf und zog mich in eine seiner beeindruckenden Umarmungen, die mir immer das Gefühl gaben, dass es mehr Liebe auf der Welt gab, als ich geglaubt hatte.

»Wie fühlst du dich? Kein Fieber mehr?«

Ich lächelte, als ich mich von ihm löste. »Alle sind viel zu besorgt um mich. Ich fühle mich perfekt. Überhaupt kein Fieber.«

David stand auf und griff nach meinem Arm. »Nur damit du es weißt, ich habe es ihm gesagt. Ich glaube, deine Mutter erzählt es Laurel gerade. So viel Spaß es uns beiden auch gemacht hat, uns heimlich zu treffen, ich bin froh, dass wir jetzt offen über unsere Liebe zueinander sprechen können.«

Ich beschloss, David gegenüber nicht zu erwähnen, dass ich es Laurel bereits erzählt hatte. »Das freut mich.«

David gab mir einen sanften Klaps auf den Arm, als er Marcus und mich allein ließ.

Kaum war David weg, drehte ich mich zu Marcus um, um

seine Reaktion auf die Nachricht zu beobachten. Ich kannte den Schock in seinem Gesicht nur zu gut.

»Wer hätte das gedacht, hm?«

Ich schüttelte den Kopf und lachte. Dann setzten wir uns zusammen auf eine lange Holzbank. »Ich nicht. Aber es ist doch ganz nett, oder? Wenn ich so darüber nachdenke, finde ich, dass sie irgendwie perfekt füreinander sind.«

»Stimmt, aber darüber wolltest du nicht mit mir reden. Was gibt's?«

Ich kannte Marcus schon so lange, dass ich mit ihm nicht mehr um den heißen Brei herumreden musste. Ich kam direkt zur Sache.

»Erzähl mir von den Druiden. Warum bezeichnen sie sich selbst als Druiden? Woher wusstest du, dass du einer bist? Was hast du gelernt, als sie dich unter ihre Fittiche genommen haben? Bist du glücklich damit? Ist es das, was du für dein Leben willst?«

Er lächelte. »Was davon soll ich zuerst beantworten?«

»Erkläre mir einfach alles.«

Er rutschte hin und her, um es sich etwas bequemer zu machen, bevor er begann. »Okay. Was den Begriff *Druide* angeht, so verwenden wir ihn nicht im traditionellen Sinne. Wir sind eigentlich Hexen oder Magier«, er hielt inne und rümpfte die Nase, »oder sollten wir es Zauberer nennen?« Er zuckte mit den Schultern, schenkte mir ein kurzes Lächeln und fuhr fort. »Ich bin mir wirklich nicht sicher. Druiden stammen aus einer alten keltischen Religion und sind oft für ihre Fähigkeit zu heilen oder zu beraten bekannt. Sie feiern die Sonnenwenden mit besonderen Zeremonien.

Wir tun all diese Dinge auch. Jeder von uns hat einen gleichen Anteil an dem Land hier und als Lairds der Insel geben wir oft Ratschläge und helfen bei der Bewirtschaftung des Landes. Wir heilen Kranke, obwohl wir dafür meistens keine Magie einsetzen. Wir beobachten auch den Wechsel der Jahreszeiten und den Mondzyklus. Aber ...« Er hob einen Finger, als er seinen Standpunkt darlegte. »Wir praktizieren keine echte Druiden-Religion. Unsere Kräfte sind einfach in uns und wir wissen nicht, woher sie kommen und warum.«

Ich hob meine Hand, um ihn zu stoppen, damit ich eine Frage stellen konnte. »Du hattest also schon zu Hause in Boston Magie in dir und wusstest es nicht?«

Er nickte. »Ich denke schon. Das ist das Problem, das Dad hat, glaube ich. Er kann es einfach nicht begreifen. Und ich bin mir nicht sicher, ob ich es geglaubt hätte, wenn ich nicht gespürt hätte, wie die Magie in mir erwacht ist, als ich hierhergekommen bin. Um ehrlich zu sein, gibt es so viel, was wir nicht wissen oder verstehen. Das sind alles nur Vermutungen. Nicol hat jedoch eine Theorie. Er glaubt, dass mehr Menschen diese Fähigkeiten haben, als man denkt, aber die meisten sind nie in einer Situation, die die Magie in ihnen hervorruft.«

Ich unterbrach ihn noch einmal. »Also schlummert sie einfach, bis sie gebraucht wird? Und das ist bei den meisten Menschen – vor allem in unserer Zeit – so gut wie nie der Fall?«

»Genau.«

»Was war, als sie dich zur Ausbildung mitgenommen haben? Was haben sie dir über deine Rolle hier erzählt? Deine Aufgabe?«

Er zögerte einen Moment. »An den meisten Tagen haben sie mir nur geholfen, meine Kräfte zu verbessern. Natürlich haben sie mir auch erklärt, welche Pflichten wir gegenüber der Insel haben und dass unsere gemeinsame Magie dazu beiträgt, dass alle, die hier leben, sicher sind.«

»Und das war's? Du bist damit einverstanden? Du hast dich einfach damit abgefunden, dass ihr euer Leben gemeinsam leben müsst, während ihr immer versucht, Machara unter Verschluss zu halten? Was passiert, wenn Nicol stirbt? Bewacht ihr diesen Ort dann weiter? Was passiert, wenn ihr alle sterbt?«

Sein Ton war ruhig und akzeptierend. »Die Acht werden immer durch neue Männer ersetzt. Das ist der Grund, warum wir auch jetzt noch nach einem Mann mit Magie suchen, der Calder ersetzen kann. Und auch wenn Nicols Tod hoffentlich etwas ist, mit dem sich niemand von uns für viele, viele Jahre auseinandersetzen muss, wird er nichts ändern. Machara wird immer noch eine Bedrohung sein, die wir niemals freilassen dürfen.«

Ich konnte nicht begreifen, wie sie alle so fügsam sein konnten. Ihr Engagement füreinander und für die Insel war nobel, aber es nahm ihnen so viel von ihrer Freiheit.

»Und das ist für dich in Ordnung? Du warst immer so unabhängig, Marcus. Du hast Boston geliebt, deine Freunde, deinen Job und deine Familie. Ist es für dich wirklich in Ordnung, dein Leben hier zu verbringen und es dieser Sache zu widmen?«

»Nein, um ehrlich zu sein, ist es das nicht. Und ich glaube, alle Männer hoffen, dass wir eines Tages einen Weg finden werden, sie wirklich zu besiegen, aber wir müssen alle irgendwie Frieden mit unserem Leben schließen, auch wenn wir es nicht schaffen.« Er hielt inne. »Und du hast unrecht mit Boston. Ich habe eine Fassade geschaffen. Ich habe meinen Job zwar geliebt, aber ich war überfordert. Ein weiteres Jahr hätte ich nicht überstanden. Und was meine Freunde angeht, so ist meine beste Freundin hier. Und dank dir ist meine Familie jetzt auch da. Also geht es mir gut. Ich muss mich zwar noch eingewöhnen, aber es geht mir wirklich gut.«

Ich runzelte die Stirn, als meine Frustration wuchs. Ich drehte mich um und sah Mr. Crinkles in den Raum schlendern. Ich rannte hinüber und schnappte ihn mir, während ich ihn mit Küssen überschüttete.

»Da bist du ja.« Jetzt, wo Mr. Crinkles eine ganze Burg zu erkunden hatte, schien es, als würde ich ihn viel weniger zu Gesicht bekommen.

Marcus lächelte, als Mr. Crinkles zu schnurren begann. »Hör zu, ich will dich nicht veralbern. Ich bin mir nicht sicher, ob das das Leben ist, das ich mir ausgesucht hätte, aber es ist, wie es ist.«

Ich schaute ihm in die Augen und eine verbissene Entschlossenheit flammte in mir auf. Ich wusste, wie es war, mit Dingen umzugehen, die man nicht ändern *konnte*. Mein Arm würde nie wieder nachwachsen. Ich konnte nicht zu meinem Leben vor dem Feuer zurückkehren. Ich konnte nicht ändern, was es für mein Leben bedeutete, ohne einen Teil von mir leben zu müssen. Wenn Macharas Einfluss auf sie etwas war, was diese Männer ändern *konnten* – und ich wusste, dass es so war –, dann brachte es mein Blut zum Kochen, dass sie nichts dagegen unternahmen.

Aber sie wussten nicht, was ich wusste. Wenn sie es wüssten, würden sie mit Sicherheit einsteigen.

»Habt ihr ein paar Bücher hier? Eine Bibliothek oder so? Haben nicht alle alten Burgen eine gute Bibliothek?«

Er lachte. »Ich glaube, diese Annahme rührt daher, dass du zu oft ›Die Schöne und das Biest‹ angeschaut hast, aber ja, es gibt eine Bibliothek.«

»Darf ich sie benutzen?«

Er streckte die Hand aus und zog mich in eine weitere Umarmung. »Natürlich darfst du sie benutzen.«

Es freute mich zu sehen, dass Marcus sich hier zumindest schon eingelebt hatte und sich wie zu Hause fühlte.

»Danke. Ich muss mich erst noch um etwas kümmern, aber wenn später niemand mehr weiß, wo ich bin, kannst du den anderen mitteilen, dass sie mich in der Bibliothek antreffen können.«

Die Abenddämmerung würde bald kommen.

Es war Zeit, Freya kennenzulernen.

KAPITEL 28

In dieser Nacht ging ich kurz nach Einbruch der Dunkelheit hinunter, bevor Nicol seine nächtliche Wanderung in den Garten machte, um die Nacht mit Freya zu verbringen. Ich wollte die Geisterfrau treffen, von der ich schon so viel gehört hatte.

Als ich sie sah, war ich erschrocken. Obwohl ich wusste, dass sie einfach auftauchte, sobald die Sonne unterging, war ihr Anblick dennoch schockierend. Sie war atemberaubend. Ihr langes, dunkles Haar fiel locker um ihre Taille und ihre Augen waren die dunkelsten, die ich je gesehen hatte. Hätte sie nicht gelächelt, wäre sie ziemlich furchterregend gewesen.

»Ich kann die Ähnlichkeit zwischen dir und deiner Schwester erkennen. Ich habe sie sehr gern.«

Ich lächelte. Ich konnte nicht anders, als sie anzustarren und meine Augen wanderten an ihrem Körper auf und ab. »Ich mag sie auch sehr gern. Es ist so schön, dich kennenzulernen.«

»Komm und setz dich, meine Liebe. Nicol wird noch eine Weile schlafen müssen.«

Ich folgte ihr zu einer kleinen Gartenbank und wir setzten uns zusammen hin.

»Kommt er auch in Nächten wie diesen? Auch wenn es kalt und regnerisch ist?«

Sie nickte ein wenig traurig. »Das tut er. Obwohl ich darauf bestehe, dass er es nicht tut, kommt er jeden Abend.«

»Er liebt dich.«

»Und ich ihn. Wie gefällt dir die Burg?«

Ich blickte zu der hohen, düsteren Festung auf und konzentrierte mich dann auf den Garten, der mich umgab. Er war schon längst verdorrt und abgestorben.

»Die Menschen sind wunderbar.«

Freya lachte. »Du sehnst dich genau wie ich nach mehr Schönheit, aye?«

»Warum haben sie diesen Garten nicht für dich gepflegt? Sie hätten ihn doch zu einem Ort machen können, an dem du dich wohl fühlst, oder nicht?«

»Ich glaube nicht, dass ihnen das in den Sinn gekommen ist. Es ist auch nicht nötig. Ich könnte die Blumen nicht riechen oder die Wärme spüren, selbst wenn sie hier wären.«

Aus meinen eigenen Erfahrungen in der Innenarchitektur wusste ich, dass die Ästhetik des eigenen Heims viel mehr Macht hatte, als den Menschen bewusst war.

»Nein, aber man kann sie sehen. Manchmal macht das den Unterschied aus.«

Sie schaute an mir vorbei zu einem längst verdorrten Busch, der einmal geblüht hatte, und ich konnte die Traurigkeit in ihren Augen sehen.

»Vielleicht hast du recht.« Sie hielt inne und griff nach meiner Hand. Ich konnte sehen, wie sie mich berührte, aber ich konnte nichts fühlen. Mein Herz schmerzte. Wie traurig es doch sein musste, wenn man nicht mehr in der Lage war, zu spüren, wenn man jemanden berührte. »Ich habe das Gefühl, dass Macharas Temperament nicht das Einzige sein wird, was sich ändert, wenn du hier bist.«

»Macharas Temperament?« Ich sah Freya neugierig an.

»Aye. Sie hat Angst. Ihr Einfluss auf mich hat uns zusammengeschweißt und sie war noch nie so verängstigt wie jetzt.«

Das gab mir ein Gefühl der Hoffnung. Es war richtig gewesen, dass ich ihre stinkende Bitte um ein Treffen ignoriert hatte. Ob Maddock und Nicol es nun glaubten oder nicht, ich war eine Bedrohung für Machara, aber im Moment machte ich mir mehr Gedanken über die anderen Möglichkeiten der Veränderung, die Freya erwähnte.

»Ich habe eine Idee. Was passiert tagsüber mit dir?«

Sie zuckte mit den Schultern. »Ich existiere einfach nicht. Es ist, als würde ich schlafen, obwohl ich nie träume.«

»Wenn hier draußen Männer bauen und herumhämmern, stört dich das also nicht?«

Sie schüttelte den Kopf. »Nein, Mädchen, es wird mich nicht stören. Darf ich fragen, was du vorhast?«

»Eine Hochzeit im Garten und einen Ort, an dem du und Nicol endlich etwas Frieden finden könnt.«

Ich konnte sehen, dass Raudrich von meiner Idee fasziniert war. Er hatte beide Arme fest vor der Brust verschränkt, aber seine Stirn war gerunzelt, als würde er nachdenken. Je mehr er nachdachte, desto breiter begann er zu lächeln. »Ich bin mir sicher, dass ihr das gefallen würde.«

Ich nickte. »Ich glaube auch. Wenn Laurel von ihrer Traumhochzeit gesprochen hat – und das hat sie nicht oft getan –, wollte sie immer eine Hochzeit im Freien, was in Schottland bei dem Wetter in letzter Zeit nicht möglich ist. Und ich weiß auch, dass es bei der Dekoration, die ihr hier habt – also überhaupt keine –, wirklich schwierig sein wird, das Gebäude in den nächsten neun Tagen so zu verschönern, dass es hochzeitstauglich ist.

Wenn ihr euch also zusammentut und einen Weg findet, das zu schaffen, was ich hier skizziert habe, sei es mit euren Händen oder mit Magie, dann würde das so viele Probleme lösen. Laurel würde nicht nur die schönste Hochzeit aller Zeiten bekommen, Nicol hätte auch einen Ort, an dem er seine Nächte verbringen kann, ohne nass zu werden oder zu frieren. Und, was vielleicht am wichtigsten ist, Freya hätte wieder etwas Farbe in ihrem Leben.«

Raudrich schritt im Raum umher, während er meine Skizze vor sich hielt. Erst als ich sicher war, dass ich einschlafen würde, während ich darauf wartete, dass er antwortete, drehte er sich um und sprach. »Es war wirklich nicht schwer, die Wände von Nicols Gemach zu verzaubern und ich habe mir oft Sorgen gemacht, dass wir eines Morgens aufwachen und ihn erfroren vorfinden würden. Es ist möglich, dass uns eine solche Arbeit weniger erschöpfen würde als andere Zauber, die wir oft benutzen.«

»Ich denke, ihr könntet es testen.«

»Aye, wir können unsere Magie an einem kleinen Teil der Hütten testen, die wir für euch alle bauen sollen.« Er hielt inne und hob dann die Hände, als wäre ihm gerade eine Idee gekommen. »Ich weiß, wie wir Laurel und Nicol überraschen können.«

»Ach ja? Wie denn?«

»Ich kenne eine Schneiderin auf dem Festland, die Laurel ein wunderschönes Kleid anfertigen kann. Wenn ich Laurel erzähle, dass wir die Hütten mit Magie fertigstellen wollen – das wäre natürlich eine Lüge, aber eine gute –, dann wird sie vielleicht zustimmen, dass Nicol sie zu der Schneiderin bringt, denn er hat keine Magie, mit der er uns helfen könnte.«

Ich nickte aufgeregt. »Das ist perfekt! Was, wenn die Magie zu anstrengend ist?«

Raudrich war zu aufgeregt, um jetzt von dieser Idee abzulassen. Er war voll dabei.

»Dann versammeln wir jeden fähigen Mann auf der Insel und bauen sie von Hand.«

KAPITEL 29

Als Raudrich und ich mit den Plänen für unsere große Überraschung fertig waren, war es schon zu spät, um noch in der Bibliothek zu recherchieren. Also ging ich ins Bett, schlief ein paar Stunden und stand mit der Sonne auf, um zur Bibliothek zu gehen.

Ich war schockiert, als ich Maddock drinnen an einem großen Tisch mit drei dicken Büchern vor sich sitzen sah.

Er war so sehr in die Bücher vertieft, dass er mich weder hörte noch sah, als ich hereinkam.

»Guten Morgen. Woran arbeitest du?«

Er erschrak beim Klang meiner Stimme und als er aufblickte, konnte ich sehen, dass er wieder einmal sehr wenig Schlaf gehabt hatte.

»Guten Morgen, Kate. Du bist der erste Mensch, der hier reinkommt, während ich hier drin bin.«

Auf der gegenüberliegenden Seite des Tisches stand ein großer Stuhl und ich setzte mich zu ihm.

»Wie oft kommst du hierher?«

»So gut wie nie, bevor Laurel kam.«

Ich lachte. »Hat ihre Liebe zum Schreiben in dir die Liebe zum Lesen geweckt?«

»Nicht wirklich. Aber ihre Anwesenheit hier auf der Insel hat mich dazu gebracht, Überzeugungen zu hinterfragen, die ich einst für unverrückbar hielt.«

»Zum Beispiel?«

»Jahrelang habe ich geglaubt, dass unsere Pflicht gegenüber der Insel ein Leben lang andauern würde und die meiste Zeit meines Lebens war mir das egal. Aber dann kam deine Schwester und durchkreuzte Macharas Pläne mit Verstand und Mut. Ich frage mich, ob wir uns nicht mehr hätten bemühen können, sie loszuwerden.«

Ich verschränkte meine Arme vor der Brust und lehnte mich in meinem Stuhl zurück.

»Ich dachte, du hättest gesagt, dass sterbliche Frauen keine Macht über Machara haben können.«

Er seufzte und schenkte mir ein kleines Grinsen. »Nicol ist der letzte Mensch, mit dem ich darüber sprechen möchte. Er muss zwar vor den Gefahren gewarnt werden, aber es wäre grausam, ihm Hoffnung zu machen, wenn ich ihm nichts Greifbares liefern kann.«

Ich machte mir viel weniger Sorgen um die geistige Gesundheit der Mitglieder der Acht, als ich erfuhr, dass zumindest einer von ihnen nicht damit zufrieden war, sein ganzes Leben unter Macharas Fuchtel zu verbringen. Außerdem fragte ich mich, ob er mir vielleicht helfen würde, weil wir beide das Gleiche wollten.

Ich glaubte immer noch, dass Brachan irgendwie mit Nicol verwandt war, aber ich wusste nicht mehr als an dem Tag, als ich auf der Burg angekommen war. Am Tag nach meiner intimen Begegnung mit Maddock hatte ich versucht, Laurel auf das Thema anzusprechen, aber sie hatte mich schnell abblitzen lassen – was ich ihr nicht verübeln konnte. Bis zur Hochzeit wollte sie nicht über die böse Fee sprechen oder nachdenken, da sie den Mann, den sie liebte, fast getötet hätte. Nach wochenlanger Nervosität wollte sie einfach nur ein bisschen Frieden.

»Maddock?«

Er legte seinen Finger auf die Zeile, um nicht aus dem Konzept zu kommen und blickte zu mir auf. »Aye, Mädchen?«

»Sie kann besiegt werden, aber wenn das passiert, wird es nicht wegen der Acht sein.«

Er schlug das Buch vor sich zu und lehnte sich auf dem Schreibtisch vor. »Woher willst du das wissen, Kate?«

»Ich habe es dir schon gesagt. Ich habe viel über euch gelesen. Ich habe in den Tagen und Wochen, bevor ich hierherkam, eine Menge recherchiert.«

In den nächsten Stunden erzählte ich Maddock alles, was ich wusste. Er hörte mir geduldig zu, wobei seine Augen sich abwechselnd weiteten und verengten. Als ich fertig war, atmete er tief durch und schüttelte den Kopf. »Wir sind alle Narren. Warum haben wir nicht nach mehr Antworten gesucht? Warum haben wir uns alle mit unserem Schicksal abgefunden?«

»Ihr seid keine Narren. Es ist nur … es ist leicht, es sich bequem zu machen. Und wenn man das einmal getan hat, ist es sehr schwer, sich zu ändern. Glaub mir. Ich muss es wissen.«

»Kate …«

Ich unterbrach ihn. Ich hatte nicht gewollt, dass mein Geständnis zu einem Gespräch über uns führte und ich war mir nicht sicher, ob ich es verkraften würde, wenn er mir noch einmal sagte, dass er nicht die Absicht hatte, irgendetwas anderes mit mir anzustreben. Maddock hatte recht. Natürlich wollte ich ihn. Ich wollte ihn so sehr, dass jede Nacht, in der ich ohne ihn in seinem Bett einschlief, für mich eine schreckliche Qual war. Ich wusste nur nicht, wie ich das ändern sollte, wo er doch verkündet hatte, dass er nur noch an einer Freundschaft interessiert war.

»Da ist noch etwas anderes. Erinnerst du dich an den Heiler aus dem Dorf? Brachan? Ich glaube, er muss mit Nicol verwandt sein. Ist das möglich? Sie sehen sich so ähnlich.«

Maddock lächelte. »Natürlich ist dir das aufgefallen. Für mich gibt es keinen Zweifel, dass der Junge mit Nicol verwandt ist.«

»Könnte er sein Cousin sein, oder vielleicht ein Neffe?«

»Nein, ich glaube nicht. Wenn Brachan nicht Nicols Sohn ist, werde ich meinen eigenen Augen nie wieder trauen.«

Sein Sohn. Ein kleiner Teil von mir hatte sich das gefragt, aber ich hatte den Gedanken schnell wieder verworfen. Ich wusste, dass er keine Kinder mit Freya gezeugt hatte. War es möglich, dass Brachan zur Hälfte eine Fee war? Könnte er eines der Kinder sein, die Nicol mit Machara gezeugt hatte? Hatte sie sie wirklich nicht alle umgebracht?

Maddock konnte die Fragen erraten, die mir durch den Kopf gingen.

»Ich weiß es nicht, Kate. Am Tag unserer Ankunft habe ich versucht, Nicol von dem Jungen zu erzählen, aber er wollte es nicht hören. Er befahl mir, bis nach der Hochzeit nichts mehr darüber zu sagen.«

Es schien, als wären alle in der Burg, außer Maddock und mir, einer Meinung, was Machara betraf.

»Laurel hat mich auch abgewiesen, als ich sie danach fragen wollte. Also, was machen wir?«

»Im Moment lesen wir weiter, um zu sehen, ob wir mehr

erfahren können, aber wir hören auf die Wünsche der anderen und tun nichts, bis Laurel und Raudrich verheiratet sind.«

»Was dann?«

»Dann bringe ich dich zu Machara, ob du sie sehen willst oder nicht. Nach allem, was du mir erzählt hast, bist du es, die ihr gegenübertreten muss und wir müssen wissen, ob Brachan Teil ihres Plans ist, dir zu schaden und sich zu befreien. Wenn ja, werde ich den Jungen finden und ihn töten.«

»Maddock.« Ein plötzlicher Anflug von Ablehnung machte sich in mir breit. Brachan hatte mir das Leben gerettet. »Was, wenn Brachan gar nicht weiß, wer er ist? Ich glaube wirklich, dass er unschuldig ist.«

»Er weiß es, oder zumindest weiß es die Frau, die ihn aufgezogen hat. Es hat ihr nicht gefallen, als ich sie darauf hingewiesen habe, wie sehr er Nicol ähnelt. Wie kannst du annehmen, dass er unschuldig ist? Du kennst ihn doch gar nicht.«

»Ich weiß nur, dass er mir das Leben gerettet hat. Er war nett. Ich schätze ihn einfach nicht als einen Menschen ein, der jemandem etwas Böses wollen würde.«

»Trotzdem will ich ihn nicht in deiner Nähe haben.« Er stand auf und schlug mit der Handfläche auf die Tischplatte. »Für den Moment muss ich das alles beiseitelegen. Ich schätze, ich habe dir all die harte Arbeit zu verdanken, die jetzt auf uns zukommt.«

Ich grinste schuldbewusst. »Es wird wunderbar werden, wenn es fertig ist.«

»Aye, Mädchen, das wird es. Lass uns Nicol und Laurel fortschicken, damit wir uns an die Arbeit machen können.«

KAPITEL 30

Neun Tage später

Raudrich lieferte mehr ab, als erwartet. Tatsächlich lieferte er zu viel. Während alle Männer ihre Kräfte vereinten, um die Glaswände, den komplizierten Eingang, die gewölbte Glasdecke und all die Pflanzen und Blumen zu errichten, war er der Perfektionist unter ihnen gewesen. Er hatte dafür gesorgt, dass meine Vision bis ins kleinste Detail umgesetzt wurde.

Laurels und Nicols Reise zum Festland dauerte viel länger als erwartet, aber das war gut so. So konnte ich mich vergewissern, dass im Inneren alles perfekt war, nachdem sie mit dem eigentlichen Bau fertig waren.

Als alles fertig war, war es besser, als ich es gezeichnet hatte und viel beeindruckender, als ich es mir je hätte vorstellen können.

Es passte zwar nicht zum Rest der Burg, aber mit der Zeit würde ich weiter an der Burg arbeiten, sobald ich Machara besiegt hatte. Irgendwann würde alles so schön sein, wie dieser Raum jetzt ist.

Der Wintergarten-Pavillon war ein Paradies aus Grün und Wärme. Der alte Brunnen war jetzt restauriert und das herrliche Rauschen des Wassers war von überall her zu hören.

Freya liebte es. Jeden Abend, wenn sie auftauchte, freute sie sich über die Fortschritte, die während des Tages gemacht worden waren.

Laurel und Nicol würden durchdrehen.

Um mich von der Vorfreude auf Laurels und Nicols Rückkehr abzulenken, überredete ich Harry – er hatte Frühstücksdienst –, mich für eine Art zweites Frühstück ins Dorf zu bringen. Noch eine Fischmahlzeit konnte ich nicht ertragen und ich hoffte, dass der Ausflug meine Nervosität lindern würde.

Es gab Teile der Insel, die ihm bekannt vorkamen, aber nur auf die halb verschwommene Art, wie es Kindheitserinnerungen oft waren. Keiner würde wissen, wer er war. Niemand dort kannte ihn und das war auch gut so.

Brachan hoffte nur, dass die Überzeugung seiner Mutter gerechtfertigt war. Sie glaubte, dass er der Anziehungskraft Macharas widerstehen können und lernen würde, sich von dem Bösen zu befreien, das in ihm brodelte.

Er lenkte sein Pferd in Richtung des Geruchs von gekochtem Essen. Er wusste zwar, dass es am klügsten war, sich von den Einheimischen fernzuhalten, aber nach einer so kalten und elenden Reise konnte er sich eine anständige Mahlzeit nicht verweigern.

Das Innere der Schenke war warm und einladend und zu seiner Überraschung war sie größtenteils leer. Nur eine Person saß an dem Tresen und er wusste sofort, um wen es sich handelte.

Kate.

Vielleicht hatte eine liebevolle Gottheit seine Reise auf die Insel gesegnet. Das gab ihm Hoffnung, dass alles gut ausgehen würde.

Die Eier waren köstlich, umso mehr, weil sie meinen Mund effektiv vom Fischgeschmack befreiten.

Harry und ich hatten schweigend zusammen gegessen und als ich ihm mein Wort gab, dass ich nicht weglaufen würde, ging er in den hinteren Bereich, um mit dem Besitzer des Wirtshauses zu sprechen.

Ich hörte, wie die Tür geöffnet wurde, dachte mir aber nichts dabei und aß weiter an dem halben Dutzend Eier, das auf meinem Teller lag. Erst als ich seine Stimme hörte, erstarrte ich. Ich wusste vom ersten Wort an, dass es Brachan war.

»Kate, es ist schön, dich wiederzusehen.«

Mein erster Instinkt war, mich umzudrehen und meine Arme um seinen Hals zu schlingen. Ich war dankbar für das, was er für mich getan hatte und ich hatte ihn auf Anhieb gemocht. Doch als ich Harrys Stimme von hinten hörte – ein Zeichen dafür, dass er sein Gespräch beendet hatte und bald wiederkommen würde –, geriet ich in Panik, drehte mich um, ergriff seine Hand und führte ihn schnell nach draußen, ohne ein Wort zu sagen.

Ich hielt erst an, als wir neben dem Gebäude versteckt

waren. Als ich endlich in sein Gesicht blickte, waren seine Augen voller Sorge.

»Was stimmt nicht, Kate? Bist du mit jemandem hier?«

»Ja und Harry darf dich nicht sehen. Ihm wird das Gleiche auffallen wie Maddock und mir. Du siehst genauso aus wie Nicol.«

Er seufzte. »Du weißt, dass ich sein Sohn bin?«

Ich nickte und sah ihn aufmerksam an. »Jetzt weiß ich es mit Sicherheit.« Er wirkte nicht wie jemand, der einen bösen Plan hatte, um irgendjemanden zu vernichten. »Wusstest du, dass du Nicols Sohn bist?«

»Ich habe erst am Tag, nachdem ich dich geheilt habe, erfahren, wer mein Vater ist.«

»Und was ist mit deiner Mutter? Weißt du, wer sie ist?« Das war eine persönliche Frage, aber ich musste es wissen.

»Meine Mutter ist die Frau, die mich aufgezogen hat. Wenn du wissen willst, wer mich geboren hat, dann weißt du es wahrscheinlich schon.«

»Machara.«

Er knirschte mit den Zähnen, als er nickte. »Auch das habe ich gerade erst erfahren. Ich kann spüren, wie sie mich zu sich ruft, Kate. Es ist, als wäre etwas Böses in meinen Geist eingedrungen und es wird jeden Tag schwieriger, dagegen anzukämpfen.«

Brachan wollte nichts mit dem bösen Plan zu tun haben, den Machara ausheckte, da war ich mir sicher.

Ich griff nach seiner Hand. »Brachan, du solltest mit mir zurück zur Burg kommen. Erzähle den Männern alles, was du mir gerade erzählt hast. Sie können dir helfen, einen Weg zu finden, dich von ihr zu befreien. Sie werden erkennen, dass du nichts für deine leibliche Mutter kannst.«

Panik blitzte in seinen Augen auf, als er sich aus meinem Griff löste. »Nein. Ich werde mit den Männern sprechen, aber ich kann es zu diesem Zeitpunkt noch nicht tun. Ich brauche etwas Zeit, um zu überlegen, was ich sagen will. Ich … Ich weiß nicht, wie ich meinem Vater gegenübertreten soll. Er hat mich gehasst. Er dachte, ich sei tot und er war froh darüber. Bitte, Kate, ich flehe dich an. Sag ihnen nicht, dass ich hier bin. Gib mir etwas Zeit – einen Tag, vielleicht zwei –, um die nötige Kraft zu sammeln.«

Ich erschauderte bei dem Gedanken, dass Nicol seinen Sohn hassen könnte und es tat weh, zu wissen, dass es die Wahrheit war. Aber das lag nur daran, dass Nicol es nicht gewusst hatte. Er wusste nicht, dass seine Kinder mit Machara keine Monster waren. Hätte er das gewusst, wäre er anderer Meinung gewesen und er würde sicher nicht mehr so empfinden, wenn er sah, was für ein Mann Brachan geworden war.

Obwohl Maddock es als Verrat ansehen würde, wenn er herausfinden würde, dass ich von Brachans Anwesenheit auf der Insel gewusst, es ihm aber nicht erzählt hatte, wusste ich, dass er Brachan sofort zu Nicol schleppen würde, wenn er ihn sah. Ich konnte Brachans Bedürfnis verstehen, sich auf eine solche Begegnung vorzubereiten.

»Okay. Ich werde nichts sagen, versprochen.«

»Danke, Kate.« Er beugte sich vor und zog mich in eine Umarmung. »Am besten gehst du jetzt. Harry ist auf dem Weg zurück in den vorderen Teil des Wirtshauses. Wir werden uns bald wiedersehen.«

Er drehte sich um und ging. Ich erreichte meinen Platz gerade noch so, bevor Harry den Raum betrat.

KAPITEL 31

»Wohin führt ihr zwei uns?«

Laurels Stimme war aufgeregt und sie hielt meine Hand fest umklammert, als ich sie durch die Gartentür führte.

Während der Rest der Männer bereits im Garten wartete, um ihre Reaktionen zu sehen, hatten Raudrich und ich Laurel und Nicol aufgegriffen, als ihre Pferde das Tor erreicht hatten, das zur Burg hinaufführte. Wir hatten nicht riskieren können, dass sie das neue Gebäude sahen, wenn sie den Hügel hinaufritten, also hatten wir sie gezwungen, mit verbundenen Augen hinaufzugehen, während wir sie führten.

»Ich wünschte, du würdest mich loslassen, Raudrich. Ich mag keine Überraschungen.«

»Nur noch ein paar Schritte. Keine Sorge, ich gebe dir mein Wort, dass diese Überraschung dir gefallen wird.«

Als sie beide im Garten waren, stellten wir uns vor sie, bevor wir ihnen die Augenbinden abnahmen. Wir wollten beide ihre Gesichter sehen, wenn sie den Garten zum ersten Mal sahen.

»Okay, Leute, seid ihr bereit?«

Ich schaute zu Raudrich hinüber, um seine Zustimmung zu

erhalten und gemeinsam deckten wir ihre Augen auf, bevor wir hastig zurücktraten.

Sie brauchten einen Moment, um das alles zu begreifen. So fest, wie wir ihnen die Augen verbunden hatten, waren sie sicher geblendet, als sie das erste Mal ins Licht blickten. Aber als sie dann begriffen, was wir geschaffen hatten, hätten ihre Reaktionen nicht besser sein können.

Nicol wäre fast gestürzt, aber Paton war augenblicklich zur Stelle und setzte ihn auf eine der vielen Steinbänke im Garten. Stille Tränen liefen ihm über die Wangen, als er das alles in sich aufnahm.

Laurel blieb der Mund offen stehen, als sie mich zur Bestätigung ansah. »Ist das ... Wie habt ihr das gemacht?«

»Ja, das ist der Garten. Die Jungs haben alles gebaut. Sie haben ihre Kräfte gebündelt und jeden Tag daran gearbeitet, seit ihr beide losgezogen seid. Wir wollten euch überraschen. Wir dachten, das wäre der perfekte Ort für eure Hochzeit morgen und natürlich auch ein tolles Geschenk für Nicol und Freya, das sie jeden Abend genießen können.«

Zum ersten Mal, seit er den Pavillon gesehen hatte, sprach Nicol mit zittriger Stimme. »Hat Freya ... hat sie es gesehen?«

»Aye, wir haben dafür gesorgt, dass alle Entwürfe von ihr genehmigt wurden. Es wird ja schließlich ihr Zuhause sein.«

Nicol brach in ein Schluchzen aus und vergrub sein Gesicht in seinen Händen, als Paton ihm den Arm um die Schulter legte.

»Freust du dich, Nicol?«

Er hob den Kopf und der Anblick seiner Tränen brachte auch mich zum Weinen.

»Gefällt es dir? Ich weiß nicht, ob ich jemals so glücklich war. Wie aufmerksam das von euch allen ist ...« Er hielt inne, als ihn ein weiteres Schluchzen überkam. »Ich glaube nicht, dass ich jemals so überwältigt war.«

Die Männer versammelten sich um Nicol und umarmten sich so fest, dass ich mir nichts sehnlicher wünschte, als eine Kamera zu haben.

Während ich zusah, tauchte Laurel hinter mir auf und schlang ihre Arme um mich. »Das ist das perfekte Hochzeitsgeschenk, Kate.«

Ich drehte mich zu ihr um und nahm ihre Hand. »Ich bin froh, dass es dir gefällt. Jetzt lass uns gehen und die letzten Dinge erledigen, damit wir dich verheiraten können.«

Laurel war nicht die Einzige, die vor der Hochzeit eine Überraschung erlebte. Wenige Minuten vor Beginn der Zeremonie, als die Bewohner der Insel ihre Plätze im Garten eingenommen hatten, ließ ich Laurel mit unserer Mutter in ihrem Schlafzimmer zurück, damit ich nach unten gehen und sicherstellen konnte, dass alles für ihren Auftritt bereit war. Als ich mich den Türen der Burg näherte, kamen unerwartete Gäste – Sydney, ihr Mann, Gillian, Orick und Callums Bruder Griffith – herein und sahen gar nicht so aus, als wären sie gerade tagelang unterwegs gewesen.

Schnell eilte ich auf sie zu, um Sydney zu umarmen. »Wie seid ihr denn hierhergekommen? O mein Gott, Raudrich wird sich so freuen, dich zu sehen, Sydney.«

Sie lächelte. »Ist er …« Sie deutete nach draußen.

»Ja, er wartet schon auf seine Braut.«

Sydney nickte, als hätte sie genau das erwartet. »Okay, wir

gehen rein und setzen uns hinten hin. Ich werde danach mit ihm reden.«

»Ihr seid doch nicht hierher geritten, oder? Ich dachte, ihr wolltet wegen des Babys nicht reisen.«

»Wir haben beschlossen, mit dem Auto zu Mornas Haus zu fahren und uns von dort hierherschicken zu lassen. Sie hat mir versichert, dass das Baby dadurch nicht verletzt wird.«

Die Sonne war längst untergegangen und die Sterne waren in voller Pracht zu sehen. Es war Zeit, dass die Hochzeit begann.

»Okay, David führt gerade alle zu ihren Plätzen, also geht schon mal rein. Ich bin so froh, dass ihr alle hier seid.«

Da niemand von seiner unmittelbaren Familie mehr am Leben war, bedeutete es Raudrich sehr viel, dass Sydney gekommen war. Seit er sie vor einigen Jahren entführt hatte, um ihr das Leben zu retten (lange Geschichte), waren sie die besten Freunde.

Nachdem ich mich vergewissert hatte, dass im Garten alles perfekt aussah, holte ich Mom und Laurel ab. Laurel hatte noch nie so strahlend ausgesehen und ich fing an zu weinen, als ich sie sah.

»O mein Gott, Laurel. Du bist umwerfend.«

Sie blickte etwas verlegen an ihrem Kleid hinunter. »Findest du?«

»Ich weiß es. Bist du bereit, das durchzuziehen?«

»Ich war noch nie in meinem Leben so bereit für etwas.«

Gemeinsam, mit meiner Mom auf der einen Seite und mir auf der anderen, machten wir uns auf den Weg in den Garten.

Ich wusste, dass ich mich für den Rest meines Lebens an Raudrichs Gesichtsausdruck erinnern würde, als er Laurel sah.

Nach der Zeremonie räumten wir die Stühle weg und feierten den Empfang ebenfalls dort draußen. Es war die perfekte Kulisse und durch die Schönheit des Ortes schienen die Leute etwas weniger aufbrausend, als sie es vermutlich gewesen wären, wenn wir das in die Burg verlegt hätten.

Es gab Bier, Musik, Tanz und Gelächter und Laurel und Raudrich schienen jede Minute zu genießen.

Als Schwester der Braut fühlte ich mich dafür verantwortlich, dass alles reibungslos ablief. Anstatt die Feierlichkeiten selbst zu genießen, schlenderte ich ständig durch den Garten, um nach dem Rechten zu sehen und Smalltalk zu halten.

Etwa eine Stunde nach Beginn des Festes kam Marcus auf mich zu und zog sanft an meinem Handgelenk. »Komm und tanz mit mir, Kate. Es ist alles in Ordnung. Es ist nicht nötig, dass du dich verausgabst und aufgeregt durch die Gegend rennst.«

Ich lächelte und ließ mich von ihm in den Bereich um den Springbrunnen ziehen, wo die Leute tanzten.

»Weißt du, wie man diese schottischen Tänze tanzt, Marcus?«

Er schüttelte den Kopf und lachte. »Nein, überhaupt nicht. Ich werde dich einfach festhalten und wir können ein bisschen hin und her schaukeln.«

»Klingt perfekt.«

Wir tanzten einen Moment lang schweigend miteinander und ich war in Gedanken versunken, bis Marcus sich zu mir herunterbeugte und mir ins Ohr flüsterte: »Woran denkst du?«

»Ich habe gerade über Raudrich nachgedacht. Hast du

gesehen, wie er Laurel angesehen hat? Glaubst du, dass ich jemals jemanden finden werde, der mich genauso ansieht?«

Er zog sich etwas zurück, um mir ins Gesicht sehen zu können. »Du machst Witze, oder?« Als ich nichts sagte, fuhr er fort. »Kate, du hast jemanden, der dich so ansieht. Ich stand direkt gegenüber von Maddock auf Laurels Seite des Ganges und der Ausdruck auf Maddocks Gesicht ...« Er zögerte und schenkte mir ein Grinsen. »Man hätte ihn glatt mit dem Bräutigam verwechseln können, aber er hat nicht Laurel angesehen.«

»Nein.« Ich schüttelte den Kopf und verwarf den Gedanken schnell wieder. »Du irrst dich, Marcus. Er mag sich zu mir hingezogen gefühlt haben, aber ich habe das vor ein paar Tagen ordentlich versaut.«

»Kate.« Er hörte auf zu tanzen und zog mich zu einem der vielen Spazierwege, die im Garten verstreut waren. »Noch hast du nichts ruiniert, aber als ein guter Freund werde ich ganz ehrlich zu dir sein. Lange Zeit hat keiner der Männer hier geglaubt, dass sie eine romantische Beziehung haben können. Dass Raudrich die Liebe zu Laurel gefunden hat, hat das geändert. Jetzt sehen sie die Liebe als eine Möglichkeit und es gibt keinen von ihnen, der sich nicht danach sehnt.«

»Sogar du?« Ich unterbrach ihn in einem versteckten Versuch, das Gespräch umzulenken. Es klappte nicht.

»Ja, Kate. Sogar ich. Hör zu, Maddock will *dich*. Er ist verrückt nach dir. Aber er wird seine Zeit nicht mit jemandem verschwenden, der zu viel Angst hat, es mit ihm zu versuchen. Sieh ihn dir an.« Er duckte sich leicht und lenkte meine Aufmerksamkeit dorthin, wo er hinzeigte.

Maddock stand mit einem Krug Bier in der Hand neben

dem Brunnen, lachte und unterhielt sich mit einer Gruppe von Männern aus dem Dorf.

»Ich sehe ihn. Und?«

Er änderte die Richtung seines Fingers und zeigte auf drei verschiedene Frauen, die an unterschiedlichen Stellen im Garten standen.

»Jetzt schau dir jede dieser Frauen genau an, Kate. Sieh dir an, wie sie ihn beobachten. Ich bezweifle nicht, dass ihn die Frauen schon immer so angesehen haben, aber da er die Liebe nicht für eine Option gehalten hat, hat er das nie beachtet. Was glaubst du, wie lange es noch dauern wird, bis er ihr Interesse an ihm bemerkt?« Er hielt inne und drehte sich zu mir um. »Er will diese Frauen nicht, Kate. Er will dich. Aber für einen Mann, der so lange allein war wie er, ist es vielleicht verlockender, sich niederzulassen, als ganz allein zu bleiben.«

Der Gedanke, dass Maddock mit einer dieser Frauen zusammen sein könnte, ließ die Eifersucht in mir aufsteigen.

»Was willst du damit sagen?«

Er ließ seine Hände von meinen Schultern fallen und trat einen Schritt zurück, während er den Kopf schüttelte. »Willst du ihn, Kate? Und wage es nicht, mir die gleiche schwachsinnige, nichtssagende Antwort zu geben, die du jedem anderen geben würdest.«

»Marcus, ich versuche es doch. Ich will …« Marcus' Tonfall machte mich emotional. Er hatte noch nie so ernst mit mir gesprochen. »Ich will ihn wirklich. Ich will nur nicht …«

»Hör auf, Kate.« Er unterbrach mich und sein Tonfall wurde ein wenig sanfter. »Versuchen ist nicht gut genug. Entweder du entscheidest, dass du ihn willst, oder nicht. Entweder bist du ganz dabei oder nicht. Es gibt kein Versuchen. Also.« Er neigte seinen

Kopf hinter sich. »Ich werde mit gutem Beispiel vorangehen und meine eigene Angst überwinden, okay? Da drüben ist eine Frau, mit der ich schon den ganzen Abend reden wollte. Ich glaube, sie gehört zu Raudrichs altem Clan. Ich bin so nervös, dass ich kotzen könnte, aber weißt du was, Kate? Ich werde es trotzdem tun. Es ist an der Zeit, dass du dich auch überwindest.«

KAPITEL 32

Marcus' Worte schienen mich auf eine Weise berührt zu haben, wie es noch nie der Fall gewesen war. Er hatte im Grunde dasselbe gesagt, was meine Therapeutin, meine Mutter und Laurel schon seit Wochen angedeutet hatten, aber es von ihm zu hören – von jemandem, der immer nur nett zu mir gewesen war –, das hatte etwas in mir verändert. Es hatte mir bewusst gemacht, wie dumm ich geworden war. Ich hatte mir in keinem anderen Bereich meines Lebens erlaubt, Dinge zu verdrängen – weder bei der Arbeit noch bei meiner körperlichen Genesung. Warum also tat ich es bei meinem Liebesleben?

Ja, der Gedanke, mich in Maddock zu verlieben, machte mir Angst. Aber was spielte das schon für eine Rolle? Wenn das Feuer mich nicht umgebracht hatte, konnte ein bisschen Angst mich auch nicht um den Verstand bringen.

Ich nahm mir einen Moment Zeit, um Laurel und Raudrich zu umarmen und ihnen alles Gute für ihre Flitterwochen zu wünschen, dann schlich ich mich in Maddocks Zimmer, um mich auf das vorzubereiten, was ich tun musste.

Dort angekommen, ließ ich mich vor der einzigen

Spiegelscheibe im Raum auf den Boden sinken und schloss die Augen, um ganz, ganz still zu werden. Es dauerte nicht lange, bis mein Verstand anfing zu rebellieren, bis er alle möglichen Gedanken ausspuckte, die mich von meinen Gefühlen abhalten sollten, aber ich kämpfte gegen sie an. Als jedes verdrängte Gefühl hochkam, erlaubte ich mir, zu fühlen.

Ich weiß nicht, wie lange ich dort saß – weinend, schreiend, kichernd wie eine Verrückte –, während ich die Gefühle eines ganzen Jahres in ein paar Stunden durcharbeitete.

Ich weiß nur, dass etwas in mir sich befreit anfühlte, als ich fertig war. Ich war bereit, dieses Problem hinter mir zu lassen, damit ich das nächste angehen konnte. Aber in der Zwischenzeit wollte ich es genießen, solange die Dinge gut liefen. Ich hatte es satt, mir das Glück zu verderben, indem ich mich an die schlechten Dinge klammerte, die ich durchgemacht hatte.

Als ich bereit war, mich auf die Suche nach Maddock zu machen, hatte die Party sich draußen bereits beruhigt. Raudrich und Laurel hatten sich bereits auf den Weg zu dem kleinen Gasthaus gemacht, in dem sie ihre erste Nacht als Ehepaar verbringen würden, bevor sie auf das schottische Festland weiterreisten, wo sie ihre Flitterwochen verbringen würden. Die meisten Gäste verließen die Burg bereits und Paton begleitete Sydney und ihre Leute zu den verschiedenen Schlafgemächern in der Burg. Es sah so aus, als würden alle Mitglieder der Acht in den unfertigen Hütten schlafen, an denen sie seit Wochen arbeiteten.

»Das hast du gut gemacht, Kate. Sie hätten sich keine schönere Hochzeit wünschen können und das ist alles dein Verdienst.« Seine Stimme erklang hinter mir im Treppenhaus und ich lächelte, als ich mich zu ihm umdrehte.

»Ich denke, ihr habt euch auch ein bisschen Anerkennung verdient. Ihr habt die ganze harte Arbeit geleistet. Ich habe nur die Pläne gezeichnet.«

»Diese Idee hätte uns schon lange einfallen müssen, aber wir waren alle zu egoistisch, um an so etwas zu denken. Ich kann nicht verstehen, wieso wir zugelassen haben, dass Nicol so lange jede Nacht draußen in der Kälte verbracht hat.«

»Und was ist mit euch allen? Werdet ihr in den dachlosen Hütten draußen schlafen müssen, wenn alle Gäste auf ihre Zimmer gebracht werden?«

Er schüttelte den Kopf und ich ging zwei Stufen hinunter, damit ich auf gleicher Höhe mit ihm war.

»Nein, Nicol hat uns eingeladen, unser Lager im Garten aufzuschlagen. Wir werden also mit Blick auf die Sterne schlafen, aber wir werden vor dem Wind geschützt sein.«

Es hieß jetzt oder nie. Wenn ich es ihm jetzt nicht sagen würde, solange ich nach meiner Gefühlsreinigung noch Mut hatte, würde ich es nie tun.

»Maddock, ich muss dir etwas sagen.«

Er sah besorgt aus. »Aye? Hast du noch etwas herausgefunden? Geht es um Machara?«

»Nein. Damit hat es nichts zu tun.« In der Burg tummelten sich immer noch ein paar Leute und ich wollte auf keinen Fall, dass noch jemand mein Geständnis hörte. »Können wir irgendwo hingehen, wo wir allein sind?«

»Aber natürlich. Willst du in meine Kammer gehen? Das ist jetzt sowieso dein Gemach und es ist vielleicht der einzige Ort in der Burg, an dem wir uns allein unterhalten können.«

Ich nickte und ging an ihm vorbei in diese Richtung. Ich wusste nicht, was ich sagen wollte und ich hatte die Befürchtung, dass Marcus sich irrte – dass ich zu spät dran war und Maddock kein Interesse daran hatte, noch einmal ein Risiko mit mir einzugehen. Trotzdem wusste ich, dass ich mir ewig Vorwürfe machen würde, wenn ich es nicht versuchen würde. Und der Gedanke, dass ich den Rest meines Lebens in dieser Burg verbringen und zusehen musste, wie Maddock mit irgendwem zusammen war, machte mir mehr Angst, als der Gedanke, mich jetzt verletzlich zu zeigen.

Die Worte sprudelten aus mir heraus, als er die Tür schloss, nachdem wir sein Schlafgemach betreten hatten. »Ich will nicht nur mit dir befreundet sein, Maddock.«

»Was bedeutet das?«

Mit zittrigem Atem und leiser Stimme wandte ich mich ihm zu. »Ich will nicht nur eine gute Freundin für dich sein. Davon habe ich schon genug. Es tut mir leid, dass ich vorher so ängstlich war. Maddock, ich … Ich verstehe, wenn du mich nicht mehr willst, wenn dich meine anfängliche Ablehnung abgeschreckt hat, aber ich muss es dir trotzdem sagen. Du hattest recht. Natürlich hattest du recht. Ich will dich so sehr, dass ich an nichts anderes mehr denken kann. Und …«

Blitzschnell stürzte er sich auf mich. Sein Mund beanspruchte meinen mit einer solchen Intensität, dass es fast schmerzhaft war. Ich konnte das Bier, das er auf der Hochzeit getrunken hatte, noch auf seiner Zunge schmecken.

»Kate.« Seine Stimme war rau und leise und seine Zähne streiften meine Lippen, als er sprach. »Glaubst du wirklich, dass ich jemals nur Freundschaft von dir wollen könnte? Wenn das alles wäre, was du mir geben könntest, würde ich es annehmen, aber Kate, jedes Mal, wenn ich dich ansehe, muss ich an etwas Schreckliches denken, um nicht erregt zu werden. So sehr brauche ich dich. Ich habe noch nie etwas in meinem Leben so sehr gewollt wie dich.« Er löste sich gerade lange genug von mir, um mir in die Augen zu sehen. »Bist du dir sicher? Bist du sicher, dass du deine Meinung nicht ändern willst? Mich von deinen nackten Brüsten zu trennen, war schon beim ersten Mal schwer genug. Ich weiß nicht, ob ich noch einmal die Kraft haben werde, aufzuhören.«

Kleidung hatte sich noch nie so einschränkend angefühlt. Mein ganzer Körper schmerzte vor Verlangen. Ich war mir nicht sicher, ob er mich jemals genug ausfüllen könnte, um mein Bedürfnis nach ihm zu stillen.

»Ich bin mir sicher. Ich verspreche, dass ich meine Meinung nicht ändern werde. Bitte, Maddock. Nimm mich mit in dein Bett.«

Seine Antwort kam in Form eines animalischen Stöhnens. Plötzlich waren seine Hände auf meinem Rücken und lösten die Schnürungen des Kleides, damit er es mir ausziehen konnte.

Ein Miauen ertönte vom Bett und ich begann zu lachen, als Maddocks Hände zum Stillstand kamen.

»Ich kann dich nicht nehmen, wenn er zusieht, meine Schöne. Die Geräusche, die ich dir entlocken will, werden ihn erschrecken und ich will nicht, dass dein kleiner Beschützer mir die Augen auskratzt.«

Er hatte gerade erst angefangen, meine Schnürungen zu bearbeiten, also war ich noch komplett angezogen.

»Zieh deinen Kilt aus und leg dich auf das Bett, Maddock. Ich werde ihn in den Garten bringen, wo er heute Nacht mit den anderen Männern schlafen kann. Ich bin gleich wieder da.«

Ich rannte so schnell wie noch nie in meinem Leben und musste Mr. Crinkles immer wieder von mir weghalten, weil er versuchte, mich zu kratzen, damit ich ihn absetzte. Ich sagte nicht einmal etwas zu den Männern, als ich die Tür zum Garten öffnete und Crink sanft hineinwarf. Ich wusste, dass es ihm gut gehen würde.

Als ich in sein Zimmer zurückkehrte, hatte er getan, was ich verlangt hatte. Als ich ihn völlig nackt auf dem Bett liegen sah, stockte mir der Atem. Sofort liefen meine Wangen rot an.

In der Nacht auf der Festung Cagair hatte ich seine Brust gesehen, aber das war etwas ganz anderes als das gesamte Exemplar. Jeder Muskel in seinem Körper war von harter Arbeit und gesundem Essen gezeichnet. Er sah aus wie eine Statue, die man in Italien bewundern würde, obwohl er zum Glück nicht die gleiche magere Männlichkeit aufwies, die so viele antike Statuen aufzuweisen schienen. Ein Blick auf seine Erektion und mir wurde bewusst, dass meine Sorge, es könnte mir nicht reichen, von ihm ausgefüllt zu werden, völlig fehl am Platz gewesen war.

»Heilige Scheiße, Maddock. Das ist … du bist …«

Er lachte und winkte mich zum Bett. »Es freut mich, dass dir gefällt, was du siehst, Mädchen. Und jetzt komm her, damit ich dich auch sehen kann.«

Ich setzte mich an den Rand des Bettes, während er meine Schnürungen bearbeitete. Dieses Kleid hatte mehr als die meisten anderen. Es war speziell für Laurels Hochzeit herausgesucht worden und war komplizierter als die einfachen Kleider, die ich seit meiner Ankunft in dieser Zeit meistens getragen hatte.

»Diese verdammten Bänder. Macht es dir etwas aus, wenn ich sie mit meinem Schwert aufschlitze?«

Lachend griff ich nach einer seiner Hände. »Nein, bitte nicht. Das hat Freya gehört. Es ist zu schön, um es zu ruinieren.«

»Na gut, aber es kann sein, dass die Sonne aufgeht, bevor ich dich da raushole.« Er zog weiter an den Fäden und beugte sich vor, um meinen Hals zu küssen. »Kate, ich weiß, dass das erste Mal oft beängstigend ist. Ich will nicht, dass du Angst hast. Ich werde sanft zu dir sein. Ich werde mir Zeit lassen.«

Ich schnaubte und schnitt ihm das Wort ab. »Maddock, du erinnerst dich doch an Dillon, oder?«

Er stöhnte und legte seine Stirn auf meine Schulter. »Warum sprichst du ihn in diesem Moment an?«

»Du gehst doch nicht davon aus, dass ich noch Jungfrau bin, oder?«

Seine Hände ruhten auf meinem Rücken, als er den Kopf hob. »Bist du nicht?«

»Nein.« Seine Vermutung ärgerte mich nicht. Ich nahm an, dass in seiner Zeit viele Frauen noch Jungfrau waren. »Frauen in meiner Zeit sind es in meinem Alter selten. Das stört dich doch nicht, oder?«

Seine Finger griffen wieder nach meinen Schnürungen und ich stieß den Atem aus, von dem ich gar nicht gewusst hatte, dass ich ihn angehalten hatte.

»Das Einzige, was mich stört, ist der Gedanke, dass Dillons Hände dich berührt haben könnten, Mädchen. In Wahrheit ist es besser so. Dann kann ich wirklich mit dir machen, was ich will.«

Mein Kleid war nun offen und ich stand auf. Ich wackelte mit den Schultern und ließ es auf den Boden fallen.

»Oder ich kann mit dir machen, was ich will. Leg dich zurück.«

Maddock knurrte, als er sich wieder auf das Bett legte. »Hast du vor, mich zu umzubringen, Mädchen? Du kannst doch nicht erwarten, dass ich hier liege, während du so dasitzt ...«

Ich drehte mich zu ihm um und sein Atem stockte, als sein

Blick über meinen nackten Körper glitt. Vor Maddock war ich nicht verlegen. Er hatte mir schon so oft gezeigt, dass ihm meine Amputation nichts ausmachte. Ob es nun die Art war, wie er meine Arme wärmte, wenn mir kalt war, oder wie er mich festgehalten hatte, als wir auf Stella zur Insel geritten waren. Und als er mich mit seinen Augen verschlang, lag nichts als Bedürfnis und Verlangen in seinem Blick.

»Ich kann es keinen Moment länger aushalten, Kate. Ich muss in dir sein.«

Mein Arm hinderte mich daran, zu ihm auf das Bett zu krabbeln. Stattdessen setzte ich mich neben ihn und beugte mich zu ihm, um ihn zu küssen, während meine Brüste seine Brust berührten. Er verstand, was nötig war und seine Hände wanderten zu meiner Taille, um mich gerade so weit anzuheben, damit ich mich auf ihn setzen konnte.

Ich küsste mich seine Brust hinunter. Als ich seine Männlichkeit erreichte, erhob ich mich, damit ich mich auf ihn sinken lassen konnte.

Wir vereinten uns und schrien beide auf, als er mich ausfüllte.

»Kate, du musst dich bewegen. Ich kann es nicht ertragen.«

Ich bewegte mich langsam, um ihn ein wenig zu quälen und genoss die Wirkung, die jede kleine Bewegung meiner Hüften auf ihn hatte. Als ich schließlich schneller wurde und das Gefühl in mir zunahm, ertrug er es nicht länger. Er erhob sich, packte mich an der Taille, drehte mich um und drückte mich an sich, während unsere Körper aufeinander prallten. Er stieß immer wieder in mich hinein, während seine Lippen meinen Körper erforschten und kosteten.

Wir kamen gemeinsam zum Höhepunkt und das war nur

das erste von vielen Malen, die wir uns in dieser Nacht gegenseitig genossen.

Für mich wäre es in Ordnung gewesen, wenn die Sonne nie wieder aufgegangen wäre. Das würde nämlich bedeuten, dass jede Minute in der Dunkelheit mit ihm ewig andauern würde – Minuten, von denen ich mir immer sicherer wurde, dass ich sie nie satthaben würde.

KAPITEL 33

Wir schliefen bis zum Nachmittag des nächsten Tages und während wir beide noch ein wenig berauscht voneinander waren, setzte die Realität ein. Die Hochzeit von Laurel und Raudrich war nun vorbei. Es war an der Zeit, dass Maddock mit Nicol über Brachan sprach, und ich musste Machara endlich selbst sehen, damit wir ihre Absichten einschätzen konnten.

»Ich weiß, dass wir viel zu tun haben, aber ich bin am Verhungern.«

Auch mein Magen knurrte und jetzt, da meine rasenden Sexualhormone nicht mehr mein Urteilsvermögen trübten, fühlte ich mich ein wenig schuldig, weil ich Mr. Crinkles aus dem Zimmer geworfen hatte.

»Das bin ich auch. Warum gehst du nicht und sprichst mit Nicol? Wir haben den halben Tag verschlafen, also bin ich mir sicher, dass er schon aus seinem Morgenschlaf erwacht ist. Du wirst dich erst dann besser fühlen, wenn du dir das von der Seele geredet hast. Ich werde nach Crink sehen und versuchen, ihn zurückzugewinnen, indem ich ihm ein paar Fische besorge und auch uns etwas zu essen hole. Treffen wir uns in Kürze wieder hier?«

Ich hatte auf der Seite geschlafen, während Maddock mich von hinten umschlungen hatte. Die ganze Nacht über hatte er eine meiner Brüste festgehalten, während wir geschlafen hatten. Seine Hand war immer noch da.

»Aye, du hast recht. Ich muss mit Nicol sprechen, bevor wir etwas anderes planen. Es wird nicht lange dauern. Nicol ist ein Mann weniger Worte.«

»Okay, na dann. Aber erst musst du mich loslassen, damit ich mich anziehen kann.«

»Ach, Kate. Ich will dich niemals loslassen.«

Ich stemmte mich von ihm weg, damit ich vom Bett rollen konnte. Sonst befürchtete ich, dass wir den ganzen Tag dort liegen würden.

»Tja, da hast du Pech gehabt. Steh auf, Schlafmütze. Es ist ein großer Tag. Einer, den wir nicht verschwenden dürfen.«

Er meckerte immer noch, als ich zur Tür hinausging, um uns etwas zu essen zu holen.

Maddock war immer noch weg, als ich mit Mr. Crinkles auf dem Arm und Paton auf den Fersen mit einem Tablett mit Brot und Käse – ohne Fisch – für mich und Maddock ins Zimmer zurückkam.

»Ich wusste doch, dass Maddock nur darauf bestanden hat, dass er dich allein zurück zur Burg bringt, als du krank warst, weil er etwas für dich übrig hat.«

»Du behältst es doch für dich, oder, Paton?«

Er stellte das Tablett mit dem Essen vorsichtig ab und brach in schallendes Gelächter aus. »Kate, alle in der Burg sind seit dem Morgengrauen wach, aber keiner von uns hat einen von euch gesehen, bis vor wenigen Minuten. Es gibt kein Geheimnis, das ich bewahren muss. Jeder weiß es.«

Das hätte mir eigentlich klar sein müssen, aber ich hatte es nicht bedacht. »Sogar meine Mutter?«

Paton rümpfte die Nase. »Aye und weißt du was? Sie mag Maddock immer noch lieber als mich. Er ist derjenige, der ihre Tochter verführt, aber aus irgendeinem Grund kann sie mich immer noch nicht ausstehen.«

»Sie mag dich, Paton. Das ist der einzige Grund, warum sie dir das Leben so schwer macht. Es ist ja nicht so, als würdest du sie nicht dazu anstacheln. Du ärgerst sie absichtlich, weil du ihre Reaktion gerne provozierst.«

Er zuckte mit den Schultern, als Maddock in der Tür erschien. »Kann schon sein. Es sieht so aus, als wäre dein Geliebter zurück. Ich werde euch beide allein lassen.«

Maddock schlug ihm im Vorbeigehen auf den Arm. »Warum hast du nicht ein bisschen mehr Respekt, Paton? Geliebter, das hört sich an, als würden wir etwas Unerlaubtes tun.«

Paton lachte und wehrte einen weiteren Schlag von Maddock ab. »Manch einer würde behaupten, dass ihr genau das tut.«

Maddock knirschte mit den Zähnen. »Fort mit dir, Paton.«

Ich konnte Patons Lachen noch lange hören, nachdem Maddock ihm die Tür vor der Nase zugeschlagen hatte.

Ich wartete, bis Maddock an dem kleinen Tisch Platz genommen hatte, an dem ich unser Essen platziert hatte, um ihn nach seinem Gespräch mit Nicol zu fragen. »Also ... wie ist es gelaufen?«

Maddock seufzte und blickte auf das Stück Käse hinunter,

das er in der Hand hielt. »Nicol ist ganz außer sich. Es gibt keinen Zweifel, dass der Junge von Machara ist. Er war abgesehen von der bösen Fee immer nur mit Freya zusammen. Ich habe zwar meinen eigenen Verdacht hinsichtlich Brachan, aber ich möchte kein Urteil fällen, bevor wir nicht mit dem Jungen gesprochen haben. Aber wenn er vorhat, mit Machara zusammenzuarbeiten, habe ich keine Skrupel, ihn zu töten. Nicol hingegen möchte ihn auf der Stelle vernichten.«

»Was?« Entsetzen durchströmte meinen Körper. »Warum? Warum sollte er das seinem eigenen Sohn antun wollen?«

»Jahrelang hat Nicol sich eingeredet, dass seine Kinder mit Machara Monster sind. Nur so konnte er verhindern, dass er sich in Schuldgefühlen und Verzweiflung über ihre Morde verlor. Wenn er sich erlauben würde, zu glauben, dass Brachan anders sein könnte, dann müsste er akzeptieren, dass alle anderen es auch waren.«

»Glaubst du, er wird so empfinden, wenn er ihn trifft?«

»Nein. Ich denke, wenn Nicol seine eigenen Augen sieht, die ihn ansehen, wird er in eine Trauer verfallen, aus der er nur schwer wieder herauskommt – eine Trauer, die er zu seiner eigenen Zeit verarbeiten muss.«

Maddock wusste immer noch nicht, dass Brachan bereits auf der Insel war. Er musste es wissen, damit er Brachan lange genug beschützen konnte, damit Nicol ihn auch wirklich zu Gesicht bekam, aber ich konnte mich nicht dazu durchringen, mein Versprechen gegenüber dem Mann zu brechen, der mir das Leben gerettet hatte.

»Was will Nicol tun?«

»Er möchte sich in der Abenddämmerung mit allen treffen. Er wird den anderen erzählen, was ich ihm erzählt habe. Gemeinsam werden wir dann entscheiden, wie wir am besten nach Nicols Sohn suchen. Bis dahin möchte ich etwas essen und dich vielleicht noch einmal in mein Bett locken, denn ich vermute, dass ich bald losgeschickt werde, um nach Brachan zu suchen, da ich ihn schon einmal gesehen habe. Ich brauche alle Erinnerungen an dich, die ich kriegen kann, um bei Verstand zu bleiben, während ich von dir getrennt bin.«

Ich musste Brachan finden. Ich musste ihm sagen, dass die Männer nach ihm suchen würden, wenn er sich nicht bald meldete, aber das konnte ich Maddock nicht sagen und ich hatte sicher nichts dagegen, noch einmal in sein Bett gebracht zu werden.

»Hast du vor, mich bis zur Dämmerung in deinem Bett zu behalten? Wenn wir so weitermachen wie letzte Nacht, werden wir beide so wund sein, dass wir uns nicht mehr bewegen können.«

Schelmisch zog er eine Augenbraue hoch. »Der Gedanke gefällt mir, aber leider geht das nicht. Es wird Zeit, dass du Machara kennenlernst, aber zuerst …«, er ließ den Käse fallen, hob mich vom Stuhl und trug mich zum Bett, »werde ich noch einmal mit dir schlafen.«

KAPITEL 34

Das grünliche Licht, das Macharas Kerker erfüllte, reichte aus, um selbst in den mutigsten Menschen Angst hervorzurufen. Der Schrecken, den ich verspürte, als ich die Treppe zu dem Gefängnis hinunterstieg, war so groß, dass ich nicht sicher war, ob ich mich hätte bewegen können, wenn Maddocks beruhigende Hand nicht auf meinem Rücken gelegen und mich langsam nach unten geschoben hätte.

Als wir uns der letzten Stufe näherten, beugte er sich herunter und flüsterte mir ins Ohr: »Atme nicht durch die Nase, Mädchen. Das macht es schlimmer. Und lass sie nicht sehen, wie verängstigt du bist.«

So viel wusste ich bereits. Das Letzte, was ich Machara jemals zeigen wollte, war, dass ich Angst vor ihr hatte. Das war genau der Grund, warum ich so langsam nach unten ging – ich brauchte jeden Schritt, um meinen Mut zu sammeln.

Sie sprach, bevor sie uns überhaupt sah, und ihr Tonfall war so beängstigend und voller Bosheit, wie man es sich nur vorstellen konnte. »Ah, die Neue hat endlich den Mut gefunden, zu mir zu kommen.«

Am Ende der Treppe traten wir vor ihre Zelle und ich sah sie zum ersten Mal.

Ich bin mir nicht sicher, was ich erwartet hatte, aber jeder Teil von ihr war ein bisschen schlimmer, als ich es mir ausgemalt hatte. Sie war größer, dünner und ihre Nägel standen in unheimlich langen Spitzen ab, die mich zum Würgen brachten. Ihr Hals war lang und wunderschön und ihre Augen hatten eine völlig unmenschliche Farbe.

Maddock sprach, bevor ich die Chance dazu hatte. »Es hatte nichts mit Mut zu tun, Machara. Sie hatte kein Interesse daran, dich zu sehen.«

»Blödsinn. Ich kann die Angst an ihr riechen.«

Ich spürte, dass Maddock wieder etwas sagen wollte und ich stellte mich hastig vor ihn. Mir gefiel nicht, dass die beiden über mich sprachen, als wäre ich nicht da.

»Vielleicht riechst du deinen eigenen Gestank, Machara. Es war nicht die Angst, die mich ferngehalten hat, es war das Desinteresse. Wir waren alle ziemlich beschäftigt mit der Hochzeit. Du erinnerst dich doch an meine Schwester, oder? Sie ist diejenige, die du töten wolltest, aber sie hat dich ganz leicht überlistet.«

Bei der Erwähnung meiner Schwester zischte sie und ihr Gesicht verzog sich zu etwas, das mehr nach einer anderen Welt als nach einem Menschen aussah und ich fragte mich, wie sie ihre Gestalt verändern konnte.

»Es stimmt, dass ich in meiner Eile, aus diesem Gefängnis zu entkommen, leichtsinnig war, aber ich werde denselben Fehler nicht noch einmal machen.«

Maddock trat zwischen uns. Es fiel ihm schwer, sein Temperament zu zügeln, als er zu ihr sprach. »Dein Sohn, Machara. Wir haben ihn.«

Ich beobachtete ihre Augen genau, aber sie verrieten nichts.

»Ihr habt ihn nicht, aber ihr werdet ihn noch früh genug kennenlernen.«

Er verschränkte die Arme und behielt einen ruhigen Gesichtsausdruck bei. »Und was, glaubst du, wird er mit uns machen?«

Sie lächelte und jedes Härchen an meinem Körper kribbelte unangenehm. »Er wird mir helfen, euch zu vernichten. Es ist sein Schicksal, dies zu tun. Er wird sich meinem Ruf nicht entziehen können.«

Maddock ergriff meine Hand und zog mich weg, bis wir die Treppe hinauf und zurück in Nicols Schlafgemach waren.

»Warum sollte sie dir das sagen?«

»Das ist eine von Macharas vielen Schwächen. Sie glaubt, dass sie unbesiegbar ist, selbst wenn sie immer wieder besiegt wird. Sie verheimlicht nichts, denn sie glaubt, dass es keine Rolle spielt, ob wir es wissen. Aber das tut es. Und jetzt bin ich geneigt, Nicol zuzustimmen. Wir können Brachan nicht am Leben lassen.«

Ich hatte keine Zeit, mich davonzuschleichen, um nach Brachan zu suchen. Ich hatte nicht einmal Zeit, Maddock zu sagen, dass ich ihn vor ein paar Tagen gesehen hatte. Als Maddock und ich aus Nicols Zimmer traten, versammelten sich die Männer bereits im Speisesaal zu ihrem Treffen mit Nicol.

Ich war unschlüssig, was ich tun sollte. Ich konnte nicht zulassen, dass sie herumsaßen und Pläne schmiedeten, um einen unschuldigen Mann zu töten. Ich hatte jedes Wort von

Machara gehört, aber ihre Worte hatten nichts dazu beigetragen, dass ich anders über ihn dachte.

Ich hatte den schmerzlichen Ausdruck in Brachans Augen gesehen. All das war neu für ihn und er wollte Machara nicht in seinem Kopf haben. Wenn es für ihn eine Möglichkeit gab, ihr zu widerstehen, würde Brachan sie finden. Die Acht mussten ihm nur die Chance dazu geben.

Ich fragte nicht, ob ich dabei sein durfte. Ich nahm einfach auf dem Stuhl Platz, der vermutlich Raudrichs Stuhl war und ignorierte jeden überraschten Blick, der mir zugeworfen wurde.

Maddock verstand zumindest, warum ich anwesend war.

»Ignoriere sie, Mädchen. Sie wissen noch nicht, dass du genauso viel damit zu tun hast wie alle anderen.«

Ich beschloss, dass es besser war, abzuwarten und zu sehen, wie das Gespräch verlaufen würde. Hoffentlich würde einer der anderen Männer meine Meinung teilen – dass sie nicht planen konnten, einen Mann zu töten, der noch nichts verbrochen hatte.

Nicol übernahm die Führung, aber außer der Nachricht, dass er erfahren hatte, dass eines seiner Kinder mit Machara noch lebte, sagte er nicht viel und übergab den Staffelstab schnell an Maddock, der den Rest der Männer über alles andere informierte.

Die Männer schienen die meiste Zeit über mit meiner Meinung einverstanden zu sein, aber als Maddock ihnen erzählte, was Machara gesagt hatte, schwenkten sie auf Maddocks Denkweise um.

Harry war der Erste, der seine Besorgnis äußerte. »Wir können es nicht riskieren. Wir alle wissen, wie Machara Calder kontrollieren konnte und er hat nicht einen Tropfen ihres Blutes in sich. Dieser Mann ist ihr eigen Fleisch und Blut.«

Ich stand auf und mir wurde bewusst, dass es Brachan nichts mehr nützte, wenn ich sein Geheimnis für mich behielt.

»Warte, Harry. Ihr alle solltet euch selbst ein Urteil über diesen Mann bilden. Nur weil die Dinge bei Calder so gelaufen sind, heißt das nicht, dass sie bei Brachan auch so laufen werden. Immerhin ist Brachan zur Hälfte Nicols Sohn und das bedeutet, dass er etwas Gutes in sich hat. Ich habe mehr Zeit mit Brachan verbracht als jeder andere, und ich glaube wirklich nicht, dass er eine Bedrohung darstellt.«

Paton meldete sich von der anderen Seite des Tisches zu Wort. »Zeit, Mädchen? Du warst die meiste Zeit, die er an deiner Seite war, bewusstlos.«

Ich sah Maddock nervös an. Er würde wütend sein, aber es war an der Zeit, dass ich es ihnen allen erzählte. »Ich habe ihn gesehen, nachdem ich aufgewacht war und er war sehr freundlich. Und ich habe ihn neulich im Dorf gesehen.«

Als hätte meine Erwähnung ihn aus dem Nichts heraufbeschworen, öffneten sich die Türen zum Speisesaal und Brachan trat ein.

KAPITEL 35

»Verzeiht mir, dass ich hier hereinplatze. Ich habe Kräfte, die es mir erlaubten zu sehen, dass ihr hier versammelt seid. Ich hielt es für das Beste, euch allen gleichzeitig gegenüberzutreten.«

Gott segne Maddock. Obwohl er nach dem Treffen mit Machara behauptet hatte, er sei bereit, Brachan zu töten und obwohl ich wusste, dass er sich durch mein Geständnis verraten und wütend fühlte, stand er auf und stellte sich zwischen Brachan und seine Gefährten.

»Wir müssen ihn anhören, Männer. Er hätte nicht herkommen müssen. Er hätte uns erlauben können, nach ihm zu suchen.«

Der Rest der Männer schwieg. Als Maddock Brachan zum Tisch führte, schaute ich zu Nicol hinüber. Er war aufgestanden, aber jetzt sank er schwach in seinen Stuhl zurück und sein Gesicht wurde blass. Ich konnte vom anderen Ende des Tisches aus sehen, wie seine Hand zitterte.

Ich konnte mir nicht einmal vorstellen, was ihm im Moment durch den Kopf ging. Ein totgeglaubter Sohn, einer, den er gehasst hatte und der genauso aussah wie er, stand nun vor ihm.

Und wie Maddock gesagt hatte, musste es schwer sein, Brachans Menschlichkeit zu leugnen, wenn man seiner Stimme lauschte und in seine Augen sah.

Harry war der Erste, der sprach, nachdem Maddock Brachan neben mich geführt hatte. »Wenn du nicht hier bist, um uns zu schaden, wenn du nicht vorhast, Macharas Willen zu erfüllen, woher kennst du uns dann? Du bist nicht hier auf der Insel aufgewachsen. Sonst hätten wir dich schon längst gesehen.«

Bevor Brachan etwas sagen konnte, drehte er sich zu mir um und lächelte. »Hallo, Kate. Danke, dass du versucht hast, mein Geheimnis zu bewahren und danke, dass du dich gerade für mich eingesetzt hast.«

Ich lächelte und nickte ihm kurz zu, aber bei seinen Worten drehte sich mir der Magen um. Wenn mein Geständnis nicht schon genug gewesen war, um Maddocks Blut in Wallung zu bringen, dann hatte Brachan es jetzt erst recht zum Kochen gebracht. Ich warf ihm einen vorsichtigen Blick zu, aber Maddock sah mir nicht in die Augen.

Dann wandte Brachan seine Aufmerksamkeit den Männern zu und hielt sein Plädoyer. »Ich weiß schon mein ganzes Leben lang, dass die Frau, die mich aufgezogen hat, nicht die Frau ist, die mich geboren hat, aber ich habe erst vor kurzem von meiner Abstammung erfahren. Ich versichere euch, ich wünschte, ich hätte es nie herausgefunden. Es hat mir keine Freude bereitet, zu erfahren, dass die Frau, die mich geboren hat, so bösartig ist und auch nicht, dass mein Vater mich für tot hielt und froh darüber war.«

Nicol sah aus, als könnte er sich jeden Moment übergeben, aber er sagte nichts. Ich war mir nicht sicher, ob er in diesem Moment dazu in der Lage war.

Brachan fuhr fort: »Ich wurde mit Magie im Blut geboren – einer mächtigen Magie, die es mir ermöglicht hat, viele zu heilen. Ich habe meine Kräfte immer für das Gute eingesetzt, aber in letzter Zeit spüre ich, wie sie sich in mir verändern. Ich kann spüren, wie Machara nach mir greift. Ich kann spüren, wie sie mich zu sich ruft.

»Ich bin nicht hier, um ihr zu helfen, das schwöre ich euch. Ich bin hier, um euch um eure Hilfe zu bitten. Ich will, dass ihr mir helft, mich von der Dunkelheit zu befreien, die meinen Geist zu überwältigen beginnt. Helft mir, alle Verbindungen zu kappen, die sie zu mir haben mag.«

Einen Moment lang sagte niemand etwas. Einer nach dem anderen richtete seinen Blick auf Nicol, während sie ihren Meister um Führung baten.

Nicol räusperte sich und holte tief Luft, wodurch seine Wangen wieder etwas Farbe bekamen. Er legte beide Handflächen auf den Tisch und richtete sich zittrig auf, bis er stand.

»Brachan, Junge. Komm mit mir. Wir haben viel zu besprechen und ich wünsche keine Zuhörer.«

»Du hast gelogen, Kate. Du wusstest, wo er war und hast es mir verheimlicht. Wie lange wusstest du es schon?«, schrie Maddock mich an. Die Muskeln in seinem Kiefer sahen aus, als würden sie die Haut seiner Wangen gleich durchbrechen.

»Ich konnte es dir nicht sagen, Maddock. Ich habe es ihm versprochen.«

»Es ist mir gleichgültig, ob du es ihm versprochen hast. Ich habe dir eine Frage gestellt. Wie lange weißt du schon, dass er hier ist?«

Ich holte tief Luft und schloss meine Augen. »Seit dem Tag vor der Hochzeit.«

»Seit Tagen schon? Du weißt es schon seit Tagen und hast nichts gesagt? Wie soll ich dir jemals wieder vertrauen können?«

»Warte mal.« Ich hielt meine Handfläche hoch, um ihn zu unterbrechen, denn meine eigene Wut stieg schnell und heiß in mir auf. »Wage es nicht, so einen Mist zu erzählen. Wie könntest du einer Frau vertrauen, die ihre Versprechen gegenüber Freunden bricht? Brachan war verängstigt, Maddock. Dazu hatte er offensichtlich auch allen Grund. Du, Nicol und Harry wart schon bereit, ihn zu töten, bevor wir den Raum betreten haben. Ich vertraue ihm. Ich glaube ihm jedes Wort, das er an diesem Tisch gesagt hat. Er braucht eure Hilfe, nicht euren Zorn.«

»Kate ...«

»Nein.« Ich unterbrach ihn erneut, öffnete die Tür zu seinem Schlafzimmer und bedeutete ihm mit einer Handbewegung, zu gehen. »Ich werde mir nicht anhören, wie du mich anschreist. Geh raus und beruhige dich. Es tut mir leid, wenn du dich betrogen fühlst, aber ich habe das Richtige getan. Ich bedaure meine Entscheidung nicht. Wir können später darüber reden.«

Er sah ein bisschen aus wie ein Hund mit eingezogenem Schwanz, als er ging.

Hatte sie recht? War es falsch von ihm, wütend auf sie zu sein? Es stimmte, dass seine erste Reaktion auf Macharas Worte darin bestanden hatte, Brachan den Tod zu wünschen, aber er hätte dem Jungen kein Leid zugefügt, ohne seine Absichten vorher abzuklären. Oder doch?

Er hätte sie nicht anschreien sollen, so viel war ihm klar. Es war ihr gutes Recht gewesen, ihn aus dem Gemach zu schicken. Wie sie ihn zurechtgewiesen hatte, wie sie für sich selbst eingestanden und ihn weggeschickt hatte ... es erregte ihn, wenn er nur daran dachte.

Gott, sie war stark, klug, witzig und schön. Er liebte sie. Er hatte sie von dem Moment an geliebt, als er sie zum ersten Mal gesehen hatte. Im Moment war er wütend auf sie, aber er würde ihr verzeihen. Es gab keine andere Möglichkeit. Jetzt, wo er sie hatte, konnte er nicht mehr ohne sie leben.

Der Garten war jetzt jedermanns Lieblingsort, aber er war froh, dass er im Moment verlassen zu sein schien. Er wollte Freyas Rat einholen und es wäre ohnehin gut, nach dem Mädchen zu sehen. Wenn die Nachricht von Brachans Ankunft sie erreicht hatte, würde sie sicher ihre eigenen Gefühle zu dieser Enthüllung haben.

»Freya, meine Liebe. Wo bist du?«

Er bog um die Ecke des Brunnens, als sie in Sichtweite kam.

»Hier drüben. Ich glaube nicht, dass Nicol heute Abend kommen wird.«

Maddock schaute Freya in die Augen, aber sie verrieten nichts. »Wie kommst du darauf?«

Sie neigte ihr Kinn und blickte zu ihm auf, während sie sich am Rand des Brunnens niederließ. »Ich weiß es, Maddock. Ich weiß es schon seit sehr langer Zeit.«

»Was?«

Sie seufzte, als er sich neben sie setzte. »Maddock, ich bin an Machara gebunden, ob ich will oder nicht. Vieles von dem, was sie fühlt, erfahre ich. Ich weiß schon so lange, wie ich hier bin, dass Brachan lebt.«

Sie hatte es all die Jahre gewusst? Warum hatten die Frauen auf dieser Burg das Bedürfnis, solche Geheimnisse zu wahren?

»Und du hast es ihm nicht gesagt?«

»Was hätte das genützt? Ich dachte nicht, dass er das Kind jemals sehen würde. Ich sah keinen Grund, Nicol Kummer zu bereiten.«

»Aber du bist seine Frau, Freya. Es sollte keine Geheimnisse zwischen euch geben.«

Freya lachte. Es war ein volles, lautes Lachen, das im ganzen Garten widerhallte. »Welcher Narr hat dir das erzählt, Maddock? Jeder Mensch hat seine Geheimnisse. Sie sind notwendig und oft sind sie auch gut.«

Er runzelte die Stirn. »Ich bin mir nicht sicher, ob ich mit dir einer Meinung bin, Freya.«

»Das ist schon in Ordnung. Du brauchst mir nicht zuzustimmen. Aber jetzt«, sie gab ihm einen Klaps auf das Knie, der wie immer durch ihn hindurch ging, »reden wir über das, was dich bedrückt. Geh und kläre das mit ihr, Junge. Es ist nie gut, wütend auf die Menschen zu sein, die man liebt.«

KAPITEL 36

Ich wachte mitten in der Nacht auf, als sich Maddocks Körper an meinen presste und seine Lippen mich entlang meines Kiefers küssten.

»Kate, ich muss dir etwas sagen. Bitte, meine Schöne, wach auf.«

Meine Augenlider flatterten in der Dunkelheit. »Mm? Was ist los?«

»In Wahrheit sind es zwei Dinge, aber ich werde dir keines davon sagen, bevor du nicht richtig wach bist, damit ich weiß, dass du mich gehört hast.«

»Aber ich habe doch so gut geschlafen.«

Seine Hand wanderte meinen Körper hinunter und sein Daumen strich über meinen Bauch, während seine Hand zwischen meine Beine eintauchte und meine Mitte umfasste. Ich hob meine Hüften und stöhnte auf, als ich mich gegen ihn presste und seine Finger dazu brachte, sich zu bewegen.

»Es wird sich für dich lohnen, aber zuerst«, er zog seine Hand weg, »müssen wir reden.«

Ich konnte nichts sehen. Der Raum war stockdunkel, aber

ich setzte mich in der Dunkelheit auf und griff nach seiner Hand.

»Das ist grausam, Maddock, mich so zu ärgern.«

»Es ist nicht grausam, dich zu necken, wenn ich mein Versprechen einlösen will.«

»Nun, gut. Sag mir einfach, was du brauchst, damit du mit dem weitermachen kannst, was du gerade angefangen hast.«

Er küsste mich sanft und ich lächelte gegen seine Lippen.

»Es tut mir leid, Kate. Ich wünschte, du hättest mehr Vertrauen in mich gehabt, aber ich kann dir nicht vorwerfen, dass du das Wort gehalten hast, das du einem anderen gegeben hast. Ich hätte meine Stimme nicht gegen dich erheben sollen. Ich werde es nicht wieder tun.«

Ich beugte mich vor und suchte nach seinen Lippen, um ihn zu küssen.

»Vielen Dank dafür. Ich nehme deine Entschuldigung an. Was ist die zweite Sache?«

»Ich liebe dich. Ich liebe dich so sehr, dass es wehtut. Ich liebe dich auf eine Weise, von der ich nicht wusste, dass sie möglich ist.«

Ich war dankbar für die Dunkelheit. So konnte er nicht sehen, wie die Tränen meine Wangen überfluteten.

»Tust du das wirklich?«

Er griff in der Dunkelheit nach mir und zog mich dicht an sich heran, während er seine Arme um mich schlang. »Ich liebe dich, Mädchen. Ich liebe dich jetzt und ich gehe sehr stark davon aus, dass ich dich für immer lieben werde.«

Ich küsste ihn erneut und ließ meine Hand hinuntergleiten, um seine Länge zu umschließen.

»Ich liebe dich auch. Jetzt ist es an der Zeit, dass du dein Wort einlöst.«

Am nächsten Morgen klopfte es früh an der Tür, aber ich blieb im Bett, während Maddock sich beeilte, sich anzuziehen, damit er die Tür öffnen konnte.

Ich erwartete, dass es einer der Acht sein würde, der Maddock schimpfen wollte, weil er seine morgendlichen Pflichten versäumt hatte. Als ich Nicols Stimme hörte, zog ich mir schnell die Decke über den Kopf, als er ins Zimmer trat.

»Es tut mir leid, dass ich euch beide störe. Brachan und ich haben uns die ganze Nacht über unterhalten. Ich denke, es ist nur richtig, dass wir ihm eine Chance geben, sich zu beweisen. Er möchte Machara sehen, um uns allen zu zeigen, dass er ihr widerstehen kann. Wir werden im Treppenhaus versammelt bleiben, bereit einzugreifen, wenn es nötig ist. Wir wissen, dass Machara versuchen wird, ihn ihrem Willen zu unterwerfen. Wenn er ihr widerstehen kann, werden wir uns dafür einsetzen, einen Weg zu finden, ihn von ihr zu befreien.«

Wenigstens hatte Nicol in der Zeit mit Brachan einen produktiven Plan entwickelt.

Maddock schien zuzustimmen. »Das ist ein guter Plan, Nicol. Wie geht es dir?«

Es gab eine kurze Pause, dann antwortete Nicol leise: »Ich bin traurig, dass ich die Zeit mit ihm verpasst habe. Ich zweifle nicht an dem Herzen des Jungen. Ich weiß nur nicht, ob jemand, der so eng mit Machara verbunden ist, ihr widerstehen kann. Aber Brachan hat eine Bedingung für seine Begegnung mit Machara.«

»Und die wäre?«

»Er wird es nur tun, wenn Kate an seiner Seite steht.«

Maddock knallte Nicol die Tür vor der Nase zu.

KAPITEL 37

»Ich weiß, ich kann dir nicht sagen, dass du nicht mit ihm gehen sollst, aber ich wünschte, du würdest es nicht tun. Ich habe gesehen, was Machara mit anderen machen kann. Calder war ein guter Mann, bevor Machara die Kontrolle über ihn erlangte. Er kämpfte, er wütete gegen sie, aber er war machtlos gegen alles, wozu sie ihn aufforderte.«

Ich verstand Maddocks Sorge, aber ich wollte Brachan allein in den Kerker gehen lassen. Wenn er mich brauchte, war ich gerne bereit, ihm zur Seite zu stehen.

Ich fragte mich auch, ob ich sie auf diese Weise besiegen würde? Könnte mein Glaube an Brachan, meine Unterstützung für ihn, ausreichen, um ihm zu helfen, ihr zu widerstehen und wäre das der Weg, auf dem ich meine Rolle bei ihrer Vernichtung erfüllen würde? Konnte es wirklich so einfach sein?

Ich bezweifelte es, aber ich war auf jeden Fall bereit, es zu versuchen.

»Ich muss es tun, Maddock. Brachan wird nicht ohne mich

dorthin gehen und nichts davon wird vorbei sein, bevor er nicht vor seiner Mutter steht und sich ihr ein für alle Mal stellt.«

Er schritt im Raum umher, während ich mich anzog. »Wir sollten ein paar Tage warten. Versuchen, dich auf diese Sache vorzubereiten. Versuchen, ihn vorzubereiten.«

Ich zog mein Kleid bis zu den Schultern hoch und kehrte Maddock den Rücken zu, damit er mir bei den Schnürungen half.

»Wir können nicht warten, Maddock. Mit jedem Tag, der vergeht, wird es für Brachan schwieriger, ihr zu widerstehen. Ein Aufschub würde seine Chancen, sie zu besiegen, nur verringern. Wir sollten es tun, und zwar jetzt.«

Die Dinge kamen schnell voran. Sydney und ihre Leute würden mithilfe von Mornas Magie abreisen, und Mom und David würden ins Dorf gehen, um sich in Sicherheit zu bringen, für den Fall, dass die Dinge hier auf der Burg aus dem Ruder laufen würden.

Als alle, die nicht direkt an dem Plan beteiligt waren, vorerst weg waren, versammelten wir uns in Nicols Zimmer, um gemeinsam in den Kerker zu gehen.

Brachan war schon da, als ich ankam und stand mit dem Rücken zum Eingang. Ich ging hinüber und legte ihm eine sanfte Hand auf den Arm.

»Hey.« Er drehte sich um und sah mich mit müden Augen an. »Du siehst nicht so gut aus.«

»Ich fühle mich nicht gut, Kate. Mein Kopf tut schrecklich weh und ich fühle mich wie der letzte Narr.«

»Warum das denn?«

»Ich sollte dich nicht darum bitten, das für mich zu tun. Aber du bist die Einzige hier, die glaubt, dass ich ihr widerstehen kann. Ich … Ich brauche dich, Kate.«

Ich hob meine Hand zu seiner Wange und berührte sie sanft.

Er sah so jung aus, seine Augen verzweifelt und besorgt, aber ich wusste, dass er wahrscheinlich nicht viel jünger war als ich.

»Es ist in Ordnung. Es macht mir nichts aus, das zu tun. Und du kannst ihr widerstehen. Ich weiß, dass du das kannst. Bist du bereit?«

Der Rest der Acht war nun in Nicols Zimmer versammelt. Es gab keinen Grund, noch länger zu warten.

»Aye, ich bin bereit.«

Machara sagte nichts, als Brachan in Sichtweite kam und sie schien mich nicht einmal zu bemerken, als ich mich neben ihn stellte.

Sie ließ sich Zeit, ihn von oben bis unten zu mustern. Mein Herz schmerzte für ihn, während sie das tat.

Sie sah ihn nicht an, als wäre er ihr Sohn. Sie sah ihn an, als wäre er ein Gegenstand, ein Werkzeug, das sie zu ihrem Vergnügen benutzen wollte.

Als sie sprach, war in ihrer Stimme keine Liebe für ihn zu hören. »Du kommst ganz nach deinem Vater, Junge. Das Feen-Blut ist kaum sichtbar. Vielleicht ein bisschen in deinen Augen, aber wenn man nicht weiß, wonach man sucht, merkt man es nicht.«

»Brighid sei Dank dafür. Du bedeutest mir nichts, Machara. Ich will nichts mit dem zu tun haben, was du für mich geplant hast. Ich werde meinem Vater kein Leid zufügen. Auch den

Männern, die dich hierher gebracht haben, werde ich nichts tun.«

Sie lachte, schnippte mit ihrem Handgelenk und Brachan fiel auf die Knie. Er schrie auf und hielt sich die Ohren mit den Händen zu. Macharas Lachen wurde immer lauter und überirdischer.

Als sie wieder sprach, war ihre Stimme anders – dröhnend und unheimlich. »Bist du blind, Junge? Du hast keine Wahl. Du gehörst mir und du wirst tun, was ich dir sage. Pack das Mädchen neben dir, Brachan. Leg deine Hände um ihren Hals und drehe, bis es knackt.«

Er drehte sich zu mir um und in seinem Blick lag ein Flehen. Ich kniete mich vor ihn und bemühte mich, ihm in die Augen zu sehen.

»Blende es aus, Brachan. Du bist nicht wie sie. Du bist der, der du sein willst – der Sohn deiner Mutter, deiner richtigen Mutter, derjenigen, die dich aufgezogen hat. Du bist der Sohn von Nicol. Du wurdest mit Güte erzogen, und Güte ist alles, was in deinem Herzen wohnt.«

Er nickte, als hätte er verstanden, aber seine Hände zitterten, als er sie von seinen Ohren wegzog. Er fing an zu schluchzen, als er sprach: »Es tut mir so leid, Kate. Ich will dir nicht wehtun.«

Er stürzte sich auf mich, aber Maddock war schneller bei ihm, als er mich erreichen konnte. Augenblicklich zogen ihn die anderen Männer weg und fesselten ihn mit Magie, während sie ihn aus dem Kerker zerrten.

Macharas Lachen hallte noch stundenlang in der Burg wider.

KAPITEL 38

Meiner Meinung nach hatten die Männer in der ganzen Situation überreagiert. Brachan hatte sich auf mich gestürzt, aber ich hatte keine Angst gehabt. Ich hatte den Eindruck, er wäre in der Lage gewesen, sich zu wehren. Und nachdem sie ihn weggezogen hatten, hatte er sich nach kurzer Zeit wieder gefangen.

Im Vergleich zu Brachan war ich verzweifelt. Als sie ihn die Treppe hinaufschleppten, rannte ich ihnen hinterher, zerrte an den Armen der Männer, die ich erreichen konnte und versuchte, ihre Aufmerksamkeit zu erregen, während ich sie anflehte, ihm nichts zu tun.

Nicol konnte mich schließlich beruhigen, indem er mir seine Hand auf die Schulter legte.

»Ich kann ihn nicht töten, Mädchen. Ich werde nicht zulassen, dass sie ihm etwas antun. Ich weiß nicht, was wir tun sollen, aber ich kann sein Leben nicht beenden.«

In der Gewissheit, dass Brachan zumindest körperlich unversehrt bleiben würde, beschloss ich, dass es am sinnvollsten war, den Tag in der Bibliothek zu verbringen und in Büchern nach einer Möglichkeit zu suchen, wie ich ihm helfen könnte. Aber ich fand nichts und irgendwann schlief ich mit dem Kopf auf einem Buch liegend ein.

»Mädchen, du hast mich zu Tode erschreckt. Ich habe überall auf der Burg nach dir gesucht.« Maddock hob mich aus meiner gebeugten Haltung und nahm mich in seine Arme wie ein Kind. Er sah müde und traurig aus.

»Es tut mir leid.« Ich gähnte, als ich meine Augen öffnete. »Ich bin eingeschlafen. Ich war auf der Suche nach etwas, das helfen könnte.«

»Hast du etwas gefunden?«

»Nein.« Ich legte meinen Kopf an seine Brust und versuchte, mich an meinen Traum zu erinnern. Es war wichtig, dass er mir nicht entglitt.

»Wo bist du, Kate? Du scheinst sehr weit weg zu sein.«

»Ich versuche, mich an etwas zu erinnern. Ich habe von dem Buch geträumt, das ich zu Hause gelesen habe. Ich glaube, es ging um Calder.« Als Maddock mich die Treppe hinauftrug, sah ich Teile des Textes vor meinen Augen aufblitzen. Ich versuchte mich zu erinnern, was darin stand. »O mein Gott!«

Ich klopfte ihm auf die Schulter, damit er mich absetzte.

»Maddock, ich weiß, was es war.«

Er ließ mich herunter, sein Blick war neugierig. »Was war es?«

»Calder hat sich in eine Fee verliebt, nicht wahr? Und diese Fee wurde in einen Menschen verwandelt. Vielleicht können wir einen Weg finden, Brachan vollständig menschlich zu machen – die Fee aus ihm entfernen.«

»Aye, du erinnerst dich doch an das Mädchen, in das Calder sich verliebt hat, oder? Sie konnte ihre Menschlichkeit nicht ertragen, als sie sie endlich hatte. Sie stürzte sich von einer Klippe.«

»Ja, aber Brachan ist keine vollständige Fee. Selbst Machara hat zugegeben, dass er mehr von Nicol in sich hat als von ihr. Er würde es überleben, weil er sich bereits als Mensch sieht.«

Er trat einen Schritt zurück und verschränkte skeptisch die Arme. »Er mag mehr Mensch als Fee sein, aber er hat immer noch magische Kräfte, Kate. Wenn sie ihm genommen würden, wäre das ein schrecklicher Verlust.«

»Ich denke, das ist ein Preis, den er bereit wäre zu zahlen, um frei von Machara zu sein.«

Maddock zuckte mit den Schultern. »Das mag sein, aber selbst wenn es möglich wäre, würde Machara das nie tun.«

Ich hatte eine Idee. Eine, von der ich wusste, dass Maddock sie hassen würde. »Vielleicht brauchen wir Machara gar nicht.«

»Ich kenne aber keine andere Fee, Kate.«

Ich lächelte und Maddocks Gesichtsausdruck wurde sofort besorgt. »Ich schon. Macharas Vater. Er hasst Machara. Vielleicht können wir ihn dazu bringen, den Feen-Teil aus Brachan zu entfernen.«

»Wie sollen wir ihn denn finden?«

»Machara wird es uns sagen. Du hast es mir schon selbst gesagt. Sie glaubt, dass sie unschlagbar ist. Es wird ihr nichts ausmachen, es mir zu sagen, weil sie glaubt, dass es keine Rolle spielt.«

Maddock nahm meine Hand und begann, in Richtung von Nicols Schlafzimmer zu gehen. »Ich nehme an, dass man dir das nicht ausreden kann, aye?«

Ich schüttelte meinen Kopf und lächelte. »Nein.«

»Dann werden wir es gemeinsam tun.«

KAPITEL 39

»Vielleicht bist du mutiger, als ich dachte. Ich hätte ihn fast dazu gebracht, dich zu töten, aber trotzdem bist du gekommen, um mich wiederzusehen.«

Maddock und ich standen nebeneinander, aber diesmal erlaubte Maddock mir, für mich selbst zu sprechen, als wir ihr gegenüberstanden.

»Machara, du musst mir sagen, wo dein Vater ist.«

»Mein Vater? Was willst du denn von ihm?« Ihr Tonfall war mehr fasziniert als verärgert.

»Ich will zu ihm gehen und ihn fragen, ob er Brachan zu einem Menschen macht, so wie du es mit Calders Feenfreundin getan hast.«

Sie zog eine Augenbraue hoch und reckte ihr Kinn in die Höhe. »Warum fragst du mich nicht?«

»Ich bin nicht dumm, Machara. Ich weiß, dass du das nie für Brachan tun würdest.«

»Du bist eine Närrin, wenn du dich in die Nähe meines Vaters wagen willst, Mädchen. Er wird dich entweder töten, umwerben oder dich im Land der Feen festhalten, bis du alt und verwelkt bist.«

Vielleicht hatte sie recht. Aber das war die Rolle, die ich bei Macharas möglicher Niederlage spielen sollte. Ich konnte es in meinen Knochen spüren. Obwohl ich Macharas Vater nicht kannte, glaubte ich nicht, dass er mich töten würde. Wenn ihr Vater den Untergang seiner Tochter mehr als alles andere auf der Welt wollte, warum sollte er dann die Frau auslöschen, die bei diesem Untergang eine Rolle spielen würde?

Machara wusste das natürlich nicht.

»Was hast du dann zu verlieren, wenn du es mir sagst?«

»Gar nichts, Mädchen. Es wird mir ein Vergnügen sein, dich in den Tod zu schicken. Am anderen Ufer der Insel fließen zwei Flüsse zusammen. Dort gibt es einen Hügel und auf der anderen Seite ist eine Lichtung. Vater wohnt dort im Land der Feen. Wenn er beschließt, dich zu empfangen, wird er sich dir zu erkennen geben.«

Maddock und ich mussten bis mitten in der Nacht warten, um mit Brachan zu sprechen. Die Männer wussten nicht, was sie mit ihm machen sollten und sperrten ihn in den Raum, in dem sie Calder festgehalten hatten. Sie bewachten ihn abwechselnd. Maddock hatte die Mitternachtswache und ich wartete, bis seine Schicht halbwegs vorbei war, bevor ich mich auf den Weg in den Raum machte.

»Sprich nicht zu lange mit ihm, Kate. Wenn er damit einverstanden ist, werden wir den anderen deinen Plan vorlegen, aber im Moment können wir nicht riskieren, dass einer der Männer kommt und dich sieht.«

Ich nickte und küsste ihn sanft, bevor ich in den kleinen, dunklen Raum trat, in dem Brachan an einen Stuhl gefesselt saß.

»Du könntest dich von ihnen befreien, wenn du wolltest, nicht wahr?«

Ich griff nach einer der Kerzen neben der Tür, damit er mein Gesicht sehen konnte, als ich auf ihn zuging.

»Kate, Mädchen. Du musst wissen, dass ich dir nicht wehtun wollte. Ich ...«

Ich streckte die Hand aus, um sein Knie zu berühren. »Das weiß ich. Aber mach dir keine Sorgen. Deshalb bin ich nicht hier. Also ... du könntest dich befreien, wenn du wolltest, oder nicht?« Ich versuchte, seine Stimmung aufzuhellen, und es freute mich, dass er ein wenig lächelte.

»Aye, aber ich will nicht frei sein. Sie haben recht, mich wegzusperren.«

»Hör zu, ich habe eine Idee. Wenn es einen Weg gäbe, dich vollständig zu einem Menschen zu machen – den Feenanteil in dir zu entfernen –, würdest du ihn wählen?«

Er zögerte nicht, genau wie ich es vorausgesagt hatte. »Aye. Ich spüre, wie jeden Tag mehr von mir verschwindet. Vor vierzehn Tagen habe ich mein Leben noch geliebt, Kate. Ich will es nur zurückhaben.«

»Ich denke, wir sollten deinen Großvater suchen und ihn um Hilfe bitten.«

»Den Feen kann man nicht trauen, Mädchen.«

»Ich weiß, aber in diesem Fall glaube ich wirklich, dass wir die Oberhand haben.«

»Alles, was du von mir verlangst, werde ich tun, Kate.«

KAPITEL 40

Ich versuchte, die Männer ganz allein von meinem Plan zu überzeugen. Wir beschlossen, dass es so am besten wäre. Wenn sie ihn ablehnten oder nicht helfen wollten, würden sie nicht misstrauisch werden, wenn sie Maddock erlauben würden, Brachan zu bewachen.

Sie lehnten mich rundheraus ab. Auch wenn sie keinen besseren Plan hatten, als ihn auf Dauer gefesselt zu halten.

Aber das spielte keine Rolle. Meine Option war die beste.

Wenn Laurel hier wäre, würde sie sicher zustimmen, das wusste ich.

Bei Tagesanbruch würden Maddock und ich ihn befreien.

Morgen um diese Zeit wollte ich sagen können, dass ich die zweite Frau war, die Machara, dieser Schnepfe, einen Strich durch die Rechnung gemacht hatte.

KAPITEL 41

Kurz vor Anbruch der Morgendämmerung, als Maddocks Schicht enden sollte, befreite Maddock Brachan und wir machten uns so leise und schnell wie möglich auf den Weg aus der Burg.

Wir sahen niemanden auf dem Burgplatz, in den Ställen oder auf dem Weg, der zu den Toren führte. Das gab mir Hoffnung, dass der Rest des Morgens genauso reibungslos verlaufen würde.

Wir ritten mit zwei Pferden zu der Lichtung. Brachan hatte sein eigenes und ich ritt mit Maddock auf Stella. Die Reise war düster, denn jeder von uns schien in seiner eigenen Welt der Sorgen versunken zu sein.

Es war ein sonniger Tag und wärmer als alles, was ich seit meiner Ankunft erlebt hatte. Das musste doch ein gutes Omen sein.

Maddock wusste genau, wo der Ort lag, den Machara erwähnt hatte. Er war nicht überrascht, dass Macharas Vater dort lebte. Er hatte schon immer geglaubt, dass diese Gegend etwas Besonderes an sich hatte. Er hatte gesagt, ich würde verstehen, was er meinte, wenn wir dort ankamen.

Es dauerte nicht lange, bis wir den Hügel vor der Lichtung erreichten. Kein Ort auf der Insel war besonders schwer zu erreichen.

Auf halber Höhe des Hügels stieg er ab und band unsere Pferde an, damit wir den Rest des Weges zu Fuß zurücklegen konnten.

»Wir müssen uns hier vorbereiten. Wir können nicht wissen, wie schnell er nach dem Betreten der Lichtung auftauchen wird.«

»Wie meinst du das?«

Soweit ich das beurteilen konnte, brauchte man für diese ganze Sache nur eine Menge Glück und Verstand. Worte waren bei Feen wichtig – ich würde auf jedes Wort achten müssen, das aus meinem Mund kam.

Maddock und ich gingen Hand in Hand, während Brachan neben mir herging. Er streckte die Hand aus und berührte meine Schulter, damit ich stehen blieb.

»Es gibt einen Grund, warum es so viele Geschichten gibt, in denen Sterbliche sich in Feen verlieben, Kate. Die Feen wissen nicht, wie sie mit den Gefühlen der Sterblichen umgehen sollen, also verlassen sie sich auf ihre Fähigkeit, eure niederen Instinkte zu manipulieren.«

Maddock ließ meine Hand los und trat vor mich, sodass ich sie beide ansah.

»Er hat recht. Es ist möglich, dass er versuchen wird, dich für sich zu gewinnen. Du wirst dich ihm widersetzen müssen.«

Feenzauber war das Letzte, worüber ich mir Sorgen machte. »Jungs, ich glaube nicht, dass das ein Problem sein wird. Dein

Großvater muss doch ungefähr tausend Jahre alt sein, oder? Ich werde mich nicht von ihm umwerben lassen.«

Maddock ignorierte mich völlig, als er sich Brachan zuwandte. »Bist du in der Lage, sie zu beeinflussen, Bursche?«

Er nickte. »Aye, aber es wird dir nicht gefallen.«

»Tu es. Sie muss sehen, wie überwältigend das Gefühl sein kann. Nur ein bisschen. Berühre sie nicht wirklich.«

Ich blieb so still wie möglich stehen und sah zu, wie Brachan auf mich zu schlenderte. Als sich unsere Oberkörper fast berührten, blieb er stehen und beugte sich sanft zu mir herunter, um mir etwas ins Ohr zu flüstern.

»Willst du mich, Kate?«

Ich musste kichern, als ich seine Lippen so nah an meinem Ohr spürte. »Ich habe dich sehr gern, Brachan, aber nein, das will ich nicht.«

Plötzlich strömte ein warmer Luftzug über mein Ohr und das Verlangen, das mich durchfuhr, war lähmend. Ich spürte, wie meine Beine zu zittern begannen und mit Schrecken wurde mir bewusst, dass ich nichts sehnlicher wollte, als dass Brachan die Hand ausstreckte und mich an sich zog.

»Wie sieht es jetzt aus, Kate?«

»Okay, okay.« Ich hob meine Hand und trat von ihm weg. »Ich hab's kapiert. Bitte hör auf.«

So schnell, wie das Gefühl gekommen war, war es auch wieder verschwunden.

»Gott, ist das unheimlich.«

»Wenn eine Fee beschließt, dich zu umwerben, wäre es zehnmal schlimmer.«

Ich bedauerte meine Aussage von vorhin. Ich war mir nicht sicher, ob ich in der Lage wäre, einem Gefühl zu widerstehen, das viel stärker war als das, was Brachan gerade in mir ausgelöst hatte.

»Warum sollte er das tun?«

»Um deinen Verstand abzuschalten, damit du keinen wirklichen Vorteil aus dem Handel mit ihm ziehst.«

Ich war schon in dem Moment entsetzt gewesen, als diese blödsinnige Idee in meinem Kopf aufgetaucht war, aber jetzt war ich wirklich beunruhigt. »Gibt es denn nichts, was ich tun kann, um das zu verhindern? Um einen klaren Kopf zu bewahren?«

Maddock griff nach mir und zog mich in seine Arme. »Du musst die Stelle in dir finden, von der du so lange profitiert hast. Such die Ablenkung, such den Ort, der dich von deinen Gefühlen fernhält. Beschäftige deinen Geist, damit er keinen Weg hineinfindet.«

Sicherlich konnte ich das tun. Ich war erst seit ein paar Tagen dabei, Gefühle zuzulassen. Dieser Bewältigungsmechanismus konnte noch nicht so weit weg sein.

Brachan streckte seine Hand aus, um meinen Rücken zu berühren und da Maddocks Arme immer noch um mich lagen, drehte ich mich zu ihm um.

»Es ist Zeit. Die anderen Männer sind mit Sicherheit schon auf der Suche nach uns. Wir müssen das Land der Feen betreten, bevor sie kommen. Ich gebe euch beiden einen Moment Zeit. Ich warte auf der Spitze des Hügels.«

Maddock sagte nichts, bis Brachan ein gutes Stück entfernt war. Als er dann sprach, brach seine Stimme. »Kate. Ich versuche, stark zu bleiben, aber ich will nicht, dass du das tust. Es könnten zu viele Dinge schiefgehen. Ich werde es nicht ertragen können, wenn du nicht zu mir zurückkommst.«

Ich küsste ihn auf die Wange und umschloss sein Gesicht mit meiner Handfläche.

»Ich muss das tun. Das ist mein Part bei all dem. Daran habe ich keinen Zweifel. Ich will, dass Brachan frei ist und eines Tages sollst auch du frei sein. Das wirst du jedoch nie, wenn ich nicht meinen Teil dazu beitrage.«

»Ich möchte dich heiraten, Kate.« Er sagte es so beiläufig, dass ich es fast überhört hätte.

»Du willst was?«

»Ich will dich heiraten. Sobald du zurückkommst, will ich, dass wir von hier fortgehen und heiraten. Wir laufen zusammen weg, nur du und ich. Was sagst du dazu, schöne Maid?«

Durchbrennen war schon immer mein Traum gewesen. Aber das konnte er auf keinen Fall wissen. »Ich sage Ja. Sobald ich zurück bin, werde ich dich heiraten.«

»Dann werde ich warten, meine Schöne. Bitte lass nicht zu, dass sie dich jahrelang dort festhalten.«

»Jahre?« Allein der Gedanke daran erfüllte mich mit Schrecken. »Ich habe nicht vor, auch nur bis zum Mittagessen dort zu bleiben, Maddock. Ich werde nicht jahrelang dort sein.«

»Das machen Feen so, Kate. Wundere dich nicht, wenn die Zeit ein Teil der Abmachung ist, die er mit dir treffen will.«

Ich nickte, aber meine Gedanken waren jetzt ganz woanders. Ich brauchte Maddocks Wort, dass er mich nicht verfolgen würde.

»Du musst mir ein Versprechen geben, Maddock. Du musst mir versprechen, dass du mir nicht hinterherkommst, egal was passiert. Wir können nicht wissen, was Macharas Vater tun wird und wir können nicht riskieren, dass einer von den Acht stirbt. Es sind nur noch sieben von euch am Leben. Wenn noch einer von euch stirbt, ist Machara frei. Hast du das verstanden? Du musst es versprechen.«

Er nickte und schloss traurig die Augen, als er sein Wort gab. »Ich verspreche es dir. Und jetzt küss mich und geh, bevor ich beschließe, dass ich nicht die Kraft dazu habe und dich von hier fortzerre. Im Moment glaube ich nicht, dass ich Brachan mit dieser Sache allein lassen kann.«

»Das ist keine Option. Aber ich werde dich küssen. Ich werde dich jetzt küssen. Und ich werde dich küssen, wenn ich zurückkomme. Und auch danach werde ich dich jeden Tag küssen. Alles wird gut werden, Maddock. Ich weiß es einfach.«

Ich hoffte, dass es keine Lüge war. Tief im Inneren ahnte ich, dass es eine sein könnte.

KAPITEL 42

Was hatte er getan? Warum hatte er ihr versprochen, dass er ihr nicht folgen würde? Das war alles, was er tun wollte.

Die Sorge um sie würde ihn umbringen. Und wenn ihr irgendetwas zustoßen würde – er konnte nicht einmal den Gedanken daran ertragen.

Die anderen Männer würden noch früh genug hier sein und wer wusste, was dann passieren würde. Es war möglich, dass sie seinen Verrat nicht durchgehen lassen würden. Zwar konnten sie seine Bindung an die Acht jetzt noch nicht lösen, aber sobald sie einen Mann gefunden hatten, der Calder ersetzen würde, konnten sie es.

Das war ihm egal.

Er hatte in Kates Augen gesehen, dass sie sich nicht von ihrem Plan abbringen lassen würde, und er würde lieber helfen, wo er nur konnte, als sie mit dem Bösen allein zu lassen.

»Wo sind sie hin? Du hast keine Zeit mehr. Du musst jetzt gehen.«

Maddock zuckte zusammen und wirbelte herum, als Paton hinter ihm aus dem Gebüsch trat.

»Bist du allein?«

»Aye. Aber nicht mehr lange. Die anderen sind schon auf dem Weg. Ich habe gesehen, wie ihr gegangen seid, und ich habe gehört, wie die anderen entdeckt haben, dass ihr fort seid. Ich bin euch gefolgt, um euch zu warnen, dass euch die Zeit davonläuft. Ihr müsst versuchen, das Land der Feen zu erreichen, bevor die anderen kommen.«

Patons Worte überraschten ihn. Er war einer der Ersten gewesen, der Kates Vertrauen in Brachan infrage gestellt hatte.

»Bist du gekommen, um zu helfen? Du bist nicht hier, um uns aufzuhalten?«

»Nein, bin ich nicht. Als Kate uns von ihrem Plan erzählte, wusste ich sofort, dass es egal war, was wir ihr sagten. Sie hätte es trotzdem getan. Je mehr ich darüber nachdachte, desto mehr Sinn ergab es. Aber wo sind sie und Brachan jetzt?«

Er zeigte den Hügel hinauf und hörte, wie sein Herz schwer in seiner Kehle schlug.

»Sie sind fort, Paton. Sie sind gegangen, um das Land der Feen zu betreten.«

»Was zum Teufel machst du dann hier, Maddock? Warum bist du nicht mit ihnen gegangen? Sie hat keine Kräfte. Sie wird gegen jede Fee wehrlos sein.«

»Ich habe ihr versprochen, dass ich nicht mitkomme.«

»Du hast was getan?«

»Sie muss das allein machen, Paton. Es ist ihr Kampf, ihrer allein.«

Plötzlich blitzte ein Licht auf und die Luft um sie herum schien sich zu verändern, als ein durchsichtiger Schleier auf der Spitze des Hügels erschien.

Maddock sah entsetzt zu, wie Paton im Sprint auf die Öffnung zum Land der Feen zustürmte.

»Ich habe ihr nichts versprochen und die Mutter des Mädchens hasst mich ohnehin schon. Wenn wir sie sterben lassen, kann ich mich nie wieder auf der Burg blicken lassen.«

»Warte.« Er versuchte, ihn aufzuhalten, aber Paton war immer schnell gewesen. »Du verstehst nicht. Paton, keiner von den Acht darf hindurchgehen. Wenn wir sterben ...«

Es war zu spät. Paton warf sich durch den Schleier und verschwand, bevor Maddock zu Ende sprechen konnte.

Maddock sank verzweifelt auf seine Knie. Wenn Macharas Vater Paton tötete, würde Machara frei sein. Und jeder Einzelne von ihnen würde sterben.

Ich kannte diese Lichtung. Aus einem Traum, den ich vor so vielen Nächten in Laurels Wohnung gehabt hatte. Und der Mann neben mir, dessen Gesicht zuvor verschwommen gewesen war, war jetzt klar zu erkennen. Das alles hatte ich geträumt. Und jetzt wurde es wahr.

Wir gingen vorsichtig auf die Lichtung zu, denn selbst die Blumen schienen uns zu beobachten. Macharas Vater wusste, dass wir hier waren. Ich konnte es spüren. Mit jedem Schritt, den wir machten, veränderte sich das Land um uns herum. In der Ferne tauchte ein Thron auf – derselbe wie in meinen Träumen, aber dieses Mal war er nicht leer.

Der Mann war zweifellos uralt, aber er sah nicht so aus. Wenn ich nicht gewusst hätte, dass es ihn schon seit Jahrhunderten, wenn nicht Jahrtausenden gab, hätte ich ihn auf Brachans Alter geschätzt. Obwohl seine Gesichtszüge die eines Menschen waren, hatte er noch weniger Menschlichkeit an sich als Machara. Ich fand seinen Anblick furchterregend und musste jeden Muskel in meinen Beinen anspannen, damit sie nicht zitterten.

»Die Maid darf vortreten. Mein Enkel wird keinen weiteren Schritt tun. Ich werde nicht mit ihm sprechen und will ihn auch nicht ansehen. Er ist eine Abscheulichkeit, eine Kreatur, die nicht existieren sollte.«

Ich warf Brachan einen unbehaglichen Blick zu, aber er schien von den Worten seines Großvaters nicht verletzt zu sein.

Er zwinkerte mir zu und irgendetwas an dieser Geste gab mir Kraft.

Langsam machte ich einen Schritt nach vorne.

Es war an der Zeit zu sehen, ob ich würdig war, eine Rolle bei Macharas Untergang zu spielen.

KAPITEL 43

»Du hast Angst, meine Liebe. Das brauchst du nicht zu haben.«

Ich ging langsam auf ihn zu und hoffte, dass der lange Weg mir genug Zeit geben würde, seinen Gesichtsausdruck zu deuten.

Er stand auf, als ich mich dem Thron näherte, und ich schluckte schwer, als er sich aufrichtete und mindestens zweieinhalb Meter hoch aufragte.

»Ich scherze nicht, mein Kind. Du kannst aufatmen und dich von deinen Sorgen befreien. Ich werde dir nichts antun. Und ich werde auch Brachan nichts tun.«

Zum ersten Mal, seit ich ihn gesehen hatte, sprach ich. »Ich mache mir keine Sorgen, dass du mir etwas antust. Warum solltest du einer der Frauen etwas antun, die deine Tochter vernichten wollen? Ich mache mir Sorgen, dass du Brachan Schaden zufügst.«

Er stieg von seinem Thron herunter, kam auf mich zu und bot mir seine Hand an, um mir die Treppe hinaufzuhelfen.

Zögerlich nahm ich sie an. Die Haut seiner Finger war glatt

und feucht, wie die eines Delphins. Das beunruhigte mich, aber andererseits war alles an ihm beunruhigend.

»Richtig. Ich werde Brachan kein Leid zufügen. Auch wenn ich mir den Tod meiner Blutsverwandten wünsche, kann ich mich nicht dazu durchringen, ihr Leben selbst zu beenden. Ich schaffe nur einen Weg, damit jemand anderes es für mich beenden kann.«

»Warum? Du hast immer noch deine Hand im Spiel – das ist nicht anders, als wenn du es selbst tust.«

Er zuckte mit den Schultern und ließ meine Hand los, als er wieder auf seinem Thron Platz nahm. »Mag sein, aber so bleibt mein Gewissen unbelastet.«

»Ich wusste nicht, dass ihr so etwas habt.«

Er biss sich auf die Unterlippe und Zorn blitzte in seinen Augen auf. »Es gibt vieles, was du nicht weißt, mein Kind. Vieles wirst du nie erfahren. Komm. Setz dich.« Wie aus dem Nichts tauchte ein Hocker neben ihm auf. Zaghaft bewegte ich mich darauf zu. »Sag mir, warum du gekommen bist.«

»Warum willst du den Tod deiner Tochter? Was hat sie getan, dass du sie so sehr hasst?«

»Sie hat mich verraten. Sie hat ihre Familie verraten. Jahrhunderte lang lebten die Feen auf dieser Insel, ohne dass die Sterblichen davon wussten. Machara war die Erste, die den Schleier zwischen eurem und unserem Land lüftete. Ihre Entscheidung hat nur Schmerz und Zerstörung über unsere beiden Arten gebracht. Nun.« Seine langen Finger schlossen sich um die Armlehnen seines Throns und seine Knöchel wurden weiß, als er zudrückte. Er war dabei, seine Geduld mit mir zu verlieren. »Genug von Machara. Warum bist du hier?«

»Du willst Macharas Tod und ich bin eine der Frauen, die

dir dabei helfen können, aber es gibt ein Problem, das ich ohne dich nicht lösen kann.«

»Brachan.« Er sagte es wie eine Tatsache, nicht wie eine Frage.

»Ja. Machara zwingt ihn, sich ihrem Willen zu unterwerfen und er ist nicht in der Lage, sich zu widersetzen. Solange Feen-Blut in ihm fließt, wird mein Leben in Gefahr sein.«

»Warum tötest du ihn nicht einfach, mein Kind? Das wäre die einfachste Lösung.«

Ich beschloss, ihm den einen Grund zu nennen, von dem ich hoffte, dass er ihn eher überzeugen würde als alle anderen. »Machara wird es egal sein, ob er tot ist. Es würde sie viel mehr schmerzen, wenn sie wüsste, dass der Sohn, den sie erschaffen hat, um ihr aus der Patsche zu helfen, nicht mehr da ist. Zu sehen, dass sie keine Macht über ihn hat und er in jeder Hinsicht sein eigener Mann ist.«

Der Feen-Herrscher lächelte so breit, dass ich sehen konnte, dass seine Backenzähne nur eine Reihe von Spitzen waren. Das ließ mich sichtlich erschaudern.

»Ich esse keine Menschen, mein Kind und ich nehme sie auch nicht mit in mein Bett. Die Vorliebe, die manche Feen für Menschen haben, habe ich nie geteilt.«

Ich wusste nicht einmal, was ich darauf antworten sollte. Ich beschloss, die Aussage einfach zu ignorieren. »Wirst du mir helfen?«

»Aye, aber du weißt sicher, dass Feen nichts tun, ohne zu verhandeln. Was bietest du mir im Gegenzug?«

»Was willst du?«

Er lächelte wieder und stand auf, um vor mir auf und ab zu gehen, während er nachdachte. »Es gibt nichts, was du hast, was ich will, Mädchen. Du bist sterblich. Du bist wertlos. Aber vielleicht kannst du dich zu einem anderen Zeitpunkt nützlich machen.«

Irgendetwas an den Rändern meines Gehirns wurde unscharf. Es war nicht der erotische Hirnschwund, den Brachan in mir ausgelöst hatte. Es war etwas anderes, einfach ein allgemeines Gefühl der Lustlosigkeit, etwas, das es mir schwer machte, mir wegen irgendetwas Sorgen zu machen. »Was tust du da?«

»Ich tue dir nicht weh, Mädchen. Ich habe dir schon gesagt, dass ich das nicht tun werde.«

Apathie überkam mich. Ich hätte auf der Hut sein müssen, besorgt um Brachan, um mich selbst und um den Handel, zu dem mich dieser Mann zwingen wollte, aber ich fühlte nur Desinteresse.

»Du tust mir vielleicht keinen körperlichen Schaden an, aber du spielst nicht gerecht.«

Er lachte, blieb vor mir stehen und beugte sich so nah zu mir, dass ich seinen Atem spüren konnte. Sein Geruch war süß und kränklich. »Ich habe nie etwas davon gesagt, dass ich gerecht bin, Mädchen. Also, lass uns weitermachen. Du hast im Moment nichts, was ich brauche, aber das heißt nicht, dass ich nicht bereit bin, mit dir zu verhandeln. Nimm meine Hand. Ich werde dich von hier befreien und dafür sorgen, dass Brachan zu dem Menschen wird, der er so gerne sein möchte. Alles, was ich dafür verlange, ist, dass du mir einen Gefallen schuldest. Zu einem Zeitpunkt meiner Wahl kann ich dich um Hilfe bitten und du musst zustimmen, sie mir zu gewähren.«

Ein kleiner Teil meines Gehirns sträubte sich dagegen. Ich wusste, dass dies das schlimmste Versprechen war, das ich je einer Fee geben konnte, aber die richtigen Gefühle wollten sich einfach nicht einstellen. Ich versuchte, das zu tun, was Maddock vorgeschlagen hatte. Ich versuchte, mein Gehirn abzuschalten und mich abzulenken, aber es war zu spät. Er hatte sich unbemerkt eingeschlichen und mir seine Kräfte so schnell aufgezwungen, dass ich keine Chance mehr hatte.

Er griff nach meiner Hand und ich wich nicht zurück, aber gerade als seine Finger meine berührten, ertönte eine Stimme.

»Nein, Kate! Tu es nicht!«

Der Feen-Mann zuckte zurück, als wäre er von etwas durchbohrt worden und der Ausdruck des Schocks in seinem Gesicht war unverkennbar. Meine Apathie verschwand augenblicklich – seine Überraschung reichte aus, um mich aus seiner Gewalt zu befreien. Ich sprang von meinem Platz auf und blickte nach unten, um zu sehen, wie Paton mit wütendem Blick auf Macharas Vater zuging.

»Sie wird nicht mit dir verhandeln. Es ist feige von dir, mit jemandem zu verhandeln, der keine Kontrolle über seinen Verstand hat. Verhandle mit jemandem, der immun gegen deine Kräfte ist.«

»Wie kannst du hier sein, ohne dass ich davon wusste?« Der Mann war erschüttert. Er konnte es nicht verbergen.

»Wir haben magische Kräfte, du großer, hässlicher Mistkerl. Im Gegensatz zu echten Sterblichen, die du jederzeit nach deiner Pfeife tanzen lassen kannst, kannst du unseren Geist nur beeinflussen, wenn wir dir unser Blut gegeben haben und ich werde dir meines niemals geben.« Paton hielt inne und schaute zu mir herüber. »Geh fort von hier, Kate. Wenn es eine Abmachung zu treffen gibt, werde ich sie eingehen.«

»Nein.« Ich musste diejenige sein. Dessen war ich mir sicher. Wenn Paton eingreifen würde, wäre mein Anteil an Macharas Untergang noch nicht komplett. »Ich muss es tun, Paton. Sonst kann Machara niemals besiegt werden.«

Er nickte und ich sah, wie die zögerliche Zustimmung sich in seiner Miene festsetzte. »Wenn du darauf bestehst, komm und halte meine Hand, damit ich dich mit meiner eigenen Magie schützen kann. Wenigstens wird er nicht in der Lage sein, deinen Geist zu schwächen, wenn du mit ihm verhandelst.«

Ich lief auf Paton zu und nahm seine Hand, während Macharas Vater uns neugierig beobachtete.

Als meine Hand sicher in Patons Hand lag, erhob er wieder das Wort. »Gut. Lass uns auf diese Weise verhandeln. Das macht keinen Unterschied. Mach mir ein Angebot, mein Kind.«

Ich konnte ihm keinen Gefallen anbieten. Das Einzige, was ich ihm anbieten konnte, war das, was mich am meisten verletzen würde. Das Einzige, was Maddocks Herz brechen würde.

»Und wenn ich dir Zeit biete? Mach Brachan zum Menschen. Schwöre mir, dass du mir kein Leid zufügst und mich nicht altern lässt und du darfst mich für genau drei Menschenjahre hierbehalten. Dann sollst du mich in das Land der Sterblichen zurückbringen und du wirst mich nie wieder belästigen.«

Der Feen-Mann lächelte. Ich konnte sehen, dass ihm mein Angebot gefiel. Er hasste Menschen. Er würde es nicht annehmen, weil er mich dort haben wollte, aber er würde es annehmen, wenn er dachte, dass es anderen Menschen Schmerzen bereiten könnte.

»Es wird dir wie hundert Jahre vorkommen, Mädchen.«

Ich nickte und mein Herz brach, als ich mich mit meinem Schicksal abfand.

Paton drehte sich zu mir um und packte mich mit seiner freien Hand an der Schulter.

»Was tust du da, Kate? Kein Sterblicher kann so lange in diesem Reich überleben. Er muss dir nicht wehtun, um dich zu vernichten. Du wirst nie wieder dieselbe sein, auch wenn er dich von hier entlässt.«

Tränen liefen mir über das Gesicht, aber ich wusste, dass es jetzt kein Zurück mehr gab.

»Das spielt keine Rolle. Es ist der einzige Weg und eines Tages werdet ihr frei sein.« Ich hielt inne und drehte mich zu meinem baldigen Entführer um. »Was sagst du dazu?«

»Wenn du mir deine Hand anbietest, werde ich sie annehmen.«

Ich wartete und drehte mich noch einmal zu Paton um. »Sag Laurel, dass es mir leidtut, Paton. Sag meiner Mom, dass ich sie liebe. Und sag Maddock, dass ich ihn am meisten liebe. Sag ihm, dass ich verstehe, wenn er nicht warten will. Sag ihm, dass ich alles tun werde, was ich kann, um an mir festzuhalten, solange ich hier bin. Und Paton, bitte kümmere dich um Crink. Er …« Ich schluchzte auf, als ich mich an Patons Brust schmiegte. »Er wird es nicht verstehen.«

Paton hielt mich von sich weg und hob zwei Finger.

»Es tut mir leid, Mädchen, aber Maddock und deine Mutter würden mir nie verzeihen, wenn ich das nicht tun würde.«

Er drückte mir seine Fingerspitzen fest auf die Brust und ich erstarrte. Ich konnte mich nicht bewegen, nicht blinzeln, ich konnte nichts anderes tun, als entsetzt zuzusehen, wie Paton sich Macharas Vater zuwandte.

»Ich biete dir denselben Handel an. Mach Brachan zum Menschen, entlasse ihn und Kate sofort in das Land der Sterblichen, unversehrt und im gleichen Alter, wie sie jetzt sind und du kannst mich für die Dauer von drei Menschenjahren behalten. Sie wird dir nichts nützen, aber wenn ich hier bin, kannst du die Macht in mir studieren.« Er streckte seine Hand aus und der Feen-Mann trat vor. »Du musst dich jetzt entscheiden.«

In dem Moment, als Macharas Vater Patons Hand ergriff, wurde meine Sicht schwarz.

KAPITEL 44

Ich wachte auf dem Gipfel des Hügels auf, in Nicols Arme gestützt. Ich hörte Gesänge zu meiner Linken und als ich mich wach blinzelte, drehte ich mich um, um zu sehen, was los war.

»Mach dir keine Sorgen, Kate. Du bist in Sicherheit.«

»Was machen die da? Was ist denn los? Wo ist Brachan?« Ich erinnerte mich plötzlich an Paton und brach in Tränen aus. »Paton … er ist … er …«

Nicol legte seine Arme um mich und schaukelte mich sanft, während er in mein Haar sprach. »Schhh, Mädchen. Wir wissen es. Wir wissen, wo Paton ist. Er hat das Einzige getan, was er hätte tun können.«

»Ist die … ist seine Verbindung zu den Acht zerbrochen?«

Nicol nickte. »Aye, aber Machara ist nicht frei. Brachan ist jetzt ein Mensch, aber wie durch ein Wunder bleiben seine Kräfte erhalten. Die Männer führen ihn gerade in die Acht ein. Wir haben noch immer sieben Männer.«

Maddock war auf dem Rückweg zur Burg still und seine Gedanken waren sehr weit weg.

Ich wusste, was er dachte und ich hasste es.

»Danke, Maddock.«

Er seufzte und hielt seinen Blick nach vorne gerichtet. »Wofür, Kate? Dafür, dass ich meinem Freund erlaubt habe, drei Jahre seines Lebens für dich zu opfern, obwohl ich derjenige hätte sein sollen, der ein solches Geschäft abschließt?«

»Du hast nichts erlaubt. Du hast nicht mehr Kontrolle über Patons Handlungen, als du über meine hast. Du hast nur dein Wort gehalten und das bedeutet mir sehr viel.«

Maddock stieß ein angestrengtes Schluchzen aus und zog mich noch fester an sich.

»Ich werde es niemals wiedergutmachen können. Er hat mir dich zurückgegeben und auch Brachan hat er ein neues Leben geschenkt.«

»Er wird doch wiederkommen, oder etwa nicht?«

Maddock zögerte, aber sein Tonfall war zuversichtlich. »Aye. Seine Magie wird ihn beschützen. Besser er sitzt dort fest als du.«

»Ich habe versagt, Maddock.« Ich flüsterte die Worte. »Paton hat Brachan gerettet, nicht ich. Wir sind dem Sieg über Machara nicht näher gekommen als zuvor. Es scheint, als hätte ich mich geirrt – ich bin keine der neun Frauen, die sie besiegen sollen.«

»Da wäre ich mir nicht so sicher. In dem Moment, als du und Brachan auf der Spitze des Hügels auftauchtet, ihr bewusstlos dalagt und Brachan ein Mensch war, bebte die ganze Insel unter ihrem Geschrei. Sie weiß, dass sie wieder einmal besiegt wurde. Ich glaube, du hast deine Pflicht erfüllt.«

Ich konnte die Burg in der Ferne sehen.

»Ich hoffe es. Wenn wir zurückkommen, ist sie die erste Person, die ich sehen will.«

Hand in Hand machten Brachan und ich uns auf den Weg hinunter zum Kerker. Die Machara, die ich zuvor gesehen hatte, war verschwunden.

Sie hatte sich in der hintersten Ecke ihrer Zelle zusammengerollt und wimmerte, als wir zu ihr hineinschauten.

Ich hatte ihr nichts zu sagen. Ich wollte nur sehen, dass meine Arbeit getan war.

Es war Brachan, der seinen Frieden mit ihr schließen musste. »Ich bin frei von dir und ich werde jeden Tag meines Lebens damit verbringen, dafür zu sorgen, dass du hier bleibst, bis du wirklich tot bist. Du bist nicht meine Mutter. Du warst es nie und du wirst es auch nie sein.«

Brachan brauchte ihre Antwort nicht zu hören. Er drehte sich um und führte mich aus dem Kerker, während wir die Tür zu unserem Teil von Macharas Geschichte schlossen.

KAPITEL 45

Eine Woche später

»Maddock ... o Gott, Maddock. Ich kann nicht ... ich kann nicht ...« Ich schrie auf, als ich unter seiner Zunge aus den Fugen geriet. Schnell erhob er sich und küsste meinen Hals, während er in mich eindrang. Ich hätte es nicht für möglich gehalten, so schnell erneut zum Höhepunkt zu kommen, aber es dauerte nicht lange, bis ich seiner Leidenschaft erneut erlag.

»Willst du mich immer noch heiraten, Kate?«

Ich konnte nicht verstehen, wie er in diesem Moment überhaupt noch sprechen konnte. »Was?«

»Sag es mir ...« Er stöhnte, während er in mich hineinstieß. »Sag mir, dass du mich immer noch heiraten willst.«

»Natürlich will ich das.«

»Gut.« Er drang noch einmal tief in mich ein. Als er seine Erlösung fand, senkte er sich langsam auf mich herab und küsste meinen Kiefer, während er sprach. »Ich habe eine Überraschung für dich.«

»Ach ja? Was denn für eine?«

»Ich habe in der Hütte deiner Mutter ein Bad für dich eingelassen. Du brauchst dich nicht anzuziehen. Ich habe ein Gewand für dich bereitgelegt, das du auf deinem Weg tragen kannst. Sie werden dir mehr erzählen, wenn du dort ankommst.«

Ich war so glücklich und zufrieden, dass ich nur noch schlafen wollte.

»Muss ich jetzt sofort gehen? Können wir vorher noch ein kleines Nickerchen machen?«

Er drehte mich auf die Seite und gab mir einen sanften Klaps auf den Hintern. »Nein, du musst jetzt gehen. Wir haben keine Zeit zu verlieren.«

Mom stand vor dem Haus, das sie jetzt mit David teilte und grinste wie ein Honigkuchenpferd, als ich in meinem Bademantel den Weg entlangging. Sie hüpfte vor Aufregung auf und ab.

»Was ist hier los, Mom?«

Sie winkte mich zu sich. »Komm rein und du wirst es sehen.«

Misstrauisch beäugte ich sie, als ich das Haus betrat und den Anblick betrachtete, der sich mir bot.

Ein warmes Bad stand in der Mitte des Raumes, ein wunderschönes, modernes Hochzeitskleid hing an einem Haken an der Wand und zwei Menschen, mit denen ich heute nicht gerechnet hatte – Laurel und Morna –, standen im hinteren Teil des Raumes.

»Alles Gute zum Hochzeitstag!« Laurel strahlte mich an, als

sie quer durch den Raum rannte und ihre Arme um meinen Hals warf.

»Ist das so? Laurel, was machst du denn hier?«

Sie ergriff meine Hand, als sie sich entfernte. »Ja, es ist dein Hochzeitstag. Maddock hat uns erzählt, dass du zugestimmt hast, ihn zu heiraten und dass du zugesagt hast, mit ihm durchzubrennen, aber dich mit diesem Tag zu überraschen, ist Teil des Ganzen. Und was meine Anwesenheit angeht … sagen wir einfach, dass Raudrichs Kräfte ihm ein wenig Aufschluss darüber gegeben haben, was hier vor sich geht. Natürlich war er ein bisschen zu nervös, um unsere Flitterwochen zu genießen. Aber das macht nichts, ich war auch froh, nach Hause zu kommen.«

Ich schaute zu Morna hinüber, die mich lächelnd in die Arme schloss. »Und was machst du hier?«

»Es gibt keine Regel, die besagt, dass ich meine Magie nicht für die Liebe einsetzen darf. Ich habe das Kleid mitgebracht und sobald du bereit bist, schicke ich dich zu dem Ort, an dem du heiraten wirst.«

»Und der wäre?«

Sie lächelte mich an und schüttelte den Kopf. »Ach, das kann ich dir nicht sagen. Maddock würde mir das nie verzeihen. Bist du jetzt bereit?«

Es war beängstigend, sich mit verbundenen Augen von einem Ort zum anderen schicken zu lassen, aber ich vertraute Morna so sehr, dass ich mich zusammenreißen konnte, als sie uns durch die Zeit rasen ließ.

Als wir auf unseren Füßen landeten, sprach Maddocks

Stimme von hinten zu mir. »Ach, Kate. Ich kann verstehen, warum du von diesem Ort geträumt hast. Ich wusste gar nicht, dass es so viel Licht geben kann.«

Ich keuchte, als ein kleiner Hoffnungsschimmer in mir aufstieg. »Nein! Wir sind nicht … Maddock, wo sind wir? Du musst es mir sofort sagen.«

Seine Hände wanderten zu dem Knoten auf der Rückseite meiner Augenbinde. Als er sie mir abnahm, blickte ich vom touristenfreien Eiffelturm auf die Stadt Paris hinab und begann zu weinen.

»Maddock, woher hast du das gewusst? Ich … Ich wollte immer hier heiraten.«

Er lächelte und hob die Hand, um meine Tränen mit seinem Daumen abzuwischen. »Ich habe deine Mutter gefragt, als ich um ihren Segen gebeten habe. Bist du glücklich, schöne Maid?«

Ich küsste ihn, wobei es mir nichts ausmachte, dass mein Make-up definitiv ruiniert war. »Ich war noch nie in meinem Leben so glücklich.«

Wir wurden von einem Fremden getraut und unser Trauzeuge war einer der Lichttechniker des Turms.

Mit Hilfe von Mornas Zauberei verbrachten mein Schotte und ich den Abend auf Decken, die für uns hoch oben im schönsten Bauwerk der Welt ausgelegt waren, mit Blick auf die schönste Stadt.

Unser Hochzeitstag war in jeder Hinsicht perfekt und ich hatte keinen Zweifel daran, dass unser gemeinsames Leben genauso wundervoll sein würde wie dieser besondere Tag.

EPILOG

Allen Territorium

»Es ist ein Brief gekommen, Herrin.«

Silva lief auf den Boten zu und riss ihm den Brief aus der Hand. »Danke.«

Sie zerbrach das Wachssiegel und las die Nachricht, auf die sie schon viel zu lange gewartet hatte.

Liebe Silva,

es tut mir leid, dass wir auf der Hochzeit nicht viel Zeit füreinander hatten, aber danke, dass du gekommen bist. Es hat mir mehr bedeutet, als du ahnst.

Ich habe mein Versprechen an dich nicht vergessen und glaube, dass ich genau den richtigen Mann gefunden habe, um deine Aufgaben in dem Gebiet zu übernehmen. Er kommt in vierzehn Tagen an.

Und dann bist du frei.

Komm uns auf der Insel besuchen. Du bist jederzeit willkommen.

Dein Freund,
Rausstrich

Sie war frei. Endlich konnte sie einen Ort hinter sich lassen, der ihr nur Kummer gebracht hatte.

ENDE

Danke, dass **Sie Liebe jenseits des Begehrens** gelesen haben. Ich hoffe, es hat Ihnen gefallen! Wenn dem so ist …

- Helfen Sie anderen Menschen dieses Buch zu finden, indem Sie **eine Rezension schreiben.**
- Besuchen Sie meine Website: **www.bethanyclaire.com**

Lesen Sie weiter für einen Vorgeschmack auf **Das Gespenst von Schloss Dune.**

VORSCHAU AUF BUCH 15: DAS GESPENST VON SCHLOSS DUNE

Kapitel 1

Mornas Gasthaus – Gegenwart

»Verzeih mir, Mädchen. Ich weiß, dass du Gutes tust, aber jetzt scheint es, als würdest du nur noch nach Möglichkeiten suchen, dich einzumischen. Du hast doch keine Verwandten auf Burg Dune, oder? Warum hast du das Bedürfnis, das zu deiner Angelegenheit zu machen?«

Morna blickte stirnrunzelnd von dem Papier auf, das vor ihr lag. »Jerry, du tust so, als würde ich mich nur um die kümmern, die mein Blut teilen. Nein, ich habe keine Verwandten auf Schloss Dune, aber ich werde mich darum kümmern, denn es gibt nur wenige auf dieser Welt, die das können. Ich bin eine von ihnen. Diese Burg steht schon seit Jahrhunderten und sollte noch weitere Jahrhunderte stehen, aber in zwei Wochen soll sie abgerissen werden, und das nur, weil die Geistergeschichten aus dem Ruder gelaufen sind.«

Sie griff nach ihrem Kaffee, als Jerry sich ihr gegenüber setzte und den Artikel las.

»Bist du sicher, dass es nur Geschichten sind, Mädchen? Alle Legenden und Märchen enthalten einen Hauch von Wahrheit. Das solltest du besser als jeder andere wissen. Die letzten vier Besitzer haben die Burg innerhalb von drei Monaten nach dem Kauf aufgegeben und verkauft. Es kann nicht sein, dass ihre Fantasie mit ihnen durchgegangen ist.«

Morna seufzte. Gebrochene Herzen waren ein fruchtbarer Boden für verstorbene Seelen, und wenn die Visionen, die sie durch ihre Zaubersprüche gesehen hatte, der Wahrheit entsprachen, dann war die Insel Dune voll von ihnen. Sie hatte keinen Zweifel daran, dass es dort spukte, aber das war kein Grund, etwas so Schönes abzureißen. Warum sollte jemand glauben, dass der Abriss des Gebäudes die Insel von ihren Geistern befreien würde? Soweit sie wusste, funktionierten Seelen nicht auf diese Weise.

»Ich habe nichts über ihre Fantasie gesagt, Jerry. Die Geister von Burg Dune sind echt, aber ich bezweifle sehr, dass sie so viel Angst verdienen. Ihre Pläne, die Insel abzureißen und neu zu nutzen, werden nicht funktionieren. Der einzige Weg, die Geister loszuwerden, ist zu verhindern, dass sie überhaupt erst entstehen.

»Und wie willst du das machen, Mädchen?«

»Ich ändere die Geschichte mithilfe von Zeitreisen, Liebster. Was dachtest du denn, was ich tun würde?«

Jerrys Augenbrauen zogen sich verwirrt zusammen und Morna ahnte schon, was er sagen wollte. Er wusste, dass ihr Zauber in der Nacht zuvor nicht das gebracht hatte, was sie sich erhofft hatte, aber er wusste nicht, dass eine gute Nachtruhe genau das gewesen war, was sie gebraucht hatte, um einen neuen Plan zu schmieden.

»Ich dachte, der Zauber über der Insel hat dich daran gehindert, das zu sehen, was du sehen wolltest.«

»Ja, das ist wahr. Es war überraschend, dass die Magie eines anderen bereits über der Insel lag, aber die Dunkelheit hat mich nur noch entschlossener gemacht, die Geschichte auf der Insel Dune zu verändern. Ich kann nicht zurückreisen. Der letzte Gutsherr lebte während meiner Zeit auf der Conall-Burg – und auch während deiner Zeit dort. Es ist viel zu gefährlich, in eine Zeit zurückzureisen, in der du bereits existierst. Aber ich habe eine andere gefunden, die sich schon sehr bald auf den Weg machen wird und die das kann.«

»Und warum hast du gerade dieses Mädchen ausgewählt?«

»Weil sie das Herz und den Verstand hat, um der Dunkelheit zu widerstehen, die sich dort aufhält.«

»Und natürlich ist sie alleinstehend, nicht wahr? Ich nehme an, du wirst mir auch sagen, dass der letzte Gutsherr von Burg Dune ebenfalls ledig war?«

Verärgert stand Morna auf und stapfte von ihrem Mann weg, während sie ihre inzwischen leere Kaffeetasse ausspülte.

»Alle Frauen sind Multitasking-Talente, Jerry. Ist es denn so schlimm, dass ich zwei Fliegen mit einer Klappe schlagen will?«

»Nein, das ist überhaupt nicht schlimm. Ich würde nichts anderes von dir erwarten, Mädchen. Niemals.«

Lesen Sie jetzt den Rest der Geschichte.

BETHANY CLAIRE

ABONNIEREN SIE BETHANYS NEWSLETTER

Wenn Sie sich heute für meine Mailingliste anmelden, sende ich Ihnen einen Link, über den Sie eine herunterladen können Liebe Jenseits der Zeit Bonus Epilog.

Ich möchte Ihren Posteingang nicht überschwemmen, deshalb werden Sie nach dieser Einführungssequenz nur gelegentlich von mir hören – wenn ein neues Buch herauskommt, wenn ich Ihnen einen Vorgeschmack auf ein Buch gebe, an dem ich gerade arbeite, oder wenn es ein Sonderangebot gibt.

Klicken Sie einfach auf einen der Links in den obigen Absätzen oder gehen Sie zu http://eepurl.com/hW4gkr heute anzumelden. Ich kann es kaum erwarten, dort mit Ihnen in Kontakt zu treten.

ÜBER DEN AUTOR

BETHANY CLAIRE ist eine USA Today-Bestsellerautorin von mitreißenden, schottischen Liebes- und Zeitreise-Romanen. Bethany liebt es, ihre Leser in Welten eintauchen zu lassen, die mit üppigen Landschaften, gutaussehenden Schotten, viel Magie und Happy Ends gefüllt sind.

Sie hat zwei quengelige Pelzbabys, spielt jeden Tag Klavier und liebt Disney und Yogahosen mehr, als eine Frau in den Dreißigern es sollte. Am kreativsten ist sie nach ausreichend Schlaf und der perfekten Tasse Kaffee. Wenn sie nicht schreibt, reist Bethany so viel wie möglich und verlässt ihr Zuhause nie ohne ein gutes Buch, das ihr Gesellschaft leistet.

Wenn Sie mehr über Bethany lesen möchten oder neugierig sind, wann ihr nächstes Buch erscheint, besuchen Sie bitte ihre Website unter: www.bethanyclaire.com. Dort können Sie sich auch anmelden, um E-Mail-Benachrichtigungen über Neuerscheinungen zu erhalten.

www.ingramcontent.com/pod-product-compliance
Lightning Source LLC
Chambersburg PA
CBHW020557260626
47157CB00003B/739